文春文庫

贄門島

下

内田康夫

文藝春秋

贅門島　下

目次

【上巻目次】

贄門島 ㊦

『贄門島』関連地図

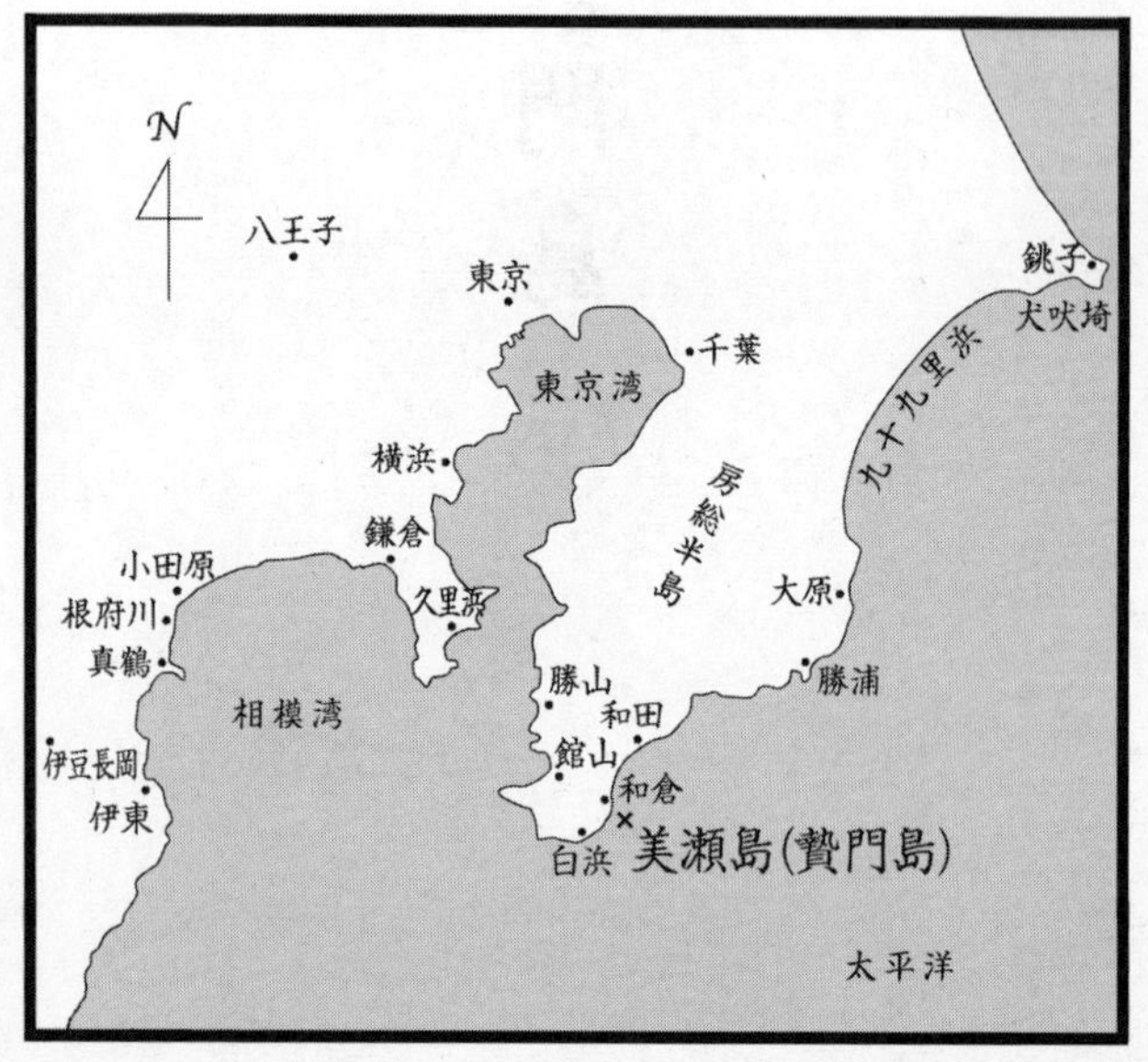
N
八王子
東京
千葉
東京湾
銚子
犬吠埼
九十九里浜
横浜
房総半島
鎌倉
小田原
根府川
久里浜
真鶴
大原
勝山
勝浦
相模湾
和田
館山
伊豆長岡
和倉
伊東
白浜
美瀬島(贄門島)
太平洋

第八章　石橋山望郷

1

一時間をはるかにオーバーする会談を終えて、二人の捜査官は引き揚げて行った。長南警部が団子代を払うと言うと、平塚亭のおばさんは「坊っちゃんのお客さまからはいただけません」と固辞した。後で浅見が払うつもりでいるからそれはいいのだが「坊っちゃん」には辟易する。三十男がいまどき「坊っちゃん」かよ——と言いたそうに、二人の客は顔を見合わせていた。

結論として、長南警部はとりあえず神奈川県内の小型船舶に当たる方針を、捜査本部に持ち帰ることになった。浅見としては捜査対象の中に美瀬島を加えてみたらどうかと提案したいところだったが、そこまで差し出がましくはできない。それに、森地部長刑事が言ったとおり、移動にかかる時間等を考慮すれば、やはり犯行は神奈川県内に絞るのが常識的な判断といっていい。

対象となる船舶についても、柿島一道が美瀬島沖で見たという「不審船」が頭に浮かんだのだが、それも言わないままになった。美瀬島の沖合と違って、相模湾内は夜間でも漁船やイカ釣りなどの遊漁船が出漁している可能性がある。一見して「不審」な印象を与えるような船は接近しないだろう。

小田原署と大原署の捜査本部が抱えている事件はそれぞれ独自のものだ。その上に館山署では石橋洋子の失踪事件を捜索中である。浅見には三つの「事件」の根っこがどこか地中の見えないところで絡まっているという、ほとんど確信に近いものがあるのだが、警察を相手に開陳するところまでは、まだ固まっていない。少なくとも地上に現れた部分では、いまのところ繋がりのある証拠はない。繋がりは単に漠然とした「美瀬島繋がり」にすぎない。

長南警部から電話で「会談」のお礼と、現在の捜査状況を知らせてきた。いぜんとしてさしたる進展はないそうだ。相模湾沿岸の小型船舶を調査する作業は、早速始めたが、何しろ船の数が多い。神奈川県内の相模湾に面した漁港だけでも、東の三崎港から始まって二十港を超え、小田原市域にも江の浦、片浦、米神、石橋、小田原と五つの漁港がある。これ以外にも油壺、葉山、江ノ島あたりのマリーナには数えきれないほどのヨットやクルーザー、プレジャーボートが繋留されていて、それらの事件当夜の所在を確認する作業は至難のわざだ――と、長南は早くも愚痴っぽいことを言っていた。

長南が言った中に「石橋」の名称が出たことが、妙に引っかかる。それを察知したかのように、天羽紗枝子から電話があった。「浅見さんがおっしゃった石橋先生のご実家のことですけど」と、急き込むような口調で切り出した。

「館山署のお巡りさんにいろいろ聞かれているうちに、こっちもだんだん分かってきたんですけど、先生のご実家っていうのは、ないんだそうです」

「ない？……というと、どういうこと？」

「先生のご両親はずいぶん昔に、事故か何かで亡くなっていて、先生は天涯孤独っていうのかしら、身寄りみたいな人もいなくて、独りぼっちだったんです。だから行方不明になっても、すぐには誰も気づかなかったのじゃないかしら。学校のほうは騒ぎが大きくなるのがいやだったのか、なかなか捜索願の届け出をしようとしなかったみたいだし、時間が経ちすぎていて、足取りを調べようがないって、警察は言ってました」

「しかし、いくら身寄りがないといっても、遠い親戚ぐらいはありそうなものでしょう。そうだ、本籍地を辿れば何か手掛かりぐらいは見つかりますよ」

「ええ、そうなんですけど、じつはそのことをお伝えしたくて、急いで電話したんです。石橋先生の本籍は館山市になっているんですけど、それはご両親が結婚した時に館山に引っ越してきて、そこで新しい戸籍を作ってからなんです。それでですね、その前を遡るとなんと、ほんとに神奈川県小田原市石橋――浅見さんがおっしゃってた、そこなんですって」

「ほうっ……」

さすがの浅見も、一瞬、息を呑むほど驚いた。ほんの思いつきで、なかば冗談のように言ったことが、まさか的中するとは――。

「浅見さんの勘てすごいですね。やっぱり星谷さんが言ってた名探偵っていうの、ほんとだってことが分かりました」

「いや、そんなことはともかく、それでどうなったんですか」

「どうって？」

「警察は本籍地を調べたのでしょう？」

「ええ、一応は調べたみたいです」

「一応？」

「ええ、捜索願が出されたので、とにかくどこかに身寄りの人がいないか探して、もともとの本籍地を調べるところまではやったんですね。そうしたら小田原市の石橋――昔は神奈川県足柄下郡片浦村石橋っていったんだそうですけど、そこが石橋家のルーツだと分かったんです。でも、警察が現地に問い合わせたところ、いまはもう、そこには親戚とかそういうのがなくて、結局、何も分からなかったと言ってました」

「警察は現地には行かなかったんですね」

「ええ、電話で向こうの警察や役所に問い合わせたって言ってました。それでも警察としては努力したほうなんですって」

確かに、警察の作業としてはそんなところだろう。行方不明者の捜索に人員を割けるほどの余裕はない。

「だけど、ほんとにびっくりしちゃった。石橋先生のルーツが小田原だなんて、浅見さんはどうして分かったのかしら」

紗枝子はかなり興奮ぎみのようだ。いや、浅見も内心の驚きと興奮を抑えるのに精一杯だった。

「それは単なる当てずっぽうですよ。しかしそのことと今度の事件と、どこかで繋がっている可能性はあるかもしれない」

「えっ、そうなんですか？　それって、増田さんが殺されたのが小田原だったこととか、そういうことと関係があるっていう意味なのかしら？」

「増田さんの事件は、よほどの土地鑑がないと計画できなかったはずです。車をどこに駐車すればいいかはもちろん、岩場の地形だとか、釣り師がどういう行動をするか、心理的なことまで予測していたふしがあります。しかも、それらをいくら予測していても、実際の犯行時には突発的な事態が発生しないともかぎらないわけで、それにも即応しなければならない。おまけに距離と時間の関係で、犯人たちの行動範囲はごく限られていると考えられる。そもそも犯行計画を思いつくことだけでも大したものだけど、そういった悪条件の中で計画どおり犯行を完遂したのだから、犯人たちの少なくとも一人は現場付近に住んでいるか、少なくともかなりの土地鑑のある人物でしょうね」

「ふーん、そうなんですか……」

浅見の中では、すでに長南警部たちとの会談を通して、事件の全体像はおぼろげに見えているのだが、状況がよく飲み込めていない紗枝子は当惑ぎみだ。

「それじゃ、石橋先生のルーツのこと、浅見探偵の捜査に役立つんですね？」

「ははは、僕は探偵じゃないって言っているのに」

浅見は笑ったが、「それはともかくとして、もちろん、大いに参考になりましたよ。いちど石橋へ行ってみるつもりです」と紗枝子の労をねぎらった。

「浅見さんがいらっしゃるのなら、私も行こうかな……そうだわ、そうします、連れて行ってください。いいですよね？」

「えっ、それはよしたほうがいい」

「どうしてですか、邪魔しませんけど」

「いや、邪魔じゃありませんが、この前も言ったように危険かもしれないし。第一、天羽さんは会社があるじゃないですか。僕が行くとしたらウィークデーですよ。湘南(しょうなん)方面の道路は休日は猛烈に渋滞しますからね」

「会社なんかいいんです。有給休暇がたくさん残っていて、会社から休め休めって言われているくらいなんですから。それに、危険なことがあるっていうなら、私みたいな者でもいたほうが心強いかもしれません」

それはどうかな——と思ったが、断る理由はなくなった。

天羽紗枝子とは二日後の朝、山手線の駒込駅で落ち合った。駒込は北区の南東に隣接する駅である。北区には田端をはじめ、上中里、王子、東十条、赤羽、十条、尾久（おく）、北赤羽、浮間（うきま）舟渡（ふなど）、ほかに隣接する駅として駒込と板橋、以上JRの十一の駅がある。東京二十三区はもちろんのこと、全国を探しても、小さな村ほどの面積しかない一つの自治体にこれだけ多くのJRの駅があるのは北区ぐらいなものだ。紗枝子は地図を調べていて、そのことをあらためて知って驚いたそうだ。

「北区って名前は知ってましたけど、どんなところなのかピンとこなかったんです。でも、そこに浅見さんが住んでいらっしゃるんだなって思うと、何だか興味を惹（ひ）かれました」

会う早々、そう言われた。どういう意味なのか問い返してみたい気もしたが、ソアラの中の雰囲気が重苦しいことになりそうで、やめた。

首都高速――東名――小田原厚木道路と乗り継いで、西湘バイパスの石橋インターを出る。小田原厚木道路と西湘バイパスが繋がって、ずいぶん便利になったとはいえ、国道135号周辺は伊豆方面への行き帰りで、行楽シーズンには慢性的に渋滞する。

この日の道路はどこも、拍子抜けするほどガラガラだった。石橋インターを下りて間もなく、カーナビが「目的地周辺です」と告げた。進行方向左手は太平洋で、増田が殺された現場にほど近い磯である。右手はかなり傾斜のきつい山が迫っていて、カーナビの地図上には頼りなげな細い道が描かれていた。この辺りは箱根の外輪山の末端だそうだから、険しい地形も当然なのだろう。

道路沿いに干物やかまぼこなど、名物の海産物を売る土産物店があって、その背後の山地の合間合間の谷や窪地に、点々と人家が寄り添っている。国道から脇道に逸れると、すぐに上り坂になった。左右は小さな畠と、ほとんどがミカンなどの果樹園だ。

集落を横切って東海道線の在来線と新幹線が走る。トンネルを出て次のトンネルまで、谷の部分を高い鉄橋で渡って行く。二本の鉄橋の下に集落がある。道路は狭く、舗装が剝がれたような道は細く険しい。カーナビで行く先が保証されていなければ、とても進む気にはなれそうにない。

物を尋ねたくても、人っ子一人行き合わない。秋の陽を受けた家々が、ひっそりと静まり返っている。庭に真新しい軽四輪のトラックが置いてあったりもするから、ゴーストタウンというわけではないのだろうけれど、どの家からも人の気配は感じられない。畠や果樹園にも人の姿は見えなかった。

「天羽さんと一緒に来てよかった。一人じゃ心細くなりそうです」

浅見は本音でそう言った。紗枝子は嬉しそうに「ほんとですかァ」と笑った。

集落を登り詰めた辺りで道は左に急カーブを切る。等高線に沿って行くと視界の開けた場所に出た。「まあ、きれい！」と紗枝子が叫んだ。車を停めて外に出た。標高二百メートル近くはあるだろう。眼下に太平洋が広がっている。紺碧の海のあちこちに点々と白い船が浮かぶ。秋の空気はよく澄んでいて、左に弓状に小田原、大磯、平塚、茅ケ崎と美しい湘南の海岸線が伸び、その先に江ノ島や三浦半島の緑、そして水平線の遥かかなたには細く横たわる半島がうっすらと望めた。

「あれが房総半島ですね」

「えっ、そうなんですか。そうかァ、じゃあ、あの向こう側に美瀬島があるんですね。ずいぶん近く感じるわ」

浅見は、その近さが犯行を可能にしたのかもしれない――と言いかけて、やめた。

そこから少し行ったところの、道路から城壁のように石垣を積んで一段と高くなった岡の上に、神社が建っていた。祭礼でもあるのだろうか、境内の周囲に幟旗が幾本も翻っている。石垣の下の小さな駐車スペースに車を置いて、石段を登った。鳥居と拝殿の額に「佐奈田霊社」とある。境内の大きな案内板には「石橋山古戦場跡」の解説と、神社の由緒が書いてあった。それによると、この付近が石橋山合戦のあったところで、頼朝の配下の真田与一という武将が奮戦・討ち死にした功を讃(たた)え、この神社が創建されたものらしい。その敗戦の後、頼朝はわずかばかりの郎党を連れ、船で脱出、房総の美瀬島を目指したのだ。

境内の端に佇(たたず)んで海のかなたを眺めていると、遠い過去の出来事が、現在にまで繋がっている因縁の面白さというか、少し不気味なものを思わないわけにいかない。鄙(ひな)には稀(まれ)な立派な神社（案内板には、拝殿のことを「本堂」と書いてあるから、ひょっとすると神仏混淆(しんぶつこんこう)なのかもしれない）だが、ここもほかと同様に人けがなかった。拝殿の隣には軒下の額に彫り文字で「竜雲閣」と書いた客殿のような社務所のような建物もあるのだが、そこにも人の気配は感じられない。浅見は試しに玄関先で奥へ向けて声をかけてみたが、やはり応答はなかった。

諦(あきら)めて石段を下り、近くの家を訪ねてみることにしたが、近くといっても百メートルは離れている。傾斜のきつい地形なので、やはり石垣を積んで土台を作っている。道路から建物のある敷地まで登る道もかなりの勾配(こうばい)だ。その入り口のコンクリート壁に、木製の白い郵便受が備えつけてある。郵便受の名前は「鳶多(とびた)清道」、ずいぶん珍しい名前だ。

浅見と紗枝子は車を出て、急勾配を登って行った。入母屋の重そうな黒瓦を載せた純日本家屋で、玄関も堂々としている。玄関脇に呼び鈴のボタンがあるので、おそるおそる押してみた。奥のほうで、気のひけるようなベルの音が鳴った。

耳を傾けてしばらく待ったが、応える声がなかった。聞こえるものは遠い潮騒と、風の音ばかりである。

「留守みたいですね」

浅見はかえってほっとしたような気分で、玄関に背を向けかけた。その時、思いがけなく建物の横から「何か用かな」と声があって、二人をギョッとさせた。農作業でもしていたのだろうか、紺色の褪せたモンペ姿の老人が佇んで、名前を連想させる「鳶」のような鋭い眼でこっちを見ている。おそらく九十歳近いと思わせる老人だが、背筋はシャキッとして、威厳を感じさせる。

「あ、ちょっとお尋ねしたいことがあるのですが」

浅見はうろたえぎみに言った。

「この辺りに以前、石橋さんというお宅があったのですが、ご存じありませんか」

「石橋？……」

老人はさらに顎を引いて、上目遣いになった。頭は完全に禿げて、その代わり純白の顎鬚がフサフサしている。

「ええ、石橋さんです。かなり昔にこの土地を離れたかもしれません」

「石橋なら、わしの生まれた頃には何軒もあった。もともとここは石橋だからな。だが、いまはもうみんな無くなってしもうた。死に絶えたということじゃ」

老人は憮然（ぶぜん）として言い放った。

2

「死に絶えた……」

浅見は思わず鳶多老人の言葉を反芻（はんすう）した。何軒もの石橋家が死に絶えた——というのは穏やかではない。

「それはつまり、一族全員が亡くなったということでしょうか」

念のために確かめてみた。

「ああ、そういうことじゃね。石橋姓の家というのは、みんな親類みたいなものじゃったが、いまは、わしの知るかぎり、石橋の身内の人間は誰もいない」

「しかし、それは正しくありません。少なくともお一人だけはいらっしゃるのです」

「ん？……そんなはずはないがな」

「ところが事実なのです。戸籍を辿ると小田原市石橋に繋がっていました」

「それはあれかね、ここの石橋家一族に関係のある人物に間違いないのかね？」

「はい、ここの石橋にルーツのある人で、名前は石橋洋子さんといいます」

女性の名前に、老人はギョロッと目を剝いて、紗枝子の顔を見た。紗枝子は慌てて手を振って、「私のことじゃありませんよ」と言った。浅見は苦笑しながらフォローした。

「石橋洋子さんというのは、千葉県館山市で学校の先生をしている三十九歳の女性です。以前、この人が小学校時代に教わっていたこともあります」

紗枝子は「そうです」というように、ペコリと頷いた。

「石橋さんの現在の本籍地は館山市になっていますが、それはご両親が結婚した時に新しく館山市に戸籍を設けたからで、その前――つまりお父さんの時までは、この小田原市石橋が本籍地だったのです。しかし、ご両親はすでに亡くなられて、石橋洋子さんは天涯孤独の身でした」

「……ん？　でした、というと？」

老人は耳聡く反応した。かなりの年寄りに見えるが、足腰も耳も確かだし、ぼけているようなこともないらしい。

「じつはその石橋さんが行方不明になっていて、現在のところ生死のほども分からない状態なのです。僕たちはその石橋さんの行方を追って、とりあえずこちらにお邪魔したというわけです」

「ふーん……」

老人は穴のあくほど浅見の顔を見つめていたが、やがて背中を向けると、肩越しに「ちょっと中に入らんかね」と言った。

一歩家の中に入ると、少し湿りけのある空気に柑橘(かんきつ)類の甘い香りが漂っていた。外観だけでは分からなかったが、土間がやけに広い玄関で、片隅には農具なども置いてある。周辺一帯の果樹園を経営する農家なのだろう。上がり框(かまち)の板の間もずいぶん広い。純和風の造りかと思ったが、板の間と境の障子を開けると絨毯(じゅうたん)を敷いた洋風の部屋で、あまり上等ではないが、応接セットが置いてある。

「誰もおらんので、茶も出せんが」

老人は二人の客にソファーを勧めて、あらためて「鳶多です」と名乗った。浅見も名刺を出して名乗り、紗枝子も自己紹介をした。

「お一人で住んでいらっしゃるのですか」

この広いお宅で——と言外に含んで、浅見は部屋を見渡しながら言った。

「いいや、伜(せがれ)と嫁はパートの仕事に出かけて留守だし、孫どもは東京やら大阪やらに行ってしまったのです。いまどき、ミカンだけでは食っていけんのでな」

鳶多老人は寂しそうな顔を見せた。

「さっきおっしゃった、石橋さん一族が死に絶えたというのは、何か事故でもあったのでしょうか？」

浅見は訊いた。

「事故というのかどうか……まあ簡単に言えば災難ということですな。それも二度も災難に遭った。一度目は大正十二年、二度めは昭和の、あれは何年じゃったかな、昭和二十四年じゃったか、キティ台風でこの辺りはひどい土砂崩れが起きて、二軒だけ残っていた石橋家は全滅してしまった」

「台風ですか」

その当時の台風には「キティ」だとか「キャサリン」だとかいうアメリカ女性の名前がつけられたという話は、浅見も母親などから聞いたことがある。アメリカ女性のヒステリックな恐ろしさを連想させるようでおかしいが、占領軍の命令でそうしたのだそうだ。それ以前は「室戸台風」や「枕崎台風」のように上陸地点の名称で呼んでいた。現在は「台風8号」といった無機質な呼び方になっている。

「これが猛烈な台風でしてな。とくに南東側の斜面は雨風が吹きつけて、この辺りはよかったが、谷沿いにあった家は土石流の直撃を受けてしまった……」

老人は思い出したくもないというように、首を振って沈黙した。よほどの惨状だったということなのだろう。

「大正十二年というのは何なのですか？」

浅見は訊いた。

「ん？　あんた知らんのかね」

老人は入れ歯がはずれはしまいかと心配になるほど唇を尖らせて、不満を表明した。そう詰られても、浅見はとっさには思いつかない。大正十二年というと——と、頭の中で素早く計算した。大正十二年は一九二三年、いまからおよそ八十年前だ。浅見の母親でさえまだ生まれていない。たしかサントリーウィスキーが誕生したのが一九二三年だった——と、テレビのCMを想起したが、まさかそんな冗談めいたことを言う雰囲気ではない。めまぐるしく頭を回転させていて、「あっ」と気づいた。

「関東大震災、ですね」

「そうじゃよ」

老人はようやく不満顔を解いて頷いた。

大正十二年九月一日に発生した関東大震災のことは、近代史の書物やニュース写真集などでも知識があったし、祖母から聞いた話として母親が語った、東京の悲惨な状況は聞いている。被服廠跡で何万もの人が死んだことや、隅田川に無数の死体が浮かんだといったことだ。

しかし、阪神淡路大震災の強烈な印象に較べれば、浅見の年代では遠い歴史上の出来事でしかない。むしろ、東京大空襲の悲劇的な様子を、本人の体験談として母から聞かされた記憶のほうが鮮明で、なまなましい現実味がある。それにしても、小田原と関東大震災を結びつけて考えたことはなかった。

「では、小田原付近も関東大震災の被害があったのですか」

「あったなんてもんではない」

浅見の非常識な質問に、老人はまたしても顔を歪(ゆが)めた。

「この辺りじゃ、山全体が崩れ落ちたと言ってもいいくらいなもんじゃったよ。そこの根府川(ねぶかわ)駅な。あれはあんた、駅ごと海まで崩れ落ちてしまった」

老人は腕を伸ばして南の方角を指した。東海道線根府川駅はその方向の、山の中腹にある。浅見たちが登ってくる途中、二つの鉄橋を潜(くぐ)ったが、あの線路はすぐにトンネルに入り、いま浅見たちがいるこの山の下を抜けてトンネルを出た辺りが根府川駅だ。

老人の話によると、地震が発生した時、ちょうど二つの列車が根府川駅で交換するところだったそうだ。

「交換というと、その頃の東海道線は単線だったのですか？」

話の腰を折るのを承知で、浅見は素朴な疑問を確かめた。

「ん？　ああそうか、あんたらは知らんのじゃろな。昔の東海道本線は箱根の北を走っておったのじゃよ。いまの御殿場線がそれだ。ここを走っていたのは熱海線といったかな。伊豆半島を横切る丹那(たんな)トンネルを掘って、東海道本線を短くする大工事中だった。

小田原からの線路が少しずつ伸びてきて、その頃は確か真鶴まで通じていたのだったかな。子供の頃は毎日のように、汽車が走るのを見物に行ったもんだ」

老人は目を細めて、昔を偲んでいる。

「すみません、それで、地震が起きた時、走ってきた列車はどうなったのですか」

浅見は恐縮しながら、話の先を促した。

地震が発生した時、上り列車のほうは根府川駅の手前にあるトンネルをまさに出ようとした直前だった。トンネル出口上方の岩盤が崩壊して、先頭の機関車を押しつぶし、機関手と助手が殉職した。乗客にも被害が出たが、ほとんどの乗客はトンネルの中を徒歩で後戻りして、真鶴方面へ脱出した。

しかし悲惨だったのはもう一方の下り列車のほうで、ちょうど根府川駅にすべりこんだところに地震が起き、約二百人の客を乗せた七両連結の列車は四十五メートルの断崖を、直下の海まで転落、ほぼ全員が死亡した。さらに、駅の上の標高二百メートル付近で発生した幅四百メートルにも及ぶ巨大地滑りで、ホームにいた駅員と客約四十名は、駅もろとも流され、埋没、未曾有の被害となったというのである。

山全体が崩れ落ちたという鳶多老人の話は、けっしてオーバーなものではなかったのだ。浅見は十六、七年ほど前、長野市の背後にある山で起きた地滑りをテレビニュースで見たが、それの比ではなかったのだろう。

その山崩れが石橋地区にもたらした被害は惨憺たるもので、老人の身内にも多くの死者が出たし、七軒あった石橋一族の家の五軒までが壊滅したのだという。

「あの頃、わしはまだ小学生だったが、大震災の光景はいまでも瞼の裏に焼きついているようじゃな」

鳶多老人は悲しげに述懐した。

悲劇はそれで終わったわけではない。それから十八年後に始まった太平洋戦争では、小田原の市街地は空襲を受けたが、当時はまだ「片浦村」だった、山ばかりの石橋地区は被害に遭わずにすんだ。だがそれも束の間、昭和二十四（一九四九）年に襲ったキティ台風の直撃を受けて、二軒の石橋家もついに全滅した——はずであった。

「何が何やら分からんような大混乱で、みんな死んでしまったと思っていたが、しかし、そうだったのかな、一人は生き残っておったのかな」

老人は記憶を辿る目を天井に向けたが、半世紀も昔、戦後の混沌とした時代のことである。記憶も混沌としているにちがいない。じきに思い出す作業は諦めた。

関東大震災とキティ台風の悲劇はショッキングな話だが、石橋洋子の係累が、すでにこの世に存在しないことだけは間違いないらしい。

石橋一族の中で最後まで残った彼女の父親は、昭和二十四年当時はまだ少年だった。災害の後、救出されてどこかの施設に保護されたのか、伝を頼ってこの土地を去ったのか、それとも知人に引き取られたのか、いずれにしても地元の人々の記憶からは消えた存在になっていたということだ。

「そこに佐奈田霊社というのがありますが、祀られている真田与一は石橋山合戦の時の勇者だそうですね」

浅見は話題を変えた。

「この辺りには、源頼朝に味方する人が多かったのでしょうか」

「ああ、そのようじゃね。わしらの祖先は源氏の郎党だったと言われておる」

鳶多老人は一瞬、誇らしげな顔をしたが、すぐに「それが本当かどうかは、分からんがね」と笑った。

「石橋さんの一族はどうだったのでしょうか？」

「ああ、石橋一族は本物じゃよ。ここの土地の名になっておるくらいじゃから、昔を辿ればこの土地の長か豪族だったのじゃろな。合戦に敗れた時、頼朝を匿ったのも石橋一族だったかもしれん」

「頼朝はここから船で房総半島へ逃れたのですが、だとすると、それに従って行った人もいたにちがいないですね」

「ははは、いくらわしが年寄りでも、そんな昔のことは知らんですよ。しかしまあ、そういうこともあったじゃろね。その証拠に、いまでも佐奈田霊社にお参りにやって来る人がおる」

「えっ、房総のほうからお参りに来るのですか？」

「ああ来ますよ。どういう因縁になっておるのかは知らんが、あの鳥居を奉納したのも、たしか房総の島の人じゃった。昔からそうやって参詣する習わしが、ずっとつづいておるのじゃないかな。それこそわしの子供の頃も来ていたかもしれん。房総というとえらく遠いようだが、船で来て石橋港に入れば、便利なもんじゃからな」

「そうですね、さっき水平線のかなたに房総半島が見えました」

「さよう、手を伸ばせば届きそうじゃろ」

老人は楽しげに笑ったが、浅見も笑いだしたくなるような興奮に襲われた。思いがけなく、美瀬島と小田原が繋がったのである。美瀬島の人間がここの海岸に精通している理由もはっきりした。そして、その連想から浅見はふいに思いついた。

「だとすると、関東大震災の時やキティ台風災害の時も、房総から救援の船がやって来たのではないでしょうか」

「ああ、それは来ましたな。この辺りは道路も鉄道も寸断されて、陸の孤島のようになってしまったので、救援はすべて海から来た。震災の時のことは憶えておらんが、台風の時はわしはここの地区長をやっておった。怪我人を運んだり、食料を持ってきてくれたり、その中には房総の船もあった。いま考えてみると、房総からこんな石橋みたいなちっぽけな港へ来なくても、小田原や真鶴の港へ行けばよさそうなもんじゃ。それが直接ここに来てくれたのは、そうか、そういう因縁があったからかもしれんな」

初めてそのことに気づいて、老人は厳粛な面持ちになった。

「どうでしょうか。運ばれた怪我人の中に、もしかすると石橋家の最後の一人となった少年もいたとは考えられませんか」

「なるほど……いや、そういうこともあったかもしれん」

「だとすると、房総の館山に本籍を移したことも理解できますね」

「そうじゃな、確かにそうじゃな」

因縁の不可思議を思うのだろうか、老人は強張った顔のまま、若い浅見の意見を否定しなかった。

それから間もなく、浅見と紗枝子は鳶多家を辞去した。突然訪れた見知らぬ客を、老人は名残惜しそうに見送った。

ついに最後まで、天羽紗枝子が房総の美瀬島の人間であることは老人に告げなかった。紗枝子がそれを望んでいないような気配を、浅見は察知していた。案の定、車に戻りながら、紗枝子は押し黙っている。浅見同様、美瀬島の人間がこの石橋に土地鑑があることを重く受け止めたのだ。

浅見はもう一度、佐奈田霊社の石段を登って、鳥居の根元付近に奉納者の名前が刻まれているのを確かめた。

〔奉納　房州美瀬島天栄丸天羽助太郎　昭和五年五月吉日〕

予期していたとはいえ、その事実を突き止めたことで、浅見は体の奥底から震えが突き上げてくるような気持ちだった。

3

石橋山を下りて、浅見と紗枝子は小田原市役所へ向かった。以前来た時の小田原はむやみに工事中の箇所が多かったのだが、それもほとんど片付いたらしい。とくに小田原城を囲む一帯の公園はよく整備されている。

道は公園の西側にできた新しい道路を通り、城の北側で東海道線を越える。そこから少し行ったところに市役所がある。

四階の観光課を訪ねた。役所はどこも同じような作りだ。職員が執務するスペースとお客とは長いカウンターで仕切られている。何かの催しが近いのだろうか、職員たちは忙しそうで、声をかけるのも気が引ける。浅見たちがカウンターのこっちに佇んでいると、パソコンを叩いていた小柄で若い男性職員が気づいて「何か？」と立ってきた。

「関東大震災の際の、小田原市の被害に関する記録を調べたいのですが」

「ちょっと待っていただけますか」

職員はデスクの陰にしゃがみ込んで、引き出しの中の資料を探し始めた。小柄な彼がそういう恰好をすると、体がすっぽり隠れて見えなくなる。通りかかった年配の女性職員が「あの、伺っておりますでしょうか？」と問いかけた。「はい、いまそこで」と男性職員を示すと、安心した顔で去った。それからすぐにべつの男性職員が来て、「ご用は伺ってますか？」と声をかけてくれた。風来坊みたいな客に、ずいぶん気を遣うものである。

若い職員はデスクの資料の中には見当たらなかったのか、「すみません、もう少しお待ちください」とどこかへ飛んで行った。きびきびしてじつに感じがいい。このところの神奈川県は県警の不祥事が相次いで、あまりイメージはよくないのだが、蔦多老人といいここの職員といい、好感がもてる。

そういえば浅見の大学時代のガールフレンドも小田原の女性だった。箱根土産の首の動くこけし人形をつくる家の娘で、愛らしかった。かなりいいセンまでいったはずなのだが、例によって肝心なところで浅見は逃げた。そんな場違いな懐旧の情に浸っている自分に気がついて、浅見は慌てて周囲を見回した。動揺した心の内側を紗枝子に勘づかれはしなかったか、少なからず気になった。

間もなく戻ってきた職員は「こちらに資料があります」と、別室に案内してくれた。

そう広くはないが、小田原市史をはじめとするさまざまな資料が棚にぎっしり並んでいる。閲覧するデスクもあり、必要ならばコピーも取れる。「どうぞご自由にお使いください」と、職員は最後まで親切だった。

浅見と紗枝子は手分けして資料調べを始めた。関東大震災の記録はすぐに見つかった。鳶多老人の話でおおよその見当はついているつもりだったが、詳しく調べると被害の甚大さにあらためて驚く。東京の被害は主に地震後の火災による焼死者が多かったものだが、東京よりも震源地に近かった神奈川県のほうが地震そのものによる被害は甚大だった。小田原の場合も建物の倒壊が直接、被害をもたらしたケースが目立つ。

当時、小田原には皇族のひとつだった閑院宮（かんいんのみや）の屋敷があった。地震と同時に屋敷は倒壊、四人が死亡、三人が重傷を負った。その死者の一人は「寛子姫」である——と記録に残っている。

「へえーっ、その頃は『姫』って呼ばれていたんですね」

紗枝子は地震の被害よりも、その部分に興味を惹かれたらしい。確かに「姫」という呼び方は、「大日本帝国」だった時代を感じさせる。

また、小田原きっての大病院だった足柄病院も倒壊、医師、看護婦、患者など三十三人が圧死。郊外の紡績工場では、厚さ三十センチの煉瓦（れんが）壁が崩れ、従業員百三十四人が圧死している。

震災の被害とは別に、震災後数日して、東京圏から始まった風評による朝鮮人への襲撃事件が、小田原市辺りにまで蔓延したという記述があった。ごく短く簡単に書かれているのだが、斜め読みにしている浅見の目に、ほんの一瞬、その記事が引っかかった。

「ここに根府川の列車転落事故のことが載ってます」

隣で資料に目を通している紗枝子が、そのページを指さした。おおよそは鳶多老人の話どおりだが、周辺の被害は惨憺たるものだったようだ。石橋はその当時、根府川、米神、江之浦とともに「片浦村」の集落の一つだったのだが、記録には根府川と米神についてこう書いてある。

〔地震発生後二、三分で、村の北側五、六キロメートルにある聖岳が崩れ、白糸川の流れとともに大音響をとどろかせながら襲ってきた山津波に埋没してしまった。この山崩れのために、海岸で遊泳中の村落の子供たちが、地震に驚いて帰宅しようとしたところ、海中に押し戻され、二、三人を残して行方不明になった。さらに米神でも、日向山の崩壊により二十戸が山崩れの下に埋没、下敷きになった多くの犠牲者については、遺体発掘の望みは完全に絶たれた。〕

これを読むと、石橋一族の悲劇的な末路が実感できる。

関連で丹那トンネルの記録を引き出してみた。丹那トンネルの掘削工事は一九一八年から始まって、使用開始は三四年、じつに十六年かかっている。東海道新幹線の新丹那トンネルではわずか六年だったことと対照的だ。一九二三年の関東大震災はまさにその工事の真っ只中(ただなか)に起きた。

丹那トンネルは熱海─函南(かんなみ)間にあり、長さは七千八百四十一メートル。それ以前に造られた笹子トンネル(山梨・中央本線)に較べると飛躍的な技術革新があり、後の清水トンネル(群馬・上越線)や関門海底トンネルの試金石となって、世界的にも注目された。

丹那トンネルの掘削工事は困難を極めた。この辺りの地殻は富士火山帯に属す複雑な構造をしていて、玄武岩、凝灰岩、火山灰、砂層などが混在している。しかも多数の断層と高圧多量の地下水が行く手を拒み、世界のトンネル史上に残る難工事だったという。セメントや薬液の注入、圧気工法、シールド工法など、当時としては画期的な新技術を駆使して難関を乗り切ったとはいえ、完成までには崩落や出水事故で六十七名の犠牲者を出した。

関東大震災が襲ったのは工事開始から五年後、時刻はほぼ正午に近かったから、トンネル内で掘削に従事していた作業員も少なくなかったにちがいない。犠牲者の何人かはその地震の時に亡くなったとも考えられる。

「そういえば、昔の鉄道工事のことを書いた短編小説を読んだことがありますよ」

浅見は思い出した。紗枝子が「ふーん」と、あまり関心なさそうに相槌(あいづち)を打った。

「小学生の頃だったから、もう誰の作品か、どういう内容かもはっきりしないけれど、たしか工事用のトロッコを描いたもので、少年の目線で書いていたんじゃないかな。鳶多老人の話だと、当時はまだ東海道線は御殿場を通っていて、現在の路線になる前身の熱海線が真鶴まで延びていたそうだから、たぶんそこから先、熱海や丹那トンネルの現場まではトロッコ用の仮設線路だったのでしょうね。トロッコを押す労働者の疲れた様子や、恐ろしげな外見に似合わず、少年に対して優しく接してくれたことなどが、たんたんとした筆致で書き綴られていたのを、おぼろげに憶えてますよ」

浅見は窓の外の遠い辺りに視線を送り、記憶の底をまさぐったが、資料調べに没頭している紗枝子は「へえー」と、まったく関心がなさそうだ。

「少年はどうなったのかな」

浅見がポツリと言ったのに「えっ？」と、ようやく真顔で反応した。

「どうなったっていうと？……」

「大震災の時、少年はどうしたのかと思ったものだから」

「ああ……でも、小説を書いたのはおそらく、後年のその少年だったはずでしょう。だったら少年は地震の犠牲者にはならずに済んだんですよ、きっと」

「それはそうですがね、しかし、モデルになった労働者はどうだったのかな」

「ははは、浅見さんておかしなことを考えるんですね。それは小説なんでしょう？」

紗枝子は笑ったが、浅見があくまでも真面目な顔をしているので、すぐに笑いを引っ込めた。

「確かに小説にはちがいないが、完全なフィクションではなく、私小説ふうのものだった気がしますよ」

「それにしたって、それが何か事件と関係あるんですか？」

「いや、そういうわけじゃないけど」

「でしょう。だって八十年も昔のことじゃないですか。関係なんて、あるはずがないですよ」

「しかし、源頼朝が石橋山合戦に敗れて、美瀬島の人たちに助けられたのは八百年以上も昔のことですよ。その歴史上の人物や出来事でさえ、現代の石橋と美瀬島の結びつきに、何らかの影響を与えていることが分かったのだから、八十年前のことがどこかで繋がっていたとしても不思議はないでしょう」

「それはそうですけど……だけど……」

紗枝子はほとんど呆れ顔である。

「僕はね、トンネル工事の労働者はどういう人たちだったかって思ったんです」

「？……」

「トンネルの掘削は、いまもそうだけど、その当時はかなり危険が伴う仕事だったはずですよね。現に丹那では六十七名の犠牲者が出ているんですから。そういう危険な作業に従事した労働者の中には、おそらく朝鮮の人たちが多かったのじゃないかな」

「朝鮮の人？……」

「そう。日露戦争勝利の結果として、日本が朝鮮を併合したのは一九一〇年、つまり、丹那トンネルの工事が始まる八年前です。当然、朝鮮から労働者を大量に運んで、炭坑やトンネルなど条件の過酷な労働に従事させたにちがいない」

「ああ、なるほど、そうかもしれませんね。でも、それが何か？」

紗枝子のあどけないような視線に出くわして、浅見は出かかった言葉をいったん、呑み込んだ。思い浮かんだ仮説に自分でも嫌気がさした。いくら自分の関知しない歴史上の出来事のような事件ではあっても、日本人として、日本が犯した過去の罪業をなぞるのはつらい作業ではある。

「ここに書いてあるけれど、関東大震災の直後、市民が朝鮮人を襲撃する事件があったのを知ってますか」

「聞いたことはありますけど、でも、よく知りません」

紗枝子は曖昧(あいまい)に言った。日本人の多くがその程度の知識なのだろう。浅見はたまたま以前、仕事の関係で調べたから、紗枝子よりはいくらかましな知識を持っている。

震災直後の社会不安を背景に、不穏分子(ふおんぶんし)や朝鮮人が暴動を起こすというデマが流れた。

中には井戸水に毒を入れたという極端なものまで囁かれ、東京を中心とする被災地域で、恐怖に駆られた市民が朝鮮人を無差別に襲撃し、殺害した。完全なリンチである。日本人であるにもかかわらず朝鮮人と誤認され殺されたケースもあった。

日本が朝鮮半島を支配下に収めたのは、二十世紀の初頭から太平洋戦争に敗れるまでのおよそ半世紀だが、その間に朝鮮民族に与えた苦痛と屈辱は計り知れないものがある。単に政治的な面での支配体制が敷かれたというだけではなく、一般の市民生活においても差別と虐待を生んでいた。関東大震災後のリンチ事件は、ごくふつうの市民が暴徒と化して朝鮮人を襲ったのである。

浅見がかいつまんで解説した話に、紗枝子は「怖いですね」と、深刻そうな顔を作ったが、やはりさほどの切実感はなさそうだ。

「小田原付近でもそういうことがあったのじゃないかって、僕は思ったんです。もしそうだとしたら、丹那トンネルの労働者の中にも被害に遭った人がいたかもしれない」

「ああ、それはありえますね」

でもそれが何か？——と、紗枝子の目は訊いている。

その疑問にどう答えるべきか、浅見は迷った。

たったいま、ふいに思い浮かんだばかりの着想である。八百年前の源頼朝を救った美瀬島が、八十年前の関東大震災で遭難しかけた人々を救った。その中には丹那トンネルの工事に従事した朝鮮人も含まれていた可能性がある。

だからどうした？——と問われれば、まだきちんとした説明ができるほど確信があるわけでもない。八十年というスパンは三十三歳の浅見光彦にとっては、いささか長すぎる時間経過であった。まして、関東大震災や戦後の混乱期に襲ったキティ台風の最中に何があったか——など、想像しようにも、実態そのものが摑めていないのだ。

しかし、浅見のインスピレーションの世界では、胸がざわめくような気配が生まれつつあった。すべてが闇の中だった事件ストーリーの先に曙光が射す場合には、いつもそういう不安にも似た心理の揺れを感じる。じつはほんの目の前に、すでに何かが見えてきているのかもしれなかった。

二時間ばかり資料室にいて、十数枚のコピーを取ると、例の職員にお礼の声をかけて市役所を引き揚げた。

車が走りだしてから、浅見は言った。

「近いうちにいちど、千葉へ行こうかと思っているんです」

「千葉って、美瀬島にですか？」

「そう、美瀬島もだけど、館山にも行く必要があります」

「ああ、石橋先生のことですね。だったら私も行きます」

「いや、あなたはよしたほうがいい」

「どうしてですか、邪魔なんですか。美瀬島へ行くのなら、私も一緒のほうがいいに決まってます」

「それはそうなんだけど……いや、やっぱりあなたはよしたほうがいいな。僕のような変なのと一緒に帰省すると、あらぬ誤解を招くかもしれませんよ」

「あら、私は構いません。浅見さんとなら誤解されてもいいです」

紗枝子はきわどいジョークを言って、自分の言葉に照れたように、「あははは」と男っぽく笑った。

「だけど、浅見さん、美瀬島には何しに行くんですか？」

「それはもちろん、天栄丸の天羽助太郎さんと石橋との関係を確かめにです」

「そのことだったら、もうはっきりしてるじゃないですか。頼朝の亡命先だったということと、石橋の佐奈田霊社に鳥居を奉納した関係でしょう」

「そうじゃなくて、震災の時やキティ台風被害の時に、どういう救助活動をして、救助された人々はどうなったのか、そういうことを聞いてみたいのです」

「ふーん、ずいぶん回りくどい感じだけど、それって事件に何か繋がるんですか？」

「行ってみなければ分かりませんよ」

無意識に突き放すような言い方になったのか、紗枝子は少し悲しげな目をしていた。

4

紗枝子を送り届けて、浅見が帰宅したのは午後七時を回っていた。むろん夕食はとっくに終わって、お手伝いの須美子がひとり、キッチンにある小さなテーブルで食事を始めたところだった。

須美子は素直な女性だが、どうしても言うことをきかない頑固な一面もある。みんなと一緒に食事をと勧めても、それだけは絶対にいけません——と固辞して譲らない。前任のばあやさんから言い含められているだけでなく、須美子自身の主義らしい。

「いまどき、そんな旧弊を」と、「大奥様」の雪江でさえ呆れるのだが、こればっかりはどうすることもできない。

「坊っちゃま、お食事はまだなんじゃありませんか？」

気配をキャッチして玄関に出てきた。

「うん、まだだけど、カップラーメンか何かで適当にやるからいいよ」

「いけませんよ、そんなこと。すぐお支度しますから」

浅見が自室に入って、手洗いをすませ、小田原土産を持って現れた時には、ダイニングのテーブルに一人分の夕食がちゃんと用意されていた。

「なんだ、キッチンでよかったのに」

「何をおっしゃるんですか。それより坊っちゃま、お留守中にお電話が三本ございましたよ。それも全部警察です。えーと、大原警察署から二回と小田原警察署でした」

声をひそめて言う。しかし彼女の配慮も虚しく、その言葉を言い終えたとたん、雪江が部屋に入ってきた。

「光彦、警察から三回も電話があったらしいわね。いったい何をやらかしたの？」

「いえ、べつに大したことはしてません。ただ、妙な事件が起きているもんだから」

「妙な事件て、小田原警察署からの電話だそうですから、増田さんの事件なのね」

「はあ、まあそうです」

「ほら、やっぱりそうじゃありませんか。またおかしなことに首を突っ込んで、陽一郎さんに迷惑をかけようとしている」

「いえ、そういうわけじゃなくて……困ったな。じつは、あの事件はですね、ただの喧嘩じゃなさそうなんです。しかも、ひょっとすると僕が房総の美瀬島へ行ったことと、何か関係があるのかもしれません」

「おや、それはどういうことなの？」

「あの事件が起きたのは、僕が増田さんを訪ねてから二十日後ぐらい――ちょうど美瀬島へ行っているあいだのことなのです」

浅見は食事の手を止めて、事件のあらましを解説しなければならなくなった。雪江は最初のうちは眉をひそめ、拒否反応を示していたが、次第に興味を惹かれるのか、身を乗り出すようにして聞いていた。

「そうなの、そんなことがあったのなら、すぐに陽一郎さんに知らせなきゃだめじゃないの。今夜、陽一郎さんが帰ったら、ちゃんとお話ししなさい、いいわね」

「はい、僕もそのつもりです」

陽一郎の帰宅は例によって深夜になった。浅見も夜は強いほうだが、刑事局長は朝も早いから敵わない。エリート官僚が激務なのは分かるが、あんなふうに身心を削るような仕事ぶりで、人生は楽しいのかな――と疑問に思うことがある。

「おい、光彦、ちょっといいかな」

陽一郎のほうからお呼びがかかった。兄の書斎に行くと、椅子を勧めて、いきなり

「きょう、大原署の署長から、千葉県警経由で電話があった」と言った。

「房総で発生した事件について、だいぶ活躍しているそうじゃないか」

「そんなふうに言ってましたか。それほどでもないですよ。兄さんに迷惑かけるようなことはしてないつもりだけど」

「いや、皮肉で言ってるわけじゃない。向こうもお世辞抜きで感謝してたよ。ところで訊くが、美瀬島に不審船が現れたというのは、信憑性のある話なのかね」

「確かな事実と断言はできないな。何しろまた聞きですからね。しかも目撃したという人物はすでに死んでます」

「そのようだな。所轄署の署長も県警もそのことがあって、当初は軽く考えていたフシがあるが、刑事局長の弟が動いたというので、なおのこと慎重かつ誤りなきを期したいのだろう」

「困ったなあ、そんなに大げさにしないでくれって言っておいたのに」

「そういうわけにはいかないさ。で、きみの感触はどうなんだい。かりに事実だとして、いったい不審船とは何物なのか」

「目撃者はただの漁船ではないと言っていたそうだし、船員がデッキで歌っていた歌が意味不明の耳慣れない言葉だったそうですから、たぶん朝鮮の歌ではないかと思ったんです。ひょっとすると東シナ海で自沈したのと同タイプの船かもしれない」

「つまり、北朝鮮から来た工作船だと思うわけだね」

「あくまでも想像の域を出ないけど、しかし、ニュースソースは僕みたいな素人でなく、房総の海のことを熟知した地元の漁師ですからね。かなり信憑性があると考えていいんじゃないかなあ」

「そうか……」

陽一郎はしばらく考えていたが、「これを見てくれ」とＡ４判の印刷物を差し出した。

マル秘のスタンプが捺され、〔北朝鮮工作船着岸ポイント〕と表題がついている日本全図だ。北海道中部から鹿児島の大隅半島に至る日本海と東シナ海に面した沿岸部にドットが付けられ、そこから線を引っ張って数字が印刷してある。別表には数字に対応する地名が並んでいた。抜き出してみると、たとえば次のようなものである。

1 北海道古宇郡泊村盃
2 北海道瀬棚郡瀬棚町最内沢
5 青森県北津軽郡市浦村十三
9 山形県酒田市坂野辺新田
11 新潟県佐渡郡小木町
19 富山県氷見市比美
23 京都府宮津市岩ケ鼻
29 島根県浜田市下府町
32 山口県豊浦郡豊浦町本郷
34 佐賀県唐津市東唐津虹の松原

「これはどういう?」

「ある信頼できる情報源から入手したものだが、見たとおり、すべてが日本海と東シナ海側の沿岸だ」

「そうですね。太平洋側には一カ所もない。僕も一目見てそう思いました。しかも房総半島なんて、いちばん遠い反対側ですからね。すると不審船といっても、北朝鮮とは関係ないことになるのかなあ」

「そうかな」

「そうでしょう」

「私は必ずしもそうは思わないな。警察と海上保安庁は日本海側には十分警戒して、アンテナを張りめぐらしている。このあいだ自沈した不審船もその警戒網に引っかかったやつだ。そこへゆくと太平洋側、とくに房総半島付近はまったくのノーガード、盲点といってもいい」

「なるほど……」

そういう考え方もあるか──と浅見は感心した。地図を眺めると、太平洋岸にはきれいさっぱり何もない、その中央である房総半島はまさに盲点の象徴のように見える。

「日本は他国と国境を接していないから、何となく安全だと思いがちだけど、こうしてみると、じつに長い国境線で無限の相手国と対峙（たいじ）しているんだなあ。あらためて気がつきましたよ」

「ははは、いま頃そんなことを言っているのか、呑気なもんだな。およそ日本くらい無防備な国は世界でも珍しいだろう。たとえば太平洋沿岸のように、その気になれば、いくらでも接近できるし潜入も容易だ。不審船や不審者のチェックは、ほとんど民間からの通報に頼っているようなものだし対応もなまぬるい。これが逆に北朝鮮や中国、ロシアとなると、日本船が不法接近したり、まして接岸でもしようものなら、即、銃撃されそうだね」

「それだけ日本は平和だってことかな」

「確かにそれはいえる。国民のほとんどが緊張感なしに暮らしている国なんて、そうざらにはない。アフガンやパレスチナ、東ティモール、アフリカのいくつかの国などと較べるとよく分かる。超大国アメリカでさえテロの恐怖が切実なものだ」

「兄さんがそう言うと、何だか、だから軍備の増強が必要だ——という政府見解みたいに聞こえるな」

「冗談を言うなよ。私の持論はむしろ軍縮のほうだよ。そうではなく、もっぱら治安のことを言っているのだ。だからといって警察組織の増強を主張するわけではない。要は精神の問題だな。一般国民はともかくとして、国や為政者に緊張感がなさすぎる。昔『四面海もて囲まれし　わが敷島の秋津洲』という軍歌があったが、周りが海というのが安全神話のように作用しているのかもしれない。国家の存立や国土の保全といったことについて、きわめて鈍感になっている。だから北方四島の領有という重大事を弄んで、私腹を肥やすことを考える、まるで売国奴そのもののような政治家が現れたりもするのだ」

刑事局長は険しい顔で言ってから、ふとわれに返ったように表情を和らげて、「おい、これはここだけの話だぞ」と念を押した。

「分かってますよ」

浅見は笑った。

「個人の犯罪に対しては異常に厳しかったりするくせに、組織犯罪を対象とする治安に関しての警察や政治の軟弱な姿勢やことなかれ主義、先送り体質には、僕も呆れるばかりです。このあいだ、フランスかどこかの国でテロ組織や個人名を名指しで発表したけど、その中に元のオウム真理教の名前が入っていたじゃないですか。あれは日本がテロの温床であることを指弾したようなものです。そもそも四千人近い死傷者を出すテロを起こした団体を、解散させることもしなかったのは、どういう発想からきているのだろう。不思議でなりませんね」

「私もそう思うよ。あの事件では、うちの長官までが狙撃され重傷を負った。当然解散させられるはずだと誰もが信じていたのだが、政治はそうはしなかった。信教の自由を侵害することを懸念したのかもしれないが、自ら火中の栗を拾わない無責任さと、問題を先送りする悪しき体質を象徴しているね」

「それはともかくとして」と、浅見は話題を元に戻した。

「警察は美瀬島の不審船問題を追及するつもりですかね」

「もちろんそのつもりだが、現実には相当難しい。警察が正面から行っても、雲を摑むような話だしね」

「そのようですね、大原署から捜査員が行ったものの、島の人間は誰一人として、そんな不審船なんか見たこともないと言っていたそうです。そんなはずはないと思ってみたところで、現行犯でも発見しないかぎり証拠がありませんからね」

「そのとおりだよ。ただね光彦、殺されたと見られる柿島という漁師の目撃談に『ボートを下ろして島に向かった』というのと、『デッキで歌を歌った』というのがあったそうだが、それがまさに、工作船が陸上の仲間と接触を図る時の、彼らのマニュアルとぴったり符合するのだ」

「なるほど、そういうことですか。それで納得しましたよ。秘密裡にことを運ばなければならないのに、なぜ大声で歌を歌ったりするのか、その点が疑問だったのだけど」

「ただ……」と、刑事局長は思慮深い目を天井に向けて、少し言い淀んだ。

「さっきの表だがね、実のところ、ほかはすべて日本海側であるのに、なぜ美瀬島だけ太平洋側なのか……という疑問は残っている」

「それはだから、兄さんが言ったように、盲点を衝いたということじゃないのですか」

「ああ、確かにそう言ったが、単純にそう考えるのは、ひょっとすると誤りかもしれない」

「というと？」

「警備の手薄な太平洋側に接近するのは分かるが、最も遠い房総を選ぶ必然性はないだろう。西のほうにいくらでも適当な場所はある。かりに盲点であるにしても、横須賀には米軍の基地もあるし、海上自衛隊の基地もある。東京のお膝元ともいえる房総半島は危険だし、第一、島の人間に目撃される可能性も少なくない。それなのになぜ美瀬島なのか……」

「美瀬島側に手引きする者がいるのでしょう」

「もちろんそうなのだが、それだけかどうか。ほかに重要な理由なり目的があるような気がしてならない」

「どういうことですか？」

「分からない。一種の勘かな。何となく、美瀬島に来ている船は、いわゆる工作船とは異質な感じがする。北朝鮮との関係はないというのが正しいのかもしれない」

「しかし、僕が調べたかぎり、美瀬島は昔から朝鮮との関係が緊密ですよ。死んだ柿島一道が目撃した印象からいっても、やはり北朝鮮の工作船と考えていいのじゃないかな」

「たぶんそうなのだろう……しかし何かが違うような気がするのだよ」

「珍しいな、兄さんがそんなふうに曖昧な拘り方をするのは」

浅見は笑ったが、陽一郎はニコリともしないで、首を振った。

「われわれには、不審船というと北朝鮮の工作船だとする先入観が定着している。スパイもどきの工作員を潜入させたり、麻薬を持ち込んだり、日本の市民を拉致するのが目的だと決めつけている。しかし、すべての船がはたしてそれだけが目的でやって来るものだろうかね」

「ほかに目的があるにしても、どっちみち犯罪行為であることに変わりはないでしょう」

「そう思うかい？」

「は？……」

何が言いたいのだろう——と、浅見は兄の顔をまじまじと眺めた。

「きみは美瀬島へ行って、島や住民たちにどんなふうな印象をもった？」

予想外の質問だった。

「そうですねえ……穏やかで豊かな島という印象ですね。住民たちもにこやかで、平和に暮らしていますよ」

「そうだろう。私が集めた情報も同じようなものだ」

「ただし、外部の人間に対してはあまり寛容ではないかもしれない。対岸の和倉町とは犬猿の仲だそうだし、島の環境を汚染されるという理由で、観光客もいっさい受け入れません。うわべは笑顔でも、胸の内では何を考えているのか分からないような、ちょっと不気味な感じもしないわけじゃないですよ」

「いずれにしても、平和で穏やかな島であることは間違いないのだろう」

「ええ、それはそうですけどね」

「そういう人たちがだよ、北朝鮮の工作船を手引きするような犯罪を行なうものかね」

「それは、中には悪いやつもいるでしょう」

「何人かが悪事を働いているということかい。それはどうかな、島の中で、誰にも知られないように工作船を受け入れることは不可能なんじゃないかな。もしやるなら島ぐるみ……少なくとも幹部連中の意思統一が必要だろう」

「島ぐるみの犯罪ですか。それはまあ、ありえないことじゃないけど……」

「いや、犯罪なのかどうかは分からないよ」

「えっ？　どういう意味ですか？」

「あの島の人々がすべて売国奴ででもなければ、工作船の手引きをするはずがない」

兄が「売国奴」という強い言葉を口にしたことに、浅見は驚いた。「売国奴」と聞くと、またしても、例の北方四島を食い物にした代議士のことを思い浮かべてしまう。

「僕が見たかぎり、美瀬島が売国奴の島であることは、絶対にありませんよ、むしろ環境や資源を大切にしようとしている、模範的な日本人だと思うな」

「ははは、きみがムキになって保証するくらいなら確かなのだろう。しかし、不審船が接近している事実があるのだとすると、何かが進行していることは間違いない。それは認めるね」

「認めますよ。ただし犯罪性があるのかどうかは分からない」

「そこでだね、光彦」

陽一郎は少し姿勢を正して言った。

「これは警察庁刑事局長として、しかし非公式に依頼するのだが、きみにあらためて美瀬島に行ってもらいたい」

「えっ……」

浅見は驚いた。美瀬島へ行くこと自体は、そのつもりでいたからいいのだが、兄から捜査協力を依頼されるようなことがあるとは信じられない。

「いいのかな……母さんに知れたら大問題になりそうだけど」

「おふくろには、あとで私のほうから説明しておくよ。こと国家の浮沈にも関わる問題だからと言えば、愛国心旺盛なおふくろは喜んで送り出すに決まっている」

「それじゃまるで、息子の出征を喜ぶ軍国の母みたいじゃないですか。靖国の母なんてことにならなきゃいいけど」

「おいおい、たとえ冗談でもそんな不吉なことを言うなよ。現に犠牲者も出ているのだから、多少の危険はあるかもしれない。十分に注意して、無理をしないというのが条件だ。それと費用のほうは潤沢に用意する」

「そうか、それが警察庁の機密費というわけですか」

以前、外務省や内閣官房の「機密費」がずいぶん話題になったが、その恩恵（？）に自分が浴することになるとは、さすがの浅見も想像できなかった。

「了解、美瀬島へ行きますよ」

「そうか、行ってくれるか……しかし、断ってもいいぞ」

「いや、断ったりしませんよ。いまだから言うけど、頼まれなくても行くつもりでいたんですから」

「本当か？」

「うん、本当です。だからって機密費を出し惜しみしないでくださいよ」

浅見は笑って、

「それと、兄さんは気づいてないけど、美瀬島の事件とはべつに、たぶんその関連と思われる殺人事件が起きているんです」

「小田原の増田氏の事件か」

「えっ、分かってたんですか」

「当たり前だ。警察の組織を見くびってもらっちゃ困る。しかし、あの事件を単なる喧嘩による傷害致死事件ではないと指摘した、きみの炯眼には、神奈川県警の連中も感心していたよ。もっともお世辞半分で、実際には信じていないのかもしれないがね」

「驚いたなあ、もうそこまで話が届いていたんですか」

「ただし、その事件と美瀬島が結びつくとまでは、まだ誰も考えていない」

「えっ、それじゃ、兄さんはどうして？」

「ははは、それこそ単なる想像さ。美瀬島と小田原は海上をほぼ一直線で結ばれる。あとは何があったのか、動機は何なのか、いつ、誰がどうやったのか——を考えればいい」

浅見は軽く頭を下げた。口には出さなかったが、（さすが兄貴だ——）と思った。

「そのことも含めて、きみには広く真相を見極めてきてもらいたい。美瀬島でいったい何があったのか、これから何が起きようとしているのか、それともう一つ……」

途中で口を噤み、言うべきか言わざるべきか、逡巡する視線を宙に泳がせてから、思い切ったように口を開いた。

「親父さんがなぜ美瀬島で遭難したのか、そのことも心に留めておいてくれ」

「えっ……」

今度こそ、浅見は心臓が凍りつくほどのショックを受けた。いったい兄は何を考えているのか、わけが分からなくなった。

第九章　わだつみの声

1

海の色が変わった――と浅見は思った。大原のはだか祭りがあった九月の海は、まだ紺碧の夏の色であった。その青に鈍色が差して、秋の深まりを感じさせる。南方はるかに台風が近づいているそうだ。この辺りはまだ無風状態で、海面は油を流したようにヌメッとした顔だが、波長のゆるやかなうねりは寄せている。海底の砂地はもう、嵐を予感してざわめき始めたかもしれない。

紗枝子は東京湾横断道路に入った辺りから言葉数が少なくなった。木更津を過ぎ、鋸山の麓を抜ける頃には、いよいよ緊張の度が強まった表情になった。浅見が房総へ行くと言った時は、軽い気持ちで「一緒に行きます」と言ったように思えたのだが、あれから何日か経って、心理状態に何か変化でも生じたのだろうか。

館山市に入って真っ直ぐ警察へ向かった。紗枝子のマンションに事情聴取に来た吉田という部長刑事に、あらかじめ電話を入れてある。吉田はこっちの素性を訝しんだが、天羽紗枝子と一緒だと聞いて納得した。もっとも、捜索に手掛かりがない状況なのだから、相手が誰であれ、情報提供者は大歓迎のはずである。

吉田は部長刑事としては、たぶん若い部類に属するのだろう。しかし目つきの鋭い、いかにも「刑事」という面構えの男だった。背はそう高くないが肩幅ががっしりして、額に剣道の面擦れ、猪首に柔道衣の襟擦れの、蚯蚓腫れのような痕がある。言葉遣いは一応、丁寧だが、そうでもなければ街の暴力団とあまり差のない印象だ。

想像していたとおり、石橋洋子の捜索はさっぱり進捗していなかった。というより、警察は積極的な作業をしていないし、したくても手掛かり難の状態では手の打ちようがないのかもしれない。行方不明者の捜索はだいたいがそういうものだ。これで遺体でも発見されれば話は変わってくるのだが。

「ただしですな、営利誘拐の疑いは薄れ、本人の意思で行動した可能性が強くなりました」

吉田はそう言った。

「その理由はです、まず銀行口座からほぼ解約に近いほどの預金が引き出されたのだが、それは石橋さん本人がやっている。しかも失踪したとされる前日であることが判明しました」

「誰かに脅迫されている様子はなかったのでしょうか？」

浅見が訊いた。

「いや、その辺りを入念に聞いたのだが、銀行側はまったくそれらしい気配はなかったと断言しております。さらにですな、石橋さんには、精神的な面で失踪しそうな状況があったと思料されるのです。といいますのは、石橋さんは美瀬島というところから館山の学校に転勤してきたのだが、どうも周囲と馴染めなかったようなのです。べつに周囲の先生方が意地悪をしたとかシカトしたとかいうことではないが、石橋さんのほうから溶け込もうとしなかったんじゃないでしょうか。校長さんは時が経てば好転するだろうと思っていたのだが、かえって孤立していったみたいです。最後の頃は、ほとんどノイローゼ状態だったという話ですよ。そんなことでは児童に影響が出るのでは――と心配していた矢先に失踪して、学校側としてはほっとしているというのが正直なところでしょう」

吉田は遠慮のない話しぶりだ。紗枝子の表情に不満の色が表れるのが見えたので、急いで話題を変えることにした。

「石橋さんのご両親はすでに亡くなっているそうですが、じつはこのあいだ、石橋家のルーツを訪ねてきました」

浅見がそう切り出すと、吉田は少なからず驚いた。

「えっ、それじゃ、小田原の石橋ってとこへ行かれたのですか」

「ええ、行きました。警察はまだ来ていないということでしたが」

「ああ、そう、行ってません。いや、石橋洋子さんの父親・和男さんの出身が小田原市石橋であることは分かってます。しかし所轄署を通して市役所で調べてもらったのだが、すでに現地には石橋家の一族は一人も住んでいないということであったので、行っても無駄だと判断したのですが……しかし、そうですか、行かれましたか」

敬意の反面、してやられた——という気持ちがあるのだろう、複雑な表情になった。

「それで、何か収穫はありましたか？」

「いや、直接石橋さんの足跡に繋がるような手掛かりはありませんでしたが、いろいろ興味深いことが分かりました」

浅見は関東大震災やキティ台風で、石橋家が全滅していった経緯を話した。

「なるほどねえ、そういう悲劇があったのですか……しかしいずれにしても、結局は親類縁者は一人もいないってことに、間違いはなかったのですね」

その点では安堵したようだ。

「ところで、石橋さんのお父さんのルーツは分かったのですが、お母さんのほうの実家や親戚はどうなっているのでしょう」

浅見は訊いた。

「それがですね、お母さんの良子さんもやはり身寄りのない人だったのですよ。いわゆる戦争孤児というやつですか」

「戦争孤児……というと、具体的にどういう境遇だったのですか？」

「私もその当時のことはよく知りませんけどね、私の親父や祖父なんかに聞いたところによると、昭和二十年の終戦の頃には空襲で家族を失った者や、外地から引き揚げてくる際に家族が散り散りばらばらになってしまったケースというのは、珍しくなかったそうです。石橋良子さんの場合は終戦時に朝鮮に住んでいましてね、朝鮮を引き揚げる際に家族と生き別れかあるいは死に別れたのか、とにかく天涯孤独になってしまったらしい。この辺りのことは苦労して調べましたよ」

吉田部長刑事は資料を持ってきて、少し得意げに広げて見せた。石橋洋子の本籍地は館山市上野原――であった。

「石橋洋子さんの両親が館山市に新戸籍を定めるまでの母親の良子さんの本籍地は山口県下関市だが、これは孤児の収容施設か何かがあった場所だそうで、戦後引き揚げてきて一時的にそこで生活していたものと考えられます。戸籍に記載されている出生地は単に『朝鮮』となっていて、北なのか南なのかも分かりません」

浅見もその頃の事情に詳しいわけではないが、終戦直後の朝鮮半島は、まだ三十八度線による南北朝鮮の分断は設定されていない、混沌とした状態だったはずだ。

「生年月日は一応、昭和十五年一月一日となっていますが、たぶん、保護した係官が見た目で適当に推量したものでしょう。まあ、引き揚げ当時は五歳ぐらいだったと推定されるのだが、それも正確なものじゃないみたいです。旧姓が『鈴木』となっているのは、本人がそう名乗ったとも考えられますが、かりに本当に鈴木さんだったとしても、それだけじゃ、どこの鈴木さんだか分かったもんじゃないし、それに『良子』だって、聞き取り調査をした係官がまだ幼児だった良子さんの口から『ヨシコ』という名前であることを聞いて記録したにすぎないでしょう。優良可の『良』なのか、好き嫌いの『好』なのかも、実際は分からなかったんじゃないでしょうか。そんなわけですからね、まあとにかく、良子さんのルーツのほうはそこまでで消えています」

「朝鮮ですか……」

浅見は吉田の話を聞きながら、意識の中枢はそのことに囚われてしまった。

「以前、藤原ていさんの『流れる星は生きている』という本を読んだことがありますが、敗戦の混乱の最中、朝鮮北部のほうから南へ逃げてきた人たちは悲惨だったそうです」

藤原ていの『流れる星は生きている』は、彼女自身の体験を綴ったドキュメンタリーである。敗戦直後、朝鮮半島を北から南へ移動する日本人たちの逃避行を描いた部分が、少年期の浅見の脳裏に焼きついている。

〈人間の塊りは動きだした。私は右手に正彦を抱きかかえ、左手に正広の手を持って、咲子を背にリュックを首にぶら下げて人の群の後を追った。——中略——町を出て山道にかかった。赤土の泥道である。列は自然と長い線になり私はその末端にいて、後を追跡してくるものを感じながら、逃げて行く日本人全体の最も苦しい精神的重荷を一人で背負わねばならないようであった。私は時々暗闇を振り返って見た。いつも嵐が私を追いかけているだけであった。

「逃げるんだ逃げるんだ、逃げおくれると私たちは殺される」〉

この本を読むように勧めた母親の雪江は、浅見が読み終えるのを待って、自分の感想を話した。「藤原ていさんが『正彦』と書いているのを『光彦』に、『正広』を『陽一郎』に、『咲子』を『祐子』に置き換えて読んで、私は涙が止まりませんでしたよ」そう言って、また目を潤ませていた。『祐子』というのは浅見のすぐ下の妹で、九年前に不慮の死を遂げている。

人々は食料の入ったリュックまで路傍にうち捨てて逃げたという。病気や老齢で力尽きた人は次々に落伍(らくご)していっただろう。そういう状況下では「ヨシコ」が記憶ごと、家族と別離してしまったことは、容易に想像できる。それでも何とか日本に辿(たど)り着いて、戦後の混乱期を生き延びたのには、当然、彼女一人の力ではない、誰かおとなの親切や篤志が働いたにちがいない。

「良子さんは家族とはぐれて、どうやって日本に帰ってきて、どうやって生き延びたのでしょう」

「さあ、大昔の話だから、そこまでは調べようがないんじゃないですかね」

吉田は憮然(ぶぜん)として、下唇を突き出した。調べたところで、石橋洋子の行方不明とは関係ないだろう——と言いたげだ。

しかし浅見は、そのことが石橋洋子の失踪に繋がっているような気がした。そう思わせるキーワードは「朝鮮」である。これまでにおぼろげながら、いろいろな謎(なぞ)が朝鮮との関わりを示唆していることを発見してきた。それにまた一つ、新事実が加わっただけでも、とりあえず大収穫といっていい。

「石橋さんのお宅の家宅捜索はしたのでしょうか？」

「もちろんやりましたよ。大家さん立ち会いのもとで調べました。その時にこちらの天羽さんからの電話が着信記録に残っていたのを見つけて、事情聴取に伺ったのです」

「遺書とか書き置きのたぐいはなかったのですね」

「ああ、なかったです。天羽さんの着信記録以外には、行方不明の手掛かりになるようなものは何一つ発見できませんでした」

「それはつまり、脅迫状とか、交友関係を示す書簡類、日記などのことをおっしゃっているのでしょうか」

「そういうことです。それとですね、さっきも言ったとおり、石橋さんは交友関係そのものが極端に狭かったみたいです。学校の同僚の先生方から聞いた感じでも、やはり付き合いのいいほうではなかったようです。授業や生徒指導なんかの仕事は真面目にやるが、何となく暗いイメージの女性だったようです」

「どうなんですか？」と、浅見は紗枝子に言った。

「石橋先生というのは、昔からそういうタイプの人だったのですか？」

「いいえ、そんなことはありません。明るくて積極的で、優しい先生でしたけど……」

「けど」の後に何かつづきそうな気配があったが、紗枝子は沈黙した。浅見は諦めて、吉田に訊いた。

「部屋の中の様子はどうでしたか。荒らされたような気配はなかったのでしょうね」

「それはまったくなかったです。じつにきちんと整頓されていて、几帳面な性格だということがよく分かります。家財道具はシンプルっていうか、どちらかというと質素なものでしてね、学校の仕事に関係するような書籍類ばかりが多かったです。それと、ちょっと意外だったのは……」

言いかけて、吉田はチラッと紗枝子に視線を送って、口を閉ざした。

浅見はしばらく待ったが、吉田がいっこうに口を開こうとしないので、言った。

「衣服が少なかったのじゃありませんか」

「えっ、ええ、そうなんですが……」

「それに、下着類が少なかった」

「ほうっ、よく分かりますね。衣服のほうはよく分からなかったのだが、とくに下着類については、箪笥の引き出しの、おそらく下着を収納してあったと思われるスペースが空っぽに近かったもんで、あ、これは下着類を持ち出したな――と分かりました」

「だとすると、石橋さんはかなりの長期間、少なくとも一週間以上の旅行を想定して出かけたということになりますね。しかも、自宅から暴力的に拉致されたわけではなかった」

「そのとおりです。自宅を出る時点までは自分の意思で行動していたが、出先で何かの事件に巻き込まれたと思料されます」

「そうですよ」と、紗枝子が黙ってはいられないとばかりに口を開いた。

「石橋先生は殺されたんですよ、きっと。でなければ、あの真面目な先生がこんなに長い期間、学校に無断で欠勤するはずがありませんもの」

「まあ、正直言ってそのおそれがないとは言い切れません」

「でしたら、警察は急いで先生の行方を探すべきじゃないですか」

「もちろん、手掛かりがあれば全力で捜査します。しかし、現時点では生死のほども含めて、まったく動きようがありませんのでね」

吉田部長刑事は、紗枝子の強い口調に辟易したように顎を撫でた。

「そうそう、肝心なことをまだお聞きしていなかったのですが」と浅見は言った。

「石橋さんは車は持っていなかったのでしょうか？」

「持ってました、スズキの軽乗用車です。学校までは近いので、徒歩で通勤していたが、もっぱら買い物などで使用していたみたいです。当日も車で出かけたところまでは分かっています。一応、手配はしてあるが、現在まで発見の報告は入っておりません」

以上で話すことは尽きた——と言いたげな顔になった。


警察を出て、館山の街の中の小さなイタリアン・レストランで昼食をしたためた。館山というところは思ったより活気のない街に見えた。紗枝子にそう感想を述べると、

「そうでしょうか」と少し不満そうな顔をした。

「僕の母親が、浅見家に嫁ぐ前、館山に父親の会社の寮があって、ひと夏を過ごすことがあったそうです」

浅見はスパゲティをフォークで巻き取りながら話した。

「その頃の館山の海は、広々とした砂浜のある、文字通り白砂青松の美しい海岸で、夏の夜、浜辺を散策すると、打ち寄せる波の下に無数の夜光虫が青白い神秘的な光を放ちながら砕けるのが見えたというんです。しかし、いまはその海岸と街を分断して道路が

走っている。わずかばかりの砂浜は黒ずんで、かつてそんな風景があったことなど、想像することさえ叶いませんよね。海の水もあまりきれいではないし、あの海岸で夜光虫のきらめきが見られるとは思えません」

「それは確かですね」と紗枝子も否定はしなかった。

「内房はどうしても、東京湾の奥のほうから流れ出る汚れに影響されますもの」

「いや、内房だけでなく、外房の海岸だってけっこう汚れてましたよ。きれいなのは美瀬島ぐらいなものじゃないのかな。戦後の日本はひたすら利便性ばかりを追求して、大切なものを破壊しつづけてきたんです。美瀬島のすばらしさは、そういう社会の風潮に背を向けた成果といえますね」

浅見としては、もちろん紗枝子の故郷を褒めたつもりなのだが、彼女はあまり嬉しそうな顔をしなかった。

「でもそのぶん、島は旧いですから」

「そうかなあ、そんな旧い印象はなかったけれど」

「ううん、旧いですよ、何もかも。車だって島に二台か三台しかないんじゃないかしら。それよりも考え方がすごく旧いんです。しきたりだとか、隣近所どころか島全体との付き合い方だとかまで決まっていて、突出するようなことは何もできないんです。学生時代、たまに帰省すると息が詰まりそうでした。だから島の若い人はいったん東京へ出て行ったりすると、なかなか帰らないんですよね」

「ははは、そんなふうに言うと、天羽さんは美瀬島が嫌いみたいに聞こえますね」

浅見は笑ったが、紗枝子は「そうかもしれません」と唇を噛んで言った。

「島の風景は好きだけど、人間はあまり好きじゃないんです。すごく秘密主義みたいなところがあって、疎外されているって感じ……ううん、感じだけじゃないわ、ほんとに疎外されてるんです。家族の中でもそう感じるんですから」

「まさか……」と浅見は驚いたが、紗枝子の表情は変わらない。まるで宣言するかのように、「そうなんです、秘密ばかりなんです」と言った。

2

石橋洋子が勤務していた小学校は、館山市の中心部、すぐ近くに館山城の天守閣を仰ぎ見るところにある。住居は学校から徒歩で七、八分。住宅街というより、ごく最近までは畠ばかりだったような閑静な土地に、いくつものアパートが並ぶ、その一角だった。

この辺りはバス停までの距離がけっこうあるし、学校までは徒歩でもいいが、やはりマイカーが必要のようだ。駐車場はアパートの前の庭――というより、ただの原っぱのようなスペースがそれで、石橋洋子の車はその真ん中辺にあったという。

管理人夫人に会うことができた。石橋洋子の部屋はまだそのままにしてあるそうだ。

「敷金の形でお金はいただいてますから、あと二カ月は問題ないのです。いつ帰ってきてもいいように、時々は窓を開けて、風を入れたりもしてますよ」

石橋洋子が車に乗るところを最後に見た印象を、管理人夫人は、「ちょっと寂しそうな顔をしてましたね」と述懐した。声をかけ挨拶したが、その時の表情もどことなく硬かった。少なくとも、いつもなら見せるはずの笑顔ではなかったそうだ。

「失踪の前後に、誰か不審な人物がウロウロしていたようなことはありませんか」

浅見は夫人に訊いたが、夫人は即座に「いいえ」と首を振った。当然のことながら警察にも同じ質問をされたそうだ。

「この辺りは寂しいところですからね、女性や子供の一人歩きはなるべくしないように言われてますけど、それだけにおかしな人がいたりすれば、すぐに目立ってしまうんです。私の知るかぎり、そういう人が出没していたってことは、まったくありません」

「石橋先生には恋人やボーイフレンドはいなかったのでしょうか？」

「さあ、私にはプライベートなことは分かりませんけど、たぶんいなかったのじゃないかと思いますよ。一度、ご結婚なさる気はないのかって訊いたら、『ありませんよ、そんなの』と、すごくいやな顔でおっしゃいましたからね」

身寄りもなく、恋人もなく、職場でも孤立し、ただ一度だけ結婚を考えた相手も、悪い噂のあることを知って断念したという、石橋洋子の生き甲斐とは何だったのだろう――。

「私があんな余計なことを言わなきゃよかったんです」

アパートを後にして、紗枝子はポツリと言った。

「正叔父がほんとに人を殺したかどうかも分からないくせに、ほとんど断定的に言っちゃったんですから、ひどい話ですよ。先生はよほどショックだったにちがいないわ」

「それはそうかもしれませんが、しかし、結婚しなかった理由がそこにあったかどうかは分かりませんよ。それに、天羽さんのひと言だけで、あっさり信じちゃうとも考えにくいな。石橋先生としても、それが事実かどうか調べたでしょう。それをしないまま、叔父さんのプロポーズを断るような軽率なことをするでしょうか」

「じゃあ、石橋先生は叔父が殺人犯かどうか調べたんですか？　だけどどうやって？　叔父に直接、訊いたわけじゃないでしょう。もしそうなら、叔父のことだから、私をそれこそ殺しかねないわ」

「ははは、まさか……」

浅見は笑ったが、石橋洋子が紗枝子の留守電に残した最後のひと言――それを確かめ――という言葉の意味を考えると、笑い捨てるわけにはいかない。

ついでのように館山城の建つ山に登った。麓の駐車場から十分ほどで山頂に着く。天守閣はごく最近に建てられたものだ。山の形そのものも、かつては山頂が尖っていたのを、戦時中に高射砲陣地を作るために削り、現在のような平坦な土地になった。天守閣はちょうど愛知県の犬山城ほどの大きさで、むろん鉄筋コンクリート造りだが、美しい。天守閣の中と、中腹に資料館があって、里見氏の故事来歴を展示してある。

城跡からは館山市街が一望できる。高いビルが一つもない、見るからに活気に乏しい街だが、弓状の海岸線に寄せる波は美しい。東京湾を挟んで三浦半島が指呼の距離にある。そのはるか向こうには湘南小田原付近から箱根の山々が霞んでいる。

「つい何日か前は、あの辺りからこっちを眺めていたんですねえ」

紗枝子がしみじみした口調で言った。

「反対側から見ると、まるで別物だけど、同じ三浦半島を見ているんだわ……」

何気ない言葉だが、何か引っかかるものを浅見は感じた。美瀬島は名前のとおり美しい島だし、開発ブームに毒されない、すばらしい環境を維持しているけれど、逆の見方をするとどうなのだろう――などと思った。それは事件全体への視点を逆側にすることにも繋がるかもしれなかった。

「石橋先生の本籍地を訪ねてみましょうか」

浅見は紗枝子を促して、山を下る道へと向かった。

館山市上野原の該当する番地には、すでに石橋家がかつて住んでいたアパートはなかった。近所の酒店で聞くと、老朽化がひどく、十年ほど前に取り壊されたそうだ。その跡地にはビルが建つはずだったのだが、バブル景気がはじけたためか、計画倒れになって、現在は草ぼうぼうの更地であった。

「石橋さんのことはご存じですか？」

「ああ、知ってますよ。ときどきうちの店にも来てくれましたからね。いいご夫婦だったっけんがねえ……」

人の好さそうな店番のおばあさんが、思い出すような目をして言った。

「お嬢さんが一人、いたはずですが」

「ええ、確か洋子ちゃんていったかい。可愛い子だったけんが」

「ご両親を早くに亡くされたそうですね」

「そうそう、お母さんがねえ、あげなことになって……」

「何で亡くなったんですか？」

「それが分からないのよ、ただ亡くなったっていう通知があったみたいですよ」

「通知？……」

「そう、相手が朝鮮だものねえ、確かめようがないじゃありませんか」

「あ、朝鮮で亡くなったんですか」

「そうですよ、せっかく希望を抱いて帰ったのに、ほんの一年ぐらいじゃなかったかしら。突然、朝鮮から死亡通知が届いたんだって。落ち着いたらお父さんと洋子ちゃんを迎えるって言ってたのに、可哀相だわねえ」

「ということは、洋子さんのお母さんは朝鮮の人だったのですか？」

「それがはっきりしなかったみたいですよ。良子さんていう、ちゃんとした日本名だったけんが、生まれは朝鮮で、終戦のごたごたの中で日本に来た時には、親御さんとはぐれて孤児同然だったんですって。親御さんが日本人か朝鮮人かも分かんねんじゃないかしら。でも、とにかくまだ朝鮮で生きているかもしれないからって、思いきって朝鮮へ行く帰還船に乗ったんですよ。あの頃の北朝鮮はこの世の楽園みたいに言われてましたからねえ」

そうなのだ、その「楽園」を信じて、北朝鮮へ還って行った人は、在日朝鮮人と日本人妻などを合わせて十万人以上といわれる。しかし現実はきびしく、帰還した彼らのその後は、「楽園」といえるようなものではなかったことが、いまになって分かってきている。

北朝鮮で「楽園」を謳歌しているのは、国家権力の中枢に近いところにいる人々だけで、軍人といえども、末端の兵卒は貧困と飢餓に喘いでいるという。まして地方の農民や一般市民の生活は悲惨の極みらしい。慢性的な凶作による食糧不足、エネルギー不足、圧政などに耐えきれず、国境の河を渡って中国に逃げ込む、いわゆる「脱北者」があとを絶たない。

当然、国民の不満は飽和状態に達しているはずだが、それを口にすれば、すぐに密告され逮捕・処刑される。独裁者を中心とする権力構造は恐怖政治によって成立している。それはしかし、戦前戦中の大日本帝国時代のわが国を彷彿させる。そのことを思うと、決して対岸の火事や他人事といえるものではない。

「そうすると、洋子さんはその後、お父さんの手一つで育てられたのですね」

「ええ、ご主人が偉かったわねえ。仕事をしながら、子育てをして、涙ぐましいほどでしたよ。私ら近所の者たちも、できるだけお手伝いしましたっけんが、大変だったでしょう。洋子ちゃんが大学へ行って間もなく病気になって、亡くなりました」

「つまり、洋子さんは天涯孤独になってしまったというわけですか」

「まあねえ……でも、この頃のテレビで、北朝鮮へ拉致された人が死んだって言われているっけ、本当は生きてるって、そういうニュースがあるじゃないの。だからひょっとすると、良子さんも生きているかもしれないわね」

「なるほど、そうだといいですねえ」

その時になって、ようやくおばあさんは不審の目になった。

「あの、お宅さんたちはどういう？」

「あ、失礼しました。こちらは洋子さんの教え子なんです。洋子先生をお訪ねしたら、すでに引っ越したあとだったもので、本籍地を探して、ここに来ました」

「おや、そっけえ。でもここではさっぱり分かりませんよ」

それ以上のことは本当に分からない様子だった。浅見と紗枝子はおばあさんに礼を言って、酒店を後にした。

館山からは小さな峠を越えると、和倉までは二十分もかからない。

平子の家に立ち寄って、車を預かってもらうことにした。平子の兄は不在だったが兄嫁がいて、浅見が事件の調べで美瀬島へ渡ると言うと、「それはご苦労さまなことで」と言いながら、背後の庭先にいる紗枝子に眩しそうな目を向けた。

「奥さんですか？」

「いや、とんでもない、違います」

浅見は慌てて手を横に振った。

少し風が出てきて、和倉の港にはタプンタプンと波が寄せていた。神宮船長は紗枝子が浅見と一緒に船に乗ってきたのを見て、目を丸くした。浅見としては当然、船長から何かひと言あるだろうと思っていたが、紗枝子の表情はそれを許さないほど緊張しきったもののようだった。船長はじきに諦めたようにブリッジに戻った。

客は少なかったが、紗枝子はキャビンに入らずにデッキで風に吹かれている。浅見が近寄るのさえ鬱陶しそうにそっぽを向く。そんな迷惑そうな顔をするくらいなら、一緒に来るなどと言わなければよさそうなものなのにと、浅見はおかしかった。

出航間際になって、駅の方角からアタフタと駆けてきた中年の男が飛び乗った。短く刈り込んだ頭は胡麻斑模様、いかにも海の男らしく、顔は日焼けして真っ黒だが、スリーピースの背広を着用している。猪首が苦しいのかネクタイを外して、ワイシャツの襟元を大きく寛げている。フォーマルな服装と日焼けした顔のアンバランスが珍妙だ。

男は船に乗るなり紗枝子を見つけ、息をぜいぜいさせながら「なんだ、サッシー、帰ったんか」と呼びかけた。

「あ、ご無沙汰してます」

紗枝子はいま気がついたようにお辞儀をした。さすがに顔をしかめはしなかったが、目の動きから、いやなやつに会ったという表情が読み取れた。ああ、これが正叔父だな――と浅見は察した。正叔父はジロリと浅見を見て、紗枝子の連れであるかどうか推量している。

「はじめまして、浅見といいます。紗枝子さんの叔父さんですね」

先手を打つように、浅見は挨拶した。正叔父は「うっ」という声を発して、少し上体をのけ反らせた。

「浅見さんは天栄丸さんの知り合いなんですって」

紗枝子は仕方なさそうに説明した。

「ふーん、そっけぇ。サッシーのボーイフレンドか」

正叔父は無遠慮な口調で言った。「そんなんじゃないわよ」と、今度は紗枝子は露骨に不快感を示した。もっとも、そんなふうにあっさり否定されると、浅見としては多少、残念な気もしないではない。

「姉さんから聞いたっけんが、このあいだも帰ったそうだな。なんでおれんとこに知らせなかったんだ」

「だって、叔父さんは名古屋かどこかへ行ってたんでしょう。それにいいじゃない、べつに叔父さんに用事はないんだし」

「ばか、そういうもんじゃねっぺや。サッシーのことは一応、気にかけてんだ。たった一人の姪っ子じゃねえか」

「ほんと、ありがたいけど……でも、そのサッシーっていうの、やめてくださいよ」

「そうかな、サッシーはだめかな。そんなふうに親しく呼べるのは、おめえぐれえなんだがなあ。それで、この人と結婚するんか？」

「えっ、いきなり変なこと言わないでよ。そんなつもりはありません」

「なんだ違うんか。早く結婚して親を安心させたほうがいいぞ」

「珍しいわね、叔父さんがそんな分別くさいこと言うの」

「ははは、おれだって、いつまでもばかばかり言ってねえよ」

二人ともチラチラと浅見のほうを意識しながら喋(しゃべ)っている。

「で、今度は何しに帰ったんだ？」

「うん、ちょっと……」

「ちょっと、何だ？」

「ある人を探しているの」

「ある人って、誰だ？」

「関係ないでしょう」

「聞かせたっていっぺ」

「じゃあ言うわよ。石橋先生」

紗枝子は思い切り意地悪そうな目つきになった。とたんに正叔父は怯(ひる)んだ。

「石橋先生が行方不明になっているの、叔父さん知らなかった？」

「ん？　ああ、いや、おれが知ってるわけねっぺ。関係ねえもん」

煩(うるさ)そうに手を横に振ったが、明らかに動揺している。

「あら、叔父さんは石橋先生を好きだったんじゃないの？」

「ばか、何てことを言うんだ」

正叔父は浅見と、それに少し離れたところにいる乗客に視線を飛ばした。思いがけない姪っ子の奇襲に狼狽(ろうばい)して、どう対応すればいいのか、困っている。その窮地から救うように、船は汽笛を鳴らして岸壁を離れた。正叔父はよろけたふりをして、「なんだ、乱暴な運転をして……」などと呟きながら、ブリッジのほうへ去って行った。

「あの様子だと、叔父さんは石橋さんの行方不明を知ってましたね」

浅見はわざとらしい千鳥足の叔父を目で追って、言った。

「そうでしょうか」

「もし知らなければ、当然、問い返してくるはずでしょう。いくら喧嘩別れした相手にしても、行方不明というのは穏やかじゃないですからね」

「じゃあ、叔父が石橋先生の行方不明に関係しているんですか」

紗枝子は突っかかるような訊き方をした。嫌いな叔父とはいえ身内にはちがいない。彼女の気持ちの揺れがそのまま表れた。

「それはどうか分かりませんが、叔父さんが答えを保留した意味は何だったのか、その点には興味を惹かれますね」

その正はブリッジで船長と何か話している様子だ。二度三度、こっちに視線を向けるのは、話題の中身が紗枝子か、それとも浅見のことであるにちがいない。

船が美瀬島に着く前に、正は二人のいる場所に戻ってきて、浅見に訊いた。

「おたく、何とかいう、死んだトップ屋の知り合いだってか？」

「トップ屋」という言い方は時代がかっているが、平子裕馬のことだ。あの日、浅見は平子とはぐれて、船長に平子を見かけなかったかどうか尋ねている。その話を船長から聞いてきたのだろう。

「知り合いといっても、前の日に知り合ったばかりでしたが」

「ふーん……しかしあんた、警察に美瀬島の人間が怪しいって言ったんだっぺ」

「とんでもない、そんなことは言ってませんよ。僕はただ、平子さんと美瀬島へ一緒に行って、はぐれたと言っただけです」

「ほんとかね、警察はまるで、そのトップ屋が死んだのは、美瀬島の者がやったんでねえかというようなことを言ってたんだ」

「なるほど、そういう考え方もあるのですかねえ。さすが警察です」

「さすがって、あんた、警察の言うことを支持するんかね？」

「いえいえ、僕にはよく分かりませんが、警察というところはいろいろ考えるものだと感心したのです……しかし、ということはあなたのところにも刑事が来たのですね。どんなことを訊かれましたか？」

「どんなことって、それはあれだ、要するにその何とかいうやつのことを知らねえかってことだな。紗枝子が言ったみてえに、おれはその日は名古屋のほうへ行ってたし、何も知らねえから知らねえって答えたっけよ」

「贄門岩（にえもんいわ）のことは訊かれませんでしたか」

「贄門岩？……」

正はプイとそっぽを向いた。

「そんなもん、訊かれなかったよ」

「そうですか、おかしいなあ、僕は平子さんが贄門岩付近で消えてしまったって、警察にはそう言ったんですけどねえ」

「なにぃ……そしたらあんた、やっぱし警察にチクッたんでねんか」

「どうしてそれがチクッたことになるのですか？　僕は平子さんが消えたと言ったのであって、消されたとは言ってませんよ。それとも警察は平子さんが消されたと受け取れるような何かを掴んだのかもしれませんね」

「まさか……」

「いや、その可能性があります。そういえば警察で耳にしたのですが、平子さんの遺体が発見された位置は、ちょうどこの沖からの潮流が到達する辺りだそうですよ」

船が港に入るために小さく舵を切った。それとは関係なく、正の上体がユラリと傾いた。

3

港にはきょうも繋留されている船が多い。すでに夕刻に近いといってもよく、漁場から引き揚げてずいぶん時間が経っているのだろうか。船にも港にも漁師たちの姿はなく、市場の建物も閑散としていた。

それとは対照的に、港に佇んで船を迎える人の数がやけに目立った。漁協の建物の窓からは職員らしき数人が顔を覗かせているし、前回は店番のおばさんが居眠りをしていた雑貨屋の「源太商店」の前にも四人の人が出ている。

初めは思いつきもしなかったのだが、どうやら浅見が船に乗ったという情報を、船長が無線か電話で港に知らせたらしい。ふだんなら珍しくもない連絡船を出迎えるはずのない「観衆」が、少し距離を置いた辺りから上目遣いにこっちを見つめているのである。わざわざ食堂に飛び込んで、店の人間を連れ出してくる者もいた。

彼らの目付きが一様にふつうではない。ほとんど敵意と言っていいような、険しい気配を察知できる。紗枝子と一緒のせいかと思ったのだが、そればかりではないらしい。正叔父が浅見に言った「トップ屋のことを警察にチクッた男」として、警戒心を抱いているのかもしれない。前回のように紗枝子に気軽に声をかける人もいない。

浅見は余所者だし、ああいう「前科」もあるのだから、冷たい目に出合ってもやむをえないが、一緒にいる紗枝子はとんだとばっちりで、気の毒だ。浅見としてはもともと、島では紗枝子とは別行動になるつもりだったのだが、紗枝子のほうは当然、自分の家に来てくれると思っているのか、先に立ってずんずん歩いて行く。

「天羽さん、僕はとりあえず天栄丸へ行こうと思っているのですが」

「あら、その前にうちに寄ってくださいよ。祖母にはもう、浅見さんが行くことを伝えてありますから。里見家文書のことを確かめるんじゃなかったんですか？」

そう言われては断るわけにもいかない。

坂を上がって右へ曲がる。浄清寺へ行く道の途中に紗枝子の家はあった。島の家々はどこも、東京では考えられないほどの広い敷地に大きな家を建てているが、その中でも紗枝子の家は大きいほうだろう。平屋で瓦葺きの屋根なのは台風に備えてなのかもしれない。ちょっと沖縄の家を連想するような、風除けの石塀と植え込みに囲われている。門はなく、道路から二十メートルばかり引っ込んだところに建物がある。これだけ余裕があるのに駐車場がないのは、車そのものがないからである。浅見の知識では、たしか漁協に二台の車があるだけのはずだ。

間口の広い玄関は曇りガラスの嵌まった大きな格子戸で、どことなく小田原の鳶多老人の家を連想させた。戸を開けたとたん奥から中年の女性が現れた。紗枝子の顔を見て

「電話もしないで……」と文句を言いかけて、背後の浅見に気づいて、絶句した。

「東京でお世話になっている浅見さん」

紗枝子は照れくさいのか、やけにぶっきらぼうに紹介して、浅見には「母です」と、さらにそっけなく言った。どうやら祖母に話したというのは眉唾らしい。

さすがにここまでは船長の情報は流れていないせいか、紗枝子の母親の表情にはとまどいこそあれ、敵意のようなものはない。むしろ「あれまあ」と歓迎の意を見せた。もっとも、年頃の娘が連れてきた、たぶん初めての男のことを、どのように遇すればいいのか当惑しているにちがいない。

挨拶を交わすと、招じ入れられるまま、浅見は靴を脱いだ。玄関の板の間も大ぶりで、壁にはどこか南国の島の産物らしい木製の奇怪で大きな面がかかっている。

洋間というのはないらしい。玄関から板の間の続きのような廊下を行くと、左右に幾つかの部屋が襖で仕切られている。その左側の二つめの部屋に入った。こちら側が客用の部屋らしく、小さいながら手入れのいい庭に面している。両隣の部屋との境も襖で、客の数によっては続き部屋になるようだ。

「船で正叔父さんと一緒になったわ」

浅見にソファーを勧め、自分も隣に坐りながら、紗枝子は母親に言った。

「叔父さん、何だか少し変わったみたい」

「そうだっぺ、変わったたっぺ。ひと頃は正もグレたっけど、この頃は真面目になって、ちょっと心配なくれえだもんな」

「心配って？」

「ん？　いや、いろいろとな……」

母親はソワソワと言葉を濁して席を立った。

「母さん、お茶とそれからお菓子出して。おなか空いてるから」

紗枝子は少しはしゃいだ声で言った。浅見が「お構いなく、すぐ失礼しますから」と言うと「そんなこと言わないで、ゆっくりしてください」と泣きそうな顔になった。母親がお茶の支度で出てゆくと、不安げに「浅見さん、きょうはうちに泊まってくれるんでしょう？」と言った。

「まさか……」

「だめですよ、泊まってください。それに、美瀬島には旅館がないんですから」

「ああ、そのことは知っていますが、最終の連絡船で帰ります」

「だめ、だめです。そんなことしたら、死んじゃいます」

体を震わせ、本当に息が停まりそうな声を出した。目には涙まで浮かべている。これまで見せたことのない、紗枝子の気性のはげしい一面だ。初めての出会いの時がそうだったが、島に帰ると持ち前の野性が蘇るのだろうか。

こういう展開になるとは想像もしていなかったから、浅見は困った。まさか死にはしないだろうけれど、大声で泣かれる危険性はあった。そんなことにでもなれば、いったいどういう関係なのか、説明に窮する。

「いいでしょう？　いいですよね」

紗枝子は畳みかけるように言って、浅見が意思表示をしないのを肯定と受け取ったつもりなのか、「よかった」と独り合点して立ち上がった。母親に報告しに行くのだろう。それを断じて引き止める勇気は、浅見にはなかった。

紗枝子は間もなく、お茶とお茶菓子を手に嬉々とした顔で戻ってきた。

「祖母に会ってくれませんか。ほとんど寝たきりの病室で散らかってますけど、いまちょっと片付けましたから」

お茶は後にして、祖母の部屋を訪ねることにした。廊下に出たところで、紗枝子は祖母の名は「ハル」で、ことし八十三歳になると教えてくれた。

廊下の突き当たりを右手に折れたところが祖母の部屋だった。裏の畠に面して、隣の部屋とは壁で隔てられた、ちょっと離れ感覚の部屋になっている。襖を開けると、空気にかすかに病人臭さがあった。

ハルは寝巻の上に羽織を引っかけた恰好で、布団の上に坐っていた。浅見は挨拶を交わすとすぐ「どうぞ横になってください」と言った。大丈夫と言うのを、紗枝子が宥めすかすようにして横にならせた。八十三歳といえば、平均寿命の延びたいまは、昔ほど年寄りではないが、どこか具合の悪いところでもあるのか、ハルの顔色は紙のように白く、見るからに精気がない。

「浅見さんはね、フリーのルポライターっていう、文章を書く仕事をしていらっしゃるんだけど、じつは有名な探偵さんなのよ」

紗枝子はハルの耳に口を寄せるようにして話す。ハルの耳が遠いこともあるのだが、それよりも、隣近所に聞こえるのを憚(はばか)っているように見えた。

「そっけえ、探偵さんかね……」

ハルは目を丸くして、客を見た。その目を前にすると「そうではありません」とは言いにくい気分である。否定すれば、紗枝子が嘘(うそ)か冗談を言ったことになり、話がますますややこしくなりそうだ。

「その探偵さんが、美瀬島に何をしにおいでんなったんかい？」

「石橋先生を探してもらうの」

浅見が答えを模索するのを察したように、紗枝子が言った。考えてみると、いろいろな「事件」の中では、それが最も当たり障りのない答えかもしれない。

「石橋先生？……」

「うん、石橋先生が行方不明になってしまったのよ。だからね、浅見さんに頼んで、探してもらうの」

「あーで行方不明になったんかい？」

「分かんないけど、とにかくいなくなっちゃったのよ。だけど、ばあちゃんは心配しなくていいんだからね。それよりばあちゃん、このあいだもらった里見家文書だけど、あの中を調べたら、空っぽだったよ。どうしちゃったの？」

「空っぽ？……」

ハルは眉をひそめた。紗枝子の言った意味がどういうことなのか、すぐには理解できなかったらしい。紗枝子はそれを察して、「展げてみたら、何も入ってなかったの、誰かが取っちゃったんじゃないの？」と説明を加えた。ハルは視線を天井に這わせて、事態を把握しようとしている。

浅見は紗枝子に小声で「その話はやめたほうがいいのでは？」と囁いた。年老いた病人を疲れさせるだけだと思った。

「あーでかなあ……」

ハルは悲しそうに呟いた。浅見が思ったとおり、思案の中から生まれた結論は、あまり気分のいいものではなかったようだ。

「あーで、そげなこと、すんのかい」

明らかに、何かを、あるいは誰かを思い浮かべたにちがいない。紗枝子がその先を聞こうと身を乗り出したのを、浅見は袖を引っ張って制した。しかし紗枝子は浅見の手を払いのけて、「ばあちゃん、誰が取ったか、分かる？」と訊いた。

ハルは目を閉じた。答えを拒否する意思表示に思えた。浅見には何となく、ハルは死の時がくるまで秘密を抱えたままでいるつもりのような気がした。紗枝子もそれを感じたのか、質問を重ねることはしなかった。

「ばあちゃん、そしたら、また後でな」

紗枝子が立ちかけると、ハルは目を閉じたままで「そのひとが、おまえの婿さんになるんか？」と言った。

「違うわよ、ばかねえ」

紗枝子は赤くなって、「そんなんじゃないのよ」と強い口調で言った。

「そうけ、そうけ、それならばいい。紗枝には合わねえおひとだっぺ」

否定したくせに、そう言われると紗枝子は不満らしい。浅見に下唇を突き出して見せてから、襖を開けた。

「祖母は知ってるんですよ、きっと」

廊下で紗枝子は囁き、「犯人は正叔父に決まってます」とつづけた。

「何でも悪いことは叔父さんのせいにしちゃうんですね」

浅見は小声で笑った。

時刻は五時を回っていた。秋の陽は釣瓶落としとはよく言ったもので、窓障子に斜めに射し込む西日が赤味を帯びている。これから天栄丸に行くと夕食の時間にかかりそうだ。紗枝子も「天栄丸さんは明日でもいいんでしょう」と言った。

結局、天栄丸は明日にする代わり、贄門岩を見に行くことにした。紗枝子は当然のようについて行くつもりだ。家を出たところで向こうからやって来る正叔父が見えた。二人に気づくと一瞬、たじろいだように足を停めたが、すぐに大股歩きで近づいてきた。

「紗枝子、どこへ行くだ?」

鋭い目で隣の浅見を睨みつけながら言った。「サッシー」と言わなかったことで、正の不快感が露骨に表れた。

「鬼岩」

紗枝子はぶっきらぼうに答えた。

「鬼岩?……そげなところへ、何しに行くんだ。それより、ちょっと紗枝子に話がある、家に戻らんか」

「すぐ帰ってくるわよ、もうじきご飯だし。叔父さんも一緒に食べて行ったら」

「ばかもん!」

正叔父は一喝して、「島の者はみんな見ておるぞ」と絞り出すような声で言った。それを裏書きするように、向かいの家の玄関先に、初老の女性が顔を覗かせ、こっちの様子を窺っている。

「ほんとだ、嶋崎のおばさんまで」

紗枝子は呆れたように言って、おばさんに手を挙げて挨拶した。おばさんは慌てふためいて顔を引っ込めた。

「みんなどうしたのかしら？　すっごい人気ね。タレントでもやって来たみたい」

浅見の顔を斜めに見上げるようにして、笑った。

「いや、そういうことではなさそうですよ。どうやら僕は、島の人たちから嫌われているらしい」

「分かってるじゃねえか」

正叔父がごつい声を出した。

「分かってるんだったら、すぐに帰ったほうがいっぺや。でねえとあんた、どういうことになるか、おれは知んねえぞ」

「殺されますか、平子さんのように」

浅見は笑いながら言ったのだが、正叔父は「なにぃ！」と気色ばんだ。両拳を握りしめて、いまにも摑みかからんばかりだ。

「やめてよ叔父さん。お客さんに失礼じゃないの。浅見さんは私の大切なお客さんなんですからね」

「やっぱり、彼氏じゃねえか」

「いやねえ、すぐそういう言い方をするんだから。そんなんじゃないわよ。さっきも言ったでしょう、石橋先生の行方を探してもらうんだって」

「そんなものがこの人に分かるのか」

「分かりますよ、浅見さんは名探偵なんだから」

「探偵？　警察のイヌか」

「失礼ね！」

「そうか、だから警察が来たのか」

「そういうわけでは……」

浅見が言いかけるのを、紗枝子が脇から遮った。

「そうよ、だから浅見さんに手を出したりすれば、警察がすぐにやって来ますからね」

高飛車に言って、浅見に「行きましょう」と促し、さっさと歩きだした。そういう紗枝子は颯爽として、取り残された二人の男が間抜けに見える。浅見は苦笑して「では失礼します」と、紗枝子の後を追った。

贄門岩へ下りる道の両脇に生える草や低木は、すっかり黄ばんで、踏みしだくとカサコソと鳴る。一カ月前のあの頃は、まだ夏草の匂いが立ち込めていた。この道を下って行ったきり、平子裕馬は消えてしまったのだ。

松林を抜けると、島の影を落とし、夕暮れが迫った暗い海が広がっている。風はさほどではないのだが、台風の接近を予感させるように、寄せる波はかなり高く、浜に砕ける波音がドウドウと腹にひびく。

贄門岩の手前の海岸に、何やら探し物でもしているような二人の人影があった。服装が違うので遠目には分からなかったのだが、一人は連絡船の船長だ。紗枝子は足を停めたが、浅見はかえって大股になって近づいて行った。その気配で船長は振り向いた。もう一人のほうも手を休めてこっちを向いた。その顔は天栄丸の「若い衆」であった。

「やあ里見さん、こんにちは。その節はお世話になりました」

浅見は波音に負けないほどの大声で挨拶して、「何かお探しですか？」と訊いた。

船長と里見は顔を見合わせた。それから船長が煩そうに、「見れば分かっぺや、祭壇作りの準備だよ。わだつみの怒りが聞こえてくるでな」と言った。確かに、近くには地鎮祭の時に見かけるような白木の祭壇の部品が置いてある。

4

船長が「祭壇作りの準備」と言ったのは、現場の状況を見て分かったが、その作業をなぜ船長が？――と、浅見は戸惑った。

「神宮船長の本職は、お宮の神主さんなんですよ」と、脇から紗枝子が解説した。

「あ、神宮さんとおっしゃるんですか」

神宮、あるいは神宮寺という名前は神職に多い。

「さよう、いまどき神主だけでは食っていけないのでな」

冗談なのか本音なのか分からないが、神宮船長は面白くもなさそうに言った。

「わだつみというと海の神様ですね。わだつみの怒りとは、何か海が荒れる前兆のようなものがあるのでしょうか？」

古語で「わた」または「わだ」は海のことである。朝鮮語の「パタ」と語源が同じという。百人一首に参議篁の歌で「わたの原八十島かけてこぎいでぬと人には告げよあまのつりぶね」というのがある。「み」は神霊のこと、「つ」は助詞で「の」と同義。「わたつみ」は海を司る神として、船や海に生きる人々のあいだでは、古くから信仰の対象になっている。

長崎県に対馬国一の宮として「海神神社」がある。祭神の豊玉姫命は日本の神話に登場する神様としては有名なほうだ。海神の娘・豊玉姫は、瓊瓊杵尊と木花之開耶姫の息子である彦火火出見尊（「海幸彦、山幸彦」の物語の「山幸」として知られている）と結婚、子を産むのだが、にわかに産気づいて、まだ屋根を葺き終えていない産屋でワニの姿になって出産した。それを夫に見られたため、恥じ怒って海宮へ去った。そうして生まれたのが鸕鷀草葺不合命（神武天皇の父）である。

「海の色が変わった」

神宮船長は相変わらず無愛想だ。

「あ、それは僕も来る途中で気がつきました。夏の色から秋の色になったのかと思ったのですが」

「そんなもんではない。それに、潮が走りだした」

潮が走るとはどういうことなのか、浅見には分からないが、一年中海を見ている船長がそう言うのだから、何かの前兆現象があるのだろう。そういう先入観を抱くと、寄せる波の音が不気味に思える。

船長と里見は手際よく祭壇を組み立て、注連縄を張った。供物台の中央に三方を置き、御神酒を供えた。そこまでで、祭事の支度はほぼ完了したらしい。

船長は腕時計を見て大きく伸びをした。

「そろそろ時間だな、あとは頼む」

里見に言い置くと、贅門岩の岩陰にもやっていたボートに乗ってエンジンをかけ、かなりのスピードで岬を迂回して行った。連絡船の運航時間が迫っているのだろう。それにしても、浜辺を歩く神宮の恰好はヨタヨタと、いかにもじじむさいが、ボートを操る姿は颯爽として、感心させられる。

「祭りは夜ですか？」

浅見は訊いた。

「そうです、真夜中です。しかし、祭りではないのです。御霊鎮めです」

里見は例によって、慎ましやかなポーズと口調で答えた。

「浅見さんは天栄丸においででしたか」

「いえ、きょうは天羽さん……」

言いかけて、「天羽」だけでは、どこの家か分からないことに気がついた。天栄丸も天羽家であった。紗枝子を指し示して「こちらのお宅に厄介になります」と言った。

「茂の娘です」

紗枝子が言ったところをみると、二人は面識がなかったらしい。

「ああ、茂さんの……」

里見は紗枝子に軽く会釈した。辺りは暗いのに、眩しそうな目をしていた。紗枝子の父親の名前が茂であることを、浅見はその時に知った。

暮色が垂れ込めてきた。里見が祭壇の周りを片付け終えるには、まだ時間がかかりそうだった。紗枝子は「お先に」と言い、浅見は「後ほど」と言ってその場を離れた。

「御霊鎮めとは、どういうことをするのでしょうか？」

松林に入ってから、浅見は訊いた。足元が暗く、ときどき草に足を取られる。神宮船長の予言を裏付けるように、上空に風が出たのか松の梢が揺れ、松籟が鳴っている。

「さあ……私は知らないんです。そういうことがあるらしいってことは知ってるんですけど、見たことがないんです。いつも夜だし、おとなだけの神聖な行事で、子供は参加できないんじゃないかしら」

「秘密めいているということは、生贄を送る行事ですかね」

「まさか……」

「しかし、供物台には御神酒以外には何も載ってませんでしたよ」

「それはたぶん、始まる間際に用意するんでしょう」

「見学しても構わないのでしょうかね」

「さあ……だめだと思いますよ。家の者に訊いてみますけど」

紗枝子の父親・天羽茂は帰っていた。茂は天栄丸の助太郎の右腕のような存在で、美瀬島ではいちばん大きな漁船の船長だそうだ。あまり背は高くないが肩幅や胸の厚みのある体型と、赤銅色の顔がいかにも船乗りらしい。浅見のことはすでに紗枝子の母親の菜穂子から聞いていたと言い、挨拶もそつがなかったが、少し緊張ぎみの顔をしている。正叔父か、それともほかの誰かに何か吹き込まれているのかもしれない。

それでも、夕餉の席はそれなりに客をもてなすムードではあった。晩酌には美瀬島で造られるという焼酎を出した。浅見はあまり飲めないクチだが、口当たりのいいマイルドな味で、それに気をよくすると度を過ごしそうになる。茂の話によると、この焼酎はじつは密造なのだそうだ。どこの家でもイモやカボチャが穫れすぎると、焼酎にしてしまう。量的に大したものではないので、警察も知っていて見過ごしているという。

焼酎が回りだすと、茂は饒舌になった。菜穂子がどういう予備知識を与えたのか、茂は明らかに紗枝子の結婚の相手か、少なくとも恋人として浅見のことを意識している。浅見の家族のことや経歴、収入などをしきりに聞きたがった。

浅見はいつもどおり、多少、露悪的ともいえる自己紹介をした。三流大学を出て、なかなか就職先が決まらず、フリーのルポライターで何とかやっている。経済的に独立できないので、仕方なく生まれた家で居候を決め込んでいる——といった調子である。浅見の性癖を知っていればともかく、そうでない者には人格まで疑われかねない内容だ。

「浅見さんのお父さんは大蔵省の局長さんだったのよ」

紗枝子は懸命にフォローしたが、あまり効果があったようには思えない。紗枝子の話を信用しないのか、それとも大蔵省の局長がどれほどのものかピンと来ないらしい。

ところが、紗枝子が「ほら、二十年くらい前、廣部代議士のボートが事故を起こしたことがあったでしょう。その時に怪我をした人が浅見さんのお父さんだったのよ」と言ったとたん、茂も菜穂子もいっぺんに様子が変わった。

「えっ、あの時の……」

「そうなんです、それでその時のお礼をしに天栄丸さんをお訪ねした際、たまたま前の日に知り合った平子さんという人が行方不明になって、後に死体で発見されるという事件が起きました」

「えっ……」と、夫婦はまた驚いて顔を見合わせたが、それは浅見の父親の奇禍のことに対するのとは異なる反応であった。

「そしたらあんた、あの平子っていうのと一緒になって、何やら島のことを探っておったちゅうのは、あんただったんかね」

助太郎も正も、そのことはまだ伝えていなかったようだ。

「ははは、探っていたというのは間違いですよ。僕は天栄丸さんにご挨拶しに来ただけですから」

「ああ、わしらもそんなふうには聞いておるだ」

すでにその情報は天栄丸から島中に流されているのだろう。

「そうけ、平子の仲間ちゅうわけではなかったんかい。あの平子ちゅう男は和倉の者だっぺ、とんでもねえ疫病神だ。そのためによ、あれ以来、警察が何度も島に来て、わしらにとっては迷惑なことだよ」

憎々しげに言って、それで少しは溜飲が下がったのか、わずかに頰の筋肉を緩めた。

「そうけえ、あの時のなあ。もう二十年にもなるんかい。しかしあれはまあ、無事でよかったっけんが……そんでもってお父さんは元気でいなさるか」

「いえ、その事故からちょうど一年後に亡くなりました」

「ふーん、そうけえ、やっぱしそうだったか」

「やっぱりと言いますと?」

「ん? あ、いや……」

茂は慌てた。菜穂子は亭主の袖を引っ張って、明らかに口止めにかかっている。

「じつは」と、浅見は二人の動揺を見澄まして言った。

「父親から聞いた不思議な話があるのです。なんでも、船の事故に遭った時、死神のようなものを見て、彼らの話す声も聞いたというのです」

父親の臨死体験のことを話した。死神のような者たちが「こんなにつづけて何人も送ることはない、来年に回すか」というような会話を交わすのを聞いたという話だ。

「その話のとおりになって、父は翌年、亡くなったのですが、単なる偶然とはいえ、世の中には不思議なことがあるものですねえ」

話の途中から、天羽夫婦はソワソワと落ち着かなくなった。それに追い打ちをかけるように、浅見はつづけた。

「僕はそれは臨死体験でも幻覚でもなく、実際にあったことだと思うのです。父は生死の境を彷徨(さまよ)いながらそれを聞いたのですね、きっと。そう思って調べてみると、確かにその年の、父が奇禍に遭った数日後、房総の海岸で水死体が発見されていました。つまり実際にその頃に一人、亡くなっていたのです。父が一年後に亡くなったのは偶然だとしても、そっちのほうは事実だったわけで、もしその人が死んでなければ、父はそのまま死んだのではないか……そう考えて、父が聞いたという会話の意味にますます興味を惹かれました」

「それは関係ねっぺ」

「そうだ関係ねえよ、それは」

天羽夫婦は異口同音に言った。それまでの弱気とは一変して、自信たっぷりに言い切っている。弱気と強気の姿勢が、その両方とも彼らの本音に聞こえた。

嘘をつくのが苦手な正直な人たちなのだろう。ひょっとすると、この島の風土がそういう人情を生んでいるのかもしれない。しかしそのことでかえって、父親の体験が現実にあったことを物語っていると、浅見は確信した。

「さっき、北浜に行きましたが、鬼岩のところで神宮船長が祭壇の準備をしていました。なんでもわだつみの怒りを鎮める行事があるそうですが、僕のような余所者も見学させてもらえるのでしょうか」

「いや、それはできねえ」

紗枝子が言ったとおり、今度は言下に否定された。とんでもない――という口調だ。

「余所者どころか、島の人間でも誰でも見られるわけでねんだよ」

「つまり、美瀬島の秘事ですか」

「ヒジ？……」

「秘密裡に執り行なわれる行事です」

「ああ、それは確かに秘密といえば秘密だっけんが、どこの宗教でも神聖な行事はそうしたもんでねえかい。観光客を集めて見せ物みてえにしてしまったエセ宗教もあっけんが、あんなもんは邪道だっぺ」

「なるほど、おっしゃるとおりです」

浅見は感服した——というように頭を下げた。

「しかし、外部の人たちには、そういうのが秘密主義に見えて、いろいろな憶測を呼ぶことになるのでしょうね。たとえば人身御供のようなものだとか」

「人身御供？　ばかばかしい、岩見重太郎じゃあんめえし、いまどきそんなもん、あるわけがねっぺや」

「お父さん」

菜穂子が亭主の肩を叩いた。

「若い人に岩見重太郎なんて言っても、分からんでしょう」

「いえ、そんなことはありませんよ」

浅見は笑った。父親の本棚には講談本が並んでいて、浅見は子供の頃、むさぼるように読んだ。岩見重太郎は講談本を代表するヒーローの一人で、天の橋立で父の仇を討ち、最期は大坂夏の陣で壮烈な戦死を遂げる——という伝説上の英雄だが、中でも人身御供の娘を助ける武勇伝は有名だ。

「いまは確かに、少なくとも公式的には、人身御供のようなものはないことになっているのでしょうけれど、実際にはそれに近いことは行なわれているそうです。宗教的な儀式上のことはもちろんですが、たとえば『血祭りにあげる』という言葉がいまでも通用しているくらいですからね。もちろん人間を生贄にすることはないとしても、ヒツジなどの動物を生贄にする風習は珍しくありません。それにこの付近の海は、弟橘比売が身を投げたところでもあります」

「オトタチバナ……というと？」

紗枝子は知らないらしい。

「なんだ紗枝、そんなことも知らねかったんか？」

茂が（話にならねえ——）とばかりに、嘆かわしそうに首を振った。

「弟橘比売は日本武尊のお妃ですよ」

浅見が解説を加えた。

ヤマトタケルノミコトは「日本武尊」とも「倭建命」とも表記する。ヤマトタケルは天皇の命を受け東征の際、浦賀海峡（東京湾）を舟で渡ろうとして海神の怒りに触れ、大時化に遭遇した。その時、付き従った夫人の弟橘比売が夫の身代わりになって入水すると、波は鎮まり舟は進むことができた。後にヒメの愛用していた櫛が海辺に流れ着いたので、その櫛を埋めて陵を造り祀ったという。

東征を終えて大和へ引き揚げる時、関東平野から信濃国に入る碓氷峠で日本武尊が「あづまはや」と追慕の涙を流したといわれる、その「つま」が弟橘比売である。紗枝子はそっちのほうの話は知っていて、「ああ、そうなんですか」と納得した。

「ひょっとすると、弟橘比売の櫛が流れ着いたという伝説は、美瀬島にもあるのかもしれませんね」

浅見が言うと、茂は「ああ、あるだよ」と頷いた。

「島のお宮さんには、弟橘比売も祀られていなさるだ」

「やっぱりそうでしたか。ところで、この島は古来、悲劇に遭ったり、追われる人たちが身を寄せているんですね。源頼朝も渡ってきたし、関東大震災の時もそうだし、それに戦後の混乱期やキティ台風で被害が出た時も、美瀬島の船が小田原へ出動して、沢山の人を救出したり、人道的なすばらしい活躍をしています。朝鮮との関係が緊密なものになったのは、そういう歴史の結果と言っていいのでしょうか」

世間話のように、さり気なく喋っているのだが、聞く側の天羽夫婦は度肝を抜かれたにちがいない。とくに最後の「朝鮮との関係」の部分では「えっ」と息を呑んだ。

「どうして……あんた、なんでそんなにいろんなことを知ってるんだね？」

茂は驚くのと同時に、それ以上の疑惑に取りつかれたらしい。浅見はそれに便乗するように、いきなり切り札を使うことにした。

「いまでも、朝鮮の船が美瀬島を訪れると聞きましたが」

天羽夫婦は口を大きく開けて声も出ない様子だった。

5

天羽夫婦の予想以上の驚きようは、浅見を勇気づけ、大胆にした。少々調子に乗ったかもしれない。

「朝鮮の船は何をしに来るのですか？」

「それは……」と言いかけて、天羽茂は思い止まった。迂闊には答えられないと思ったのだろう。焼酎の酔いもさめたような白けた顔色になった。

「あんた、どこで聞いてきたんだ」

「増田さんです。ご存じだと思いますが、廣部代議士の秘書だった増田敬一さんです。小田原の海岸で殺される二、三日前に電話で、そう話していました。ただし、これは秘密にしておくようにと言われましたが」

たぶんにハッタリだが、「増田」、「廣部」という名が出るたびに、茂の表情に変化が現れた。この「ＶＩＰもどき」の客をどう扱えばいいのか困惑した表情で「さあなあ……」と視線を逸らした。

「わしらはそういう話は何も聞いてねっけんがなあ」

「あ、そうなのですか。それじゃ島の人たちのあいだでも秘密になっているんですね。しかしこれは事実ですよ。そういう噂が広がって、おそらく警察も気にし始めたのじゃないでしょうか」

「警察？……」

「ええ、このところ北朝鮮のものと思われる不審船が問題になっているので、警察は神経を尖らせていますからね」

「そげなことは何かの間違いだっぺ。でなけりゃ増田さんが勘違いしたか、嘘を言ったにちげえねえな」

「僕は嘘や勘違いだとは思いません。増田さん以外にも、現に目撃したという人から話を聞きました」

「ふーん、そっけえ。だっけ、そう言うからには何か証拠でもあるんかね」

「証拠はあると思います」

「えっ、ほんとけえ？　どんな証拠だね」

「増田さんが殺されました」

「そ、それはあれだっぺ。喧嘩で殺されたんだっぺ。わしらはそう聞いてるが」

「もう一人、美瀬島沖で不審な船を目撃したと喋っていた人も殺されました」

「……」

「さらに、その事件を調査しようとした平子さんも、美瀬島に来て、死にました」

天羽茂は完全に沈黙した。焼酎のグラスを口に運ぶ回数は多いにもかかわらず、酔いはいっこうに回ってこないらしい。むしろ船酔いでもしたように妙に青い顔をして、体が前後左右にゆらゆら揺れる。

「父さん、飲み過ぎじゃないの？」

紗枝子が見かねて注意をした。茂は「ああ、うん、ああ……」と意味不明の言葉を呟いて、それを汐に腰を上げた。顔には出ていない分、むしろ酔いが腰にきているのか、前につんのめるような恰好で手をついた。菜穂子が慌てて手を差し伸べ、「あんた、しっかりしなよ」と叱った。

「だいじょぶだ、ちょっくら横になるべ」

茂はそのままゴロンと横たわった。菜穂子が座布団を折って頭の下に差し入れた。じきに鼾が聞こえてきた。浅見としては、話が核心に触れたところなので、何となく逃げられたような気がしないでもない。

紗枝子は「あちらへ行きませんか」と浅見を客間に誘い、コーヒーをいれてきた。襖で仕切られた部屋だから、物音は筒抜けだとはいえ、紗枝子と二人だけの状態というのはどうも気詰まりで耐えがたい。

「気になりますね」

浅見は紗枝子に背を向けて立って、窓の向こうを透かすようにしながら、言った。視界に街灯も家の灯も入っていない。月は出ているはずだが、島の夜は闇が濃厚だ。

「まだ『神事』は始まっていないのでしょうけど、現場ではどういうことが行なわれているのかなあ」

「地鎮祭みたいなものじゃないかしら」

紗枝子も立ってきて、浅見の隣で闇を覗き込んだ。

「行ってみようかな」

浅見が言ったとたん、「だめですよ」と、紗枝子は強い語調で言った。

庭の木々がザワザワと騒ぎ、風が窓の隙間から吹き込んでくるほど強くなっている。神宮船長が言うとおり、「わだつみ」が怒り、嵐が近づいているのかもしれない。気のせいか、遠い潮騒も聞こえてくるようだ。

「いや、行きます」

浅見は気後れしそうになる自分を励ますように言明した。

「だめですってば」

紗枝子は抑えた声で、しかしいまにも泣きそうに言った。

「さっき浅見さんだって言ったじゃないですか、もう何人も殺されたって。そんな危ないこと、しないでください」

「ほう、驚いたなあ」

浅見は振り返って、笑った。

「驚いたって、何がですか？」

「島で犯罪が行なわれたと、あなたが初めて認めたことがです」

「えっ、私が？　まさか、そんなこと認めたりしませんよ」

「だったら何を恐れるんですか？　何も危ないことはないはずでしょう」

「それは……そうだけど……でも行ってはだめです。父も言ったみたいに、見物は禁じられているんですから」

「見物ではない、監視です」

「えっ……」

すぐ目の前にある紗枝子の顔が怯(おび)えて、引きつった。

「僕はね天羽さん、あの日何があったのか、ようやく思い当たったのです」

「平子さんは、僕が天栄丸に立ち寄って挨拶をして、あなたに教えてもらうまで少し道に迷ったりしているあいだに消えてしまった。ほんの三十分かそこいらの短い時間のずれにすぎません。あの道を下って、松林を抜けて海に出て……そこまでは一本道でしょう。僕と行き違いになる可能性はまったく考えられませんよね」

「………」

紗枝子は何か言いかけて、結局黙って頷いた。

「海岸に出てから先、どこへ行くことができるのか、不思議でならなかったのです。ところがさっき神宮船長がボートで去って行くのを見て、当然すぎることを思いつきました。要するに平子さんはボートで海に出て行ったのだ――とね」

「えっ、ボートがあったんですか？」

「いや、そんなものを平子さんが用意していたはずはありませんよ。誰かのボートに乗って行ったのです」

「だけど、浅見さんと待ち合わせの約束をしていたんでしょう？　それなのに黙って行ってしまったんですか？」

「ああ……」

「平子さんが消えた日です」

「あの日って？」

「もちろんそれは平子さん本人の意思ではなく、拉致されたのでしょう」

「拉致って……だけど、どうして？」

「さあ、それはまだ分かりませんが、いずれにせよ、拉致して、しかも殺害したのには、それなりの動機があったのでしょう。盗み目的か、それとも単なる行きずりの喧嘩のようなことかもしれない」

「じゃあ、小田原で増田さんが殺されたのと同じですか？」

「いや、一見した感じでは同じように見えるけれど、増田さんの場合は偶発的ではなく、計画された犯行ですよ。しかし、根っこにある動機は共通している可能性はありますね」

「犯人は誰なんですか？　神宮船長や里見っていう人が犯人ですか？」

「ははは、まさか……神宮船長はご老体だし、里見さんはその時、天栄丸で僕と喋っていましたよ。ただ言えることは、一人の犯行ではないですね。少なくとも二人……あるいはもっと大勢いたかもしれない」

「でも、どっちみち美瀬島の人間であることには変わりはないんでしょう？」

「たぶん。贅門岩付近の暗礁や、ボートを繋留できる場所の知識がある点からいっても、美瀬島の人に間違いないですね」

「あの……それは、誰？……」

「ははは、そこまでは特定できませんよ。それを調べるために、北浜の神事を見に行きたいのです」

「そこに犯人が来ているってことですか？」

「たぶん」

「だったら、なおさらそんな危ないところへ行かないでくださいよ」

「危険かもしれないけれど、しかし行かなければならない。虎穴に入らずんば虎子を得ずって言うじゃ……」

「行っちゃだめ！」

紗枝子は強くはげしくかぶりを振って、それから、懇願するような小声で「だめです」と言い、ふいに浅見の胸に縋りついて、体重を預けてきた。

浅見はのけ反って、あやうく背後の窓に頭をぶつけそうになった。両手を広げた恰好のまま、しばらくは硬直状態におちいった。胸に顔を埋めた紗枝子の髪が、おとがいのすぐ下にある。なんとも形容しがたいおんなの匂いが鼻腔をくすぐった。心臓の鼓動が高まり、それを彼女に聞かれていはしまいかと、妙なことが気になった。

何十秒か、それとも何分か経過したかもしれない。浅見はようやく呪縛から解放されたように、広げっぱなしだった腕の緊張をほぐし、優しく紗枝子の両肩を支えた。

「困った人だなあ。僕はそのために美瀬島に来たんじゃないですか。そのことはあなただって分かっているはずなのに」

「でも、そんな危ない橋を渡るなんて、聞いてません」

顔を埋めた浅見の胸の中で、くぐもった声で言っている。

「それはそうですよ。どういう状況になるかなんてことは、あらかじめ分かりっこありませんからね」

「とにかくやめて……」

紗枝子は顔を上げた。浅見は息を呑んだ。涙に濡れた目が真っ直ぐこっちを見つめている。その目がゆっくり閉じられ、そのままの姿勢で、今度は紗枝子が硬直した。ほんの十センチと離れていないところで、二人の唇が向かいあっている。しかも紗枝子のそれは明らかに何かを訴え求めていた。

（おい、どうする？——）

緊急事態の中で、浅見は自問した。また何十秒か何分かが経過した。紗枝子の上気した顔はいまにも泣きだしそうに歪んだ。このまますげなくしたら、彼女は永久に救われないほどの屈辱を味わうにちがいない。

浅見は意を決して動いた。十センチの距離を惜しむように、三センチしか離れていない紗枝子の額にそっと唇を当てた。

その瞬間、紗枝子は目を開いた。それから伸び上がって、浅見の唇をむさぼるようにキスをした。両手で浅見の項を抱えて逃げられまいとしている。想像もしていなかった紗枝子の激しい一面にとつじょ出合って、浅見は混乱した。

（どうする、どうする――）

混乱しながら、辛うじて紗枝子の両頰を挟むようにした。

その時、廊下の襖がスッと開いた。菜穂子が「お布団を……」と言いながらこっちの状況を見て「あっ」と声を漏らし、慌てて襖を閉めると、小走りに立ち去った。

その気配に、紗枝子も浅見から離れた。恥ずかしげに「いやだなあ……」と言い、上目遣いに浅見を見て「ごめんなさい」と頭を下げた。そう挨拶されると、まるでこっちのほうが凌辱でもされたように、かえって情けない。

「僕のほうこそ」

浅見は気張った口調で言った。

「お布団、敷きますね」

紗枝子は指先で髪を梳かしながら部屋を出て行った。しばらく経って、母親と一緒に布団を運んできた。どういう折り合いをつけたのか、二人とも何くわぬ顔をしている。

（どうも女というのはよく分からない――）と、浅見はますます縁遠くなりそうな気分である。

「お風呂、入ってください」

菜穂子は視線を逸らしたままそう言い、娘に「案内してな」と命じた。

廊下を歩きながら、紗枝子は「母は照れてるんです」と笑った。

「あなたはどうなんですか？」

「私は……うふ、そんなこと、言えませんよ」

なまめいた言い方に、浅見のほうがよほど照れた。

廊下を折れて、突き当たりの台所まで行った隣がバスルーム――というより、昔ふうの湯殿であった。そういう習慣があるのか、真新しいタオルと石鹸と、それに客用のパリッとノリの利いた浴衣まで支度されている。「熱かったら遠慮なくうめてくださいね」と言い置いて、紗枝子は行ってしまった。

成り行きで、否応なしに風呂に入る仕儀とはなったが、浅見の胸には（こんなことをしていていいのかな――）という焦燥感があった。こうしているあいだにも、贄門岩では刻々と何かが進行しつつあるにちがいない。せっかくの新しい石鹸だったが、おちおち体を磨いている気分ではなかった。

湯から上がり、居間に顔を出して「お先に頂戴しました」と挨拶した。茂はさっきのままの状態で眠りこけている。菜穂子は「お休みなさい」と言い、「さあ」と紗枝子の背を押すようにした。夜具の支度のことを命じたのかと思ったが、そういうわけでもなさそうだ。客間に戻ると、ちゃんと布団は敷いてあるし、枕元には水とグラスの用意まで整っている。

紗枝子は襖の近くで三つ指をつくようなポーズを作って、「お休みなさい」と言い、それから「またあとで」とつけ加えた。

「お休みな……えっ？……」

浅見が問いなおそうとした時には、襖は閉じられていた。心臓が「ドキリ」とした。

（どういう意味だい？——）

またあとでどうするつもりなのか、急に不安になった。以前、柳田国男か誰かの民俗学の本で、どこかの地方にそういう「もてなし」の風習があったという話を読んだ記憶がある。しかしそんなのは遠い昔の話だ。いくら美瀬島が特殊な世界を維持しているからといって、いまどき夜伽（よとぎ）や夜這（よば）いの風習が残っているとも思えないし、まさかとは思うが、それじゃ紗枝子のいまの言葉の意味は？——と、堂々巡りで思考が繰り返される。

そのことが浅見の決断を促した。浅見は浴衣を脱いで服に着替えた。バッグの中の小型の懐中電灯を持つと、廊下に出た。遠い湯殿から湯を使う音が聞こえてくる。一瞬、脳裏をかすめた妄想を払い捨て、足音をしのばせて玄関へ向かった。

ガラスの嵌まった格子戸を開けるのに苦労した。鍵（かぎ）はかかっていないのだが、ガラガラと音がしそうで、細心の注意が必要だ。外へ出ると今度は元どおりに閉めるのに同様の気を遣う。かといってゆっくりしていると風が吹き込みそうだ。

もっとも風は予想していたほど強くはなかった。吹いているのは、まだ台風の風とはべつのものなのか西風のようだ。

(贄送りの風か――)

ふとそう思って、背筋がブルッときた。

月はあるが、黒い切れ切れの雲が絶え間なく月を掠めて走っている。ほの白い道をおぼつかない足取りで歩いた。どの家も寝静まった様子だ。紗枝子が言っていたとおり、北浜の贄門岩で祭事が行なわれていることなど関係がないらしい。

松林の中を抜けて行く細道を下りながら、浅見はしだいに緊張と恐怖感がつのった。

第十章　海から来た

1

半月は薄く流れる雲の上にある。松林の中の闇(やみ)はいっそう濃密だったが、そこに来て、浅見は懐中電灯を消した。道を爪先(つまさき)で探るようにして歩いた。

まだ時刻は十時を回ったかどうかというところだ。贄門岩(にえもんいわ)の「神事」は準備万端整ったのだろうか。どういう形の神事なのか、松の梢(こずえ)を吹く風の音とゴウゴウと繰り返す波の音以外には「祭り」らしい物音は聞こえてこない。闇の奥には明かりも見えない。

それほど広いとは思えない松林だが、中を抜けるのに、イライラするほどの時間がかかった。ようやく、淡い月明かりを映した浜辺のゴロタ石が、ほのかに白く見えてきて、浅見の足の運びが速くなった。

ポツンと灯(あか)りが見えた。浜辺ではなくその先の海の上である。大きなうねりがあるのか、上下左右にゆらゆらと頼りなげに揺れる。あれは漁火（いさりび）だろうか。それとも——と、浅見はふと柿島一道のことを思い出した。彼が密漁に来て見た灯りと同じものかもしれない。しかし船の形は見えない。大きい船なのか小さな漁船なのか、海岸からの距離がどれくらいなのかさえも、判別できない暗い海である。

浜に出る手前で無意識に足を停（と）めた。少し腰を屈（かが）めるようにして周囲の気配を窺（うかが）った。ここからだと贅門岩の辺りはまだ死角になっているのか、人影はもちろん、灯りも見えていない。浜には出ないで松林の中を、木の陰を伝うようにゆっくりと歩を進めた。足元で時折、パキッと枯れ枝を踏む音がすると、心臓にひびいた。

ふいに、波の音を縫って歌声が聞こえてきた。メロディはははっきりしないが、これまで聞いたことのない、犬笛を思わせるような鋭く細い高音域の歌である。女声ではなくボーイソプラノか裏声らしい。柿島一道が聞いたというのもあれにちがいない。その歌声に貫かれたように、背筋を緊張が走った。

その時、視界の左端で灯りを捉（とら）えた。贅門岩の辺りである。灯りは大きく左右に揺らされ、明らかに船に向かって合図を送っている。同時に沖の灯りが消えた。柿島の「目撃談」どおりなら、この先は沖の船からボートを下ろして、海岸へ向かってくるはずだ。

いったん足を停め、全神経を耳に集めてボートのエンジン音を聞き分けようとした。しかし相変わらず、聞こえてくるのは波音ばかりである。「神事」の様子はまだ見えない。合図の灯りも動きを停めたようだ。

さらに十メートルほど進んだところで、浜におぼろげな人影が見えた。二人、三人……いやほかにもまだ何人かいそうだ。低い話し声も聞こえた。人影のどれかが神宮船長なのか里見なのか、それに天羽紗枝子の正叔父はいるのか、まったく判別がつかない。わずかに祭壇の横板と三方（さんぼう）の白さが、淡い月明に浮き出ている。供物が載っているかどうかは分からない。まだ定刻には間があるのか、「神事」らしい動きはなかった。

三十メートルほどの距離まで近づいた。波音にかき消されなければ、話し声の内容が摑（つか）める程度の距離である。これ以上進むのは危険すぎる。浅見は立ち止まり、松の木のひとつと同化した。

沖から微（かす）かなエンジン音が響いてきた。やはりボートがやって来るらしい。「来た来た」と誰かが言った。「あまり物欲しげにするな」というダミ声が聞こえた。（あっ）と思った。天栄丸の天羽助太郎だ。いまの言葉の様子から察すると、ボートは何かを積んでくるのだろうか。それとも取引きの話し合いでもあるのだろうか。

ボートは無灯火で、こっちの灯りだけを目当てに進んでいるようだ。音の来る方向に目を凝らすと、かすかに物の形が見える。岩礁の多い危険な磯だが、よほど慣れているのか、スムーズに進んで、贅門岩のあいだを抜けてきて、岩陰の静かな渚（なぎさ）に止まった。

エンジンを停め、人影が二つ浜に上がってきた。意味不明の言葉を喋（しゃべ）った。浅見にも朝鮮語の挨拶であることぐらいは分かる。こっちからも挨拶を返している。里見の声であった。いわば通訳のようなことが彼の役回りであるらしい。

双方ともたがいに好意を抱く親しい間柄とみえて、朝鮮語と日本語が賑やかに交錯した。とりとめのない会話だ。笑い声も聞こえた。当然のことながら里見の声がいちばん多い。それから何かの「商品」の品定めが始まった様子だ。

「いい貝じゃねえか、これでいいだろう」

助太郎が断定を下すように言った。どうやら何かの貝の買い付けを決めたようだ。

「海老もいつもどおりだな」とも言った。価格の設定で少し揉めていたが、それも概ね天羽助太郎の強引な主張で押し通した。

話の内容だけだと、通常の商取引きと変わらない。しかし、それだけのことなら、おおっぴらに市場でやればよさそうなものだから、何かウラがあるにちがいない。

朝鮮語が聞こえて、「場所はどうします?」と里見が通訳した。

「明日の風向きはどうだ?」

「朝の内は西寄りの風だそうです。午後は荒れてきます」

「そうか、じゃあ鬼岩の沖磯がいいだろ。例によってライトを点灯するから、灯台とブイの明かりで山立てをするように言ってやれ」

「はい」

何やら判じ物めいているが、漁師が漁場を見極める「山立て」は分かる。それで「鬼岩の沖磯」を設定し、貝か何かを沈めておくつもりなのだろう。

それから間もなく、ボートが引き返して行った。ボートには里見も同乗している様子である。積み荷の実物を検分するのかもしれない。浜の連中は会話も途絶えて、ボートを見送っている。

やがて沖の船が動きだした。ボートのものとは明らかに異なる、ディーゼル機関の重々しい低周波音がひびいてきた。船はゆっくりと、座礁しない程度まで海岸に近づいて、そこで船足を停めた。暗い中でも、黒々とした船の形は完全には闇に溶けず、何とか識別できる。まさに「不審船」と呼ぶにふさわしい、怪しげな雰囲気だ。

クレーンを作動させる音が聞こえた。荷下ろし作業が始まるようだ。ボートに下ろすものとばかり思っていると、いきなり海中に投棄し始めた。助太郎の指示どおり、鬼岩の沖辺りだ。ガラガラという音とザザッという音から、「貝」を海中に落としていることが想像できる。一カ所でなく、ゆっくりと海岸に沿って左の方向へ移動しながら、何度も何度も作業を繰り返している。位置をさらに海岸寄りに移して、元の場所に戻りながら投棄をつづける。膨大な量の「貝」が投棄されたことが分かる。

そのあいだに港の方角から漁船が現れた。これも無灯火だ。「不審船」に近づくと、今度はクレーンで荷物を漁船に積み替える作業を始めた。どうやらそれが「海老」らしい。要するに海産物の密貿易ということなのだろう。

長い作業がつづいていたが、その時になってふと、浜では「神事」が始まっていることに気がついた。沖の動きにばかり気を取られていたのだが、いつの間にか神宮船長は本職の神職に戻ったらしく、白い神官の装いに着替えていた。闇の中で彼の動きだけが際立って見える。「畏み畏み申さく……」といった祝詞の声が聞こえてきた。

浅見はそのことにむしろ驚いた。祭壇はあくまでも「不審船」による違法取引きをカムフラージュするための演出だと考えていたのだが、どうもそうではないらしい。あくまでも海神の怒りを鎮めるための、真剣な儀式を執り行なっている。人間の定めた法律と神の戒律とはまったく別物だということか。

考えてみると、ヤクザ社会で行なわれる襲名披露などの、ものものしい神事にしても、妙なものである。逆にいえば、自分たちの仕業の犯罪性に対する贖罪の意味があるということなのだろうか。

神宮の白い影が渚に歩み出て、海中まで足を踏み入れた様子だ。付き従った者の手から何かを受け取って、祝詞を奏上しながら海に流しているらしい。かなり大きな物だ。浅見は「生贄」を思い浮かべたが、ひょっとすると、紗枝子が話していた等身大の人形かもしれない。

その時、浅見が通ってきた小道の方角からドドッという荒々しい複数の足音と、声高に話す人声が聞こえてきた。振り向くと、松林を透かして、懐中電灯の光芒が三本、忙しげに揺れながら近づいてくるのが見えた。浅見は慌てて木の陰に身を潜め、闇の底に体を沈めた。

怒鳴るように「まったく、しようがねえ」と言ったのは、正叔父の声だった。何か突発的な事態が生じたような気配だ。ひょっとするとそれは自分が原因かもしれない——と、浅見はいっそう身を縮めた。

三人の男がつい目と鼻の先を通過して行った。ちょっとでも懐中電灯の先をこっちに向けられたら、すぐに発見されたであろう距離だ。

（どうする——）

自問したが、逃げだすにしても急な動きは勘づかれるおそれがある。それに、「神事」の顚末を最後まで見届けたいという本来の目的があった。

（まさか、いのちまで取られはしないだろう——）と、開き直る気持ちがまさった。とはいえ、そう思わないではいられないくらい、内心に恐怖感が湧いていることは否定できない。現に、おそらくこういう状況で平子裕馬がいのちを落としているのだ。

「だめだだめだ、網元」と正叔父が呼びかけた。

天羽助太郎の「何があったんだ？」と訊き返すダミ声が聞こえる。

「あの野郎がよ、兄貴の家を出たみてえだからよ、気をつけたほうがいいっぺ」

「遅い。仕事は終わった」

助太郎は不機嫌そうに言った。

思ったとおり、「騒ぎ」の元凶は浅見だった。だとすると、正叔父に告げ口したのは紗枝子ということになる。「あとで」と言っていたから、風呂を出て、客間を覗きにきて、浅見の姿が消えていることに気がついたにちがいない。

浅見は紗枝子を信用しきっていた自分の迂闊さを思った。所詮は天羽紗枝子も美瀬島の人間だったということか。

「この辺に来てるんじゃねえか」

助太郎でも正叔父でもない、神宮船長でもない誰かが言った。

「そうだな」と、これは正叔父の声だ。

「探してみべや」

ワラワラと動きだす気配があって、四、五本の懐中電灯がいっせいにこっちに向けられようとした。浅見は思わず立ち上がった。

その瞬間、背後から伸びてきた腕が浅見を抱えた。

息が詰まった。

「倒れて！」

紗枝子の声だった。いつの間に忍び寄ったのか、まったく気づかなかった。

「倒れて！」と、もう一度強い口調で囁かれて、浅見は言われるまま地面に腰を落とすと、仰向けに倒れた。その上に紗枝子が覆いかぶさった。この危急の時であるにもかかわらず、紗枝子の体から石鹼の匂いが漂ってくるのを感じた。

足音と明かりがどんどん近づいてくる。

「抱いて！」

紗枝子は言いながら、じれったそうに、浅見の手を取って自分の背中にまわそうとする。浅見も彼女の意図を理解して両手で紗枝子を抱きしめた。その時になって、紗枝子が浴衣姿であることを知った。見えてはいないが、これだけ荒々しい動作をしたからには、浴衣の裾も乱れているにちがいない。浅見はそのことが妙に気になった。

足音と明かりはついに目の前に来た。光の束がサッとこっちに向けられ、浅見は思わず目を瞑った。

「なんだっ！……」

正叔父が叫んだ。ほかの連中の声は聞こえなかった。この状況を見て驚いたか、それとも喜んだか、どっちにしても言うべき言葉を失ったようだ。

「ばか野郎、こんなところで……おい、見せ物ではねえ。あっちへ行くんだよ」

見物を追い払って、苦々しげに「何をしてるんだ」と言った。サッシーの情事を目撃した叔父として、どう対処すべきか当惑しているのだろう。

その時になって、紗枝子はようやく浅見の上から身を起こした。

「やだなあ、叔父さん」

ぼやきを言いながら、浅見に手を伸ばし、地面から起きるのを手伝ってくれた。

「やだじゃねっぺ。みっともねえ真似しくさってよ」

「いいじゃないですか、子供じゃないんだから。ねえ、浅見さん」

いきなりふられて、浅見は衣服に付いた松葉を払いながら、「は？　はあ、まあ……」としどろもどろに答えた。いざという場合の女の強さには敬服する。

「子供じゃねえのは分かってるっけよ、場所ってもんがあるっぺ。浅見さん、あんたもいい歳こいて、親の顔に泥を塗るような真似をするもんでねえ。さあ、早く帰った帰った。まったく、兄貴んとこもいい恥さらしだ」

唾を吐き出すように捨て台詞を残して、正叔父は去って行った。

足音が十分、遠ざかるのを待って、紗枝子はヘナヘナと浅見に体を預けた。浅見は反射的に紗枝子を抱き留める恰好になった。

「ああ、怖かった……」

ため息と一緒に呟いた。演技だとしたら役者顔負けである。

「もっと強く抱いて……」

演技の代償を要求するように、ほとんど命令口調で言った。体の柔らかさや胸の膨らみが、にわかに生々しく感じられた。

浅見は抱きしめる代わりに、両手で支えた紗枝子を、精一杯引き剝がして、「ありがとう、危ないところでした」と頭を下げた。

「つまらない……」

紗枝子は不満げに鼻を鳴らしたが、諦めたように体を離して、身繕いをしながら「だから行っちゃだめって言ったでしょう」と叱った。

「お風呂から出たら浅見さんがいなくなってるんですもの、びっくりして追いかけたんですよ。たぶん母も気づいたのね。もしかしたら正叔父に連絡したのかもしれない。すぐそこまで来て様子を窺っていたら、後ろからあの三人が来たから、急いで隠れてやり過ごしたけど、この浴衣じゃなかったら見つかっていたわね、きっと」

紗枝子は闇に溶け込みそうな藍染の浴衣で、おどけたポーズを作ってみせた。

「そしたら、浅見さんが立ち上がるのが見えたんですもの、びっくりして……でもスリルがあって面白かった」

「ありがとう」

浅見はあらためて礼を言った。ほんの少し前、紗枝子の背信を疑ったことも併せて、心底から頭を下げた。

2

道路まで出ると、紗枝子は自宅へ戻るのとは逆の方角へ向かった。細道では前後になって歩いたが、その分を取り戻すように、浅見の腕を取って肩に頭を預けてきた。

この辺りは畠(はたけ)ばかりで、坂の上の遠くに人家の灯が見える。周囲は近くの物の形が分かる程度の闇だ。それが彼女を大胆にしているのかもしれない。浅見にとっては困った状況だが、最前の出来事で「借り」があるから、まさか振りほどくわけにもいかず、体を強張(こわば)らせながら歩いた。

「さっきのあれ、何だったのかしら？」

紗枝子はあらためて緊張が蘇(よみがえ)ったように、肩を竦(すく)めて言った。

「天羽さんはいつ頃からあの場所に来ていたんですか」

「いつ頃って、正叔父たちが来る五、六分前だったかしら」

「じゃあ、神宮船長が祝詞を上げ始めた頃かな」

「そうかもしれません」

「船から船にクレーンで荷物を積み替えていたでしょう」

「ああ、あれがそうだったんですか。浅見さんのほうばかりに気を取られていたし、暗くてぼんやりとしか見えなかったけど、鬼岩の沖のほうで何かやってましたね。でも、荷物って何だったんですか」

「あの人たちの会話の様子だと、あれは海老らしい。その前に海中に貝を撒き散らしていましたよ」

「貝を？……どうして？」

紗枝子の足が停まった。浅見の腕を摑んだまま、少し体を離すようにして、暗がりの中でこっちを見つめた。薄明かりを受けた眸がかすかに光っている。

「さあ、どうしてですかね。妙なことをするものだと思ってましたが」

「その言い方だと、浅見さんは何があったのか、分かってるんでしょう？」

「まさか、分かりませんよ。いろいろ憶測する程度です」

「憶測でもいいです」

「あれは輸入だと思いました」

「輸入？……じゃあ、それって、外国の船なんですか？」

「たぶん。もう一隻の荷受けする船は美瀬島港から出てきました」

「でも、どうして？　輸入だったら……もしかして密輸だとしても、陸に荷揚げすればいいじゃないですか」

「陸に揚げたのでは、美瀬島産の良質なアワビではないことになります」

「えっ？……」

一瞬、とまどったが、紗枝子はすぐに意味を理解したようだ。潮干狩りの浜辺には、余所で獲れた貝を撒く。時にはそれが外国産の貝であったりもするそうだ。

「ああ、そういうこと……でも、それじゃ、海老はどうして？」

「海老は逃げます」

簡明すぎる解釈だが、紗枝子は異論を唱えなかった。彼女の脳裏には、活きたままの、みごとな「美瀬島産」伊勢海老が思い浮かんだにちがいない。浅見から視線をはずして、また歩きだした。

「明日の朝は、どの家もいっせいに海に出ますよ、きっと」

浅見はあまり当たらない経済評論家のように、自信たっぷりに言った。

「もしかすると、ことし最高の大漁になるのかもしれない」

皮肉が通じたのか、紗枝子は何も答えなかった。黙って正面の闇を見据えるようにして歩いた。浅見の腕に縋る手からは感情がまったく伝わってこなかった。

いくつかの家々と、その先に大きな建物が黒々と見えてきた。

「あれが小学校、石橋先生がいた」

紗枝子は足を停め、そう言うと、浅見を半回転させて、いま来た道を引き返した。

それから長いこと黙って歩いて、北浜へ下りる岐れ道を通り過ぎたところで、紗枝子は「母が」と、ようやく口を開いた。

「明日の朝は暗いうちから漁に出るって言ってました。島中の男も女も、総出で北浜の海に潜るんです。私たちは昼まで寝てていいんですって」

浅見の「憶測」を肯定したということなのだろうけれど、「私たち……」とは意味深長な言葉でもある。

「それはありがたいけれど、しかし僕はその大漁風景を見に行きますよ」

「だめですってば」

紗枝子は低いが、はらわたを搾り出すような声を出した。

「人にはそれぞれ、見られたくないことがあるんですから」

思ってもいなかった言葉だった。

その時なぜか、浅見は豊玉姫がワニの姿になって、鸕鷀草葺不合命を産み落とす、すさまじい光景を連想した。豊玉姫が紗枝子のイメージとダブッた。紗枝子を抱いた時のふくよかな感触が蘇って、闇の中でひそかに顔を赤らめた。

しかし、浅見のいまの気分はそんな浮わついたものではない。見てはいけないと豊玉姫にきつく戒められたタブーを破って、産褥の醜態を覗き見した山幸彦と同じ轍を、この自分もまさに踏もうとしているのかもしれない――と思った。

紗枝子の悲鳴にも似た言葉が、「人はそれぞれ、他人に侵されたくない領域を持っている――」と胸にひびいた。

美瀬島にとって、柿島一道やそれに平子裕馬は侵略者だったのだろうか。いや、おそらく浅見にしても同類だ。美瀬島の平穏を脅かす者は等しく侵略者にちがいない。

豊かな観光資源に恵まれながら、外部の人間の訪れを拒否するような不文律も、この不可思議な桃源郷を維持するためには必要なのだろう。もっと観光開発をしたら――とか、もっとインフラを整備したら――とか、常識を振りかざして賢しらに言うのは、それに背を向ける主義を選んだ人々にとってはそれこそ余計なお世話なのだ。

ふと、美瀬島が、源頼朝や里見一族などの遠い昔から、敗北者や「虐げられた人々」を受け入れてきた歴史のあることを思った。

その反骨精神を思えば、朝鮮との繫がりもたまさかのものではない。日本が、国も国民も挙げて朝鮮を侵略している時でさえ、美瀬島の人たちは必ずしも同調ばかりはしなかった。国に逆らってその「主義」を押し通した時代に培ったであろうノウハウの第一は、強い秘密保持だったはずである。この島の人間には生まれながらにして、そういう島の思想が備わっているのかもしれない。

「そうか、やっぱりあなたは、この島の人なんだなあ……」

慨嘆するような言い方になった。

「そうね、そうかもしれない」

紗枝子は頷(うなず)いた。

「ずっと前、子供の頃から美瀬島では何やら怪しいことが行なわれているって、うすうす知っていたんですからね。だけど、誰にだってあるでしょう、知っているけれど知らないふりを通さなければならないことって。美瀬島で生まれた者はみんなきっとそうなんだわ。体の奥深いところに封印されているみたいな感じかしら。誰に命令されたとか教えられたとかいうんじゃなく、ＤＮＡみたいなもんですね」

浅見が想像したのと同じことを、紗枝子は言って、自嘲(じちょう)するような笑いを漏らした。

「ところで、叔父さんたちが、その怪しい行動をしていたのはあなたの隣の部屋でしたね」

「ええ、そうなんですけども、今は私の部屋は替わって、その部屋は浅見さんが寝る、あの客間です」

「えっ、あの部屋なの?……」

思わず浅見は足を停めた。腕と腕とがしぜんにほぐれて、紗枝子とのあいだに距離が生じた。紗枝子は振り返って、悲しそうに「そんな目で見ないで」と言った。

いつの間にか集落のはずれまで来ていた。紗枝子の家はもうすぐそこである。最後の三十歩ほどを二人は離れて歩いた。

玄関の戸を開けると、気配を察して母親が現れた。

「どこへ行ってただい？」

あやしむ目で訊いた。

「北浜よ」

「ふーん、正に会わねかったかい？」

「会ったけど。母さんが告げ口したの？　探しにきたみたいだったわ」

「おや、そうけえ。わたしは知らないよ」

靴を脱ぐ時になって、浅見はズボンに着いた松葉に気づいた。ずいぶん気をつけてはたき落としたつもりだったが、紗枝子の浴衣の袖にもまだ残っていた。このぶんだと、背中にはもっと沢山の松葉を背負っているにちがいない。案の定、母親はジロリと浅見を一瞥して、「何をしてたんかい」と言って、顔を背けた。

しかし服に付いた松葉は、違う意味で浅見の「潔白」を証明することに役立った。それにこの客は、天羽家の一人娘にとって、どうやら大事な男のようでもある。島の秘密を探りにきたという先入観は、多少は払拭できたかもしれない。

部屋に入る時、紗枝子は「もう一度、お風呂に入りますか？」と訊いた。

「いや、それはいいのだけど……」

浅見は座敷の中を窺って、「ここで本当に恐ろしいことがあったのか……」と呟いた。

「怖いんでしょう？」

「少しね」

笑ったが、これは本音だ。浅見は宗教的なことにせよ超常現象的なことにせよ、科学的に説明できないものはすべて迷信と片付けて信じないくせに、幽霊のたぐいだけは恐ろしい。誰もいないはずの部屋のドアを開けたら、そこに何かがいる——と想像するだけで身の毛のよだつ思いがするのである。

「添い寝してあげましょうか」

紗枝子は婉然と笑ったが、浅見が「だめですよ」と怖い顔を作る前に襖を閉め、行ってしまった。打診されたのか、からかわれたのか、どっちにしてもはぐらかされた思いが残った。

それにしても島に帰ってからの紗枝子の変貌ぶりには、少なからず驚いた。それまでの彼女には、どちらかというと控えめな印象があった。星谷実希と較べると、それが際立って分かる。だのに、あの大胆な物言いはどうだ。松林で押し倒された時の迫力はただごとではなかったし、いまだって、ほとんど媚態といってもよさそうな思わせぶりな口ぶりだった。

それもこれもこの島の妖気のせいなのだろうか。風景も住む人も、一見おだやかそうでありながら、付き合いが深まるにつれて妖しい気配が触れてくる。

床に入ってからも、なかなか寝つけなかった。この部屋で、ひょっとすると、いま自分が横たわっているところで、生贄の儀式が行なわれた――かも、と思うと、二枚重ねの布団の背中がうそ寒い。輾転と何度も寝返りを打って疲れて、いつのまにか眠りに落ちた。

足音かそれとも何かの気配を感じたのか、ふと目が覚めた。目の上には薄闇が漂っている。その中に誰かがいるらしい。かすかな話し声も聞こえる。

「そろそろ送るか」と言ったのは正叔父。

「やめてよ」という泣き声は紗枝子の声だ。

「あいつの親父も送らなかった」

「だったらまた許してあげて」

「そうはいかない」

乱れた足音が近づいた。

（逃げなければ――）と焦るが、体がいうことをきかない。手にも足にも力が入らない。どうやら寝る前に紗枝子が勧めた酒に、何かの薬でも入っていたにちがいない。浅見はいま起きつつあることも、その薬による幻覚であって欲しいと願った。

フワッと体が宙に浮いた感覚があった。何人かの手で持ち上げられたらしい。しかし神経が完全に麻痺しているのか、腕も体も摑まれた感触はない。「やめろ！」と叫んだつもりだが、声も出なかったようだ。せめて紗枝子の居場所だけでも確かめたかったが、視神経までやられたのか、薄闇のほかに見えるものがなかった。

人々はもはや言葉も発しない。いや、そうではなくて、こっちの聴覚が麻痺したのかもしれない。ただ、ドドッドドッという足音だけはひびいてくる。このままどこかへ運ばれて、贄門岩の沖へ流されるのだろうか。

「あんたたちの美瀬島を、告発するつもりはまったくないのだ！」

浅見は心の中で叫んだ。胸底の血と一緒に真情を吐露すれば、必ず彼らに通じると信じて、それこそ血を吐く思いで叫んだ。ピーッという、犬笛のような音のない声が喉を抜けていった。

しかし、そう叫びながら、浅見の気持ちの中で「死んだ者はどうするんだ？」と問いかける声が聞こえた。柿島が、平子が、増田が死んだ無念はどうするのだ――。

「死んだ者は還ってこない以上、生き残った者は何をなすべきか」という、詩の一節か何かが浮かんだ。

（そうだ、卑怯者であってはいけない――）

最後の息を溜めて、胸も裂けよとばかり怒鳴った。

「やめろ！」

その時、「行くぞ」という、今度は紗枝子の父親の声がした。こっちの叫びにまるで反応しないのは、聞こえなかったのだろうか。虚しさと焦りと恐怖で、体が震えた。しかし知覚は回復しつつあるのか、目の前に霞んでいた薄闇に、有明の光が漂いはじめたのは分かった。

夢から醒めた目に、しだいに部屋の様子が見えてきた。暁闇の漂う部屋の天井や柱や、障子、襖……その底に浅見は横たわっていた。

ドドッという足音が玄関を出て行った。ガラスの嵌まった格子戸を閉める音が、遠慮なく響いた。どこか遠くでニワトリが間の抜けた声で鳴いた。

ひどい汗だった。浴衣の襟が濡れて冷たかった。浅見は床の上に身を起こして、浴衣の袖で首筋や胸元の汗を拭った。

廊下の襖が音もなく開いた。浅見は首をねじまげた。

紗枝子の顔が覗いた。浅見の姿を見て、ほっとしたように笑った。

「よかった、いてくれたんですね」

それからふいに顔を歪めて、涙をポロポロ落とした。浅見が何か言おうと口を開きかけた時、紗枝子は恥じ入るように襖を閉めた。足音がしのびやかに遠ざかった。まだ夢のつづきを見ているような、淡い情景であった。

3

八時前に朝食を済ませて、浅見は天羽家を出て港へ向かった。北浜の「大漁風景」は見られなかったが、せめて港の水揚げ風景は見ておきたい。紗枝子も一緒に行くと言ったが、今度は浅見のほうが「それはだめ」と断った。この先、何が起こるか分からなかったし、彼女が一緒だと、浅見が意図しているのとは違う展開になりそうな気がした。

港は戦場のようだった。岸壁には数隻の船が接岸し、市場とその前の広場には、ひと目見ただけでも、男女合わせて七、八十人は優に超える人数が右往左往している。たったいま漁を終えたばかりのような、ウエットスーツ姿の女たちが船から上がってくる。アワビの入ったプラスチック製の籠が船からどんどん揚げられる。おそらく、島外に勤め先のある者以外の、この島の労働力が総動員されているのだろう。お年寄りといってもいい年代の人も少なくない。

大漁だったらしく、人々はどの顔も嬉々として、荷箱を運んだり、中には早くも船の甲板や岸壁の掃除を始めた者もいる。

市場の大屋根の下では、アワビを選別する作業が行なわれていた。遠目にもかなりの大型で上質のアワビであることが分かる。選別されたアワビはすぐに全部が運び出されるわけではなく、市場の一角にいくつもある大きな水槽の中に移されている。おそらくそうやって出荷調整が行なわれるのだろう。

どういうわけか、市場に付き物の仲買人らしい人物は見えない。作業を仕切っているのは天栄丸の天羽助太郎と、里見を始めとするその配下と思われる人々だ。紗枝子の父親、正叔父の顔も近くに見える。表の人たちの陽気そうな様子とは異なり、この辺りの人々は緊張しきっている。

浅見はそういう風景を、市場の建物から三十メートルほど離れた路上に佇んで、腕組みをしながら眺めていた。それに気づいた一人が助太郎にご注進に及んだらしい。彼らの視線がいっせいにこっちに向けられた。浅見は腕組みを解いて一礼した。助太郎も顎を突き出すように会釈して、里見に何か指示を与えた。

里見は真っ直ぐ浅見に近づいてきた。上は黒のTシャツだが、下は防水加工を施したズボンにゴム長を履いている。彼特有の無表情に、かすかに追従笑いを浮かべて「どうも」と挨拶した。

「何かご用でしたら、おやじはいま、ちょっと手が放せないので、自宅のほうにお連れしろということです」

「ありがとうございます。そうさせていただきますが、ここで少し見学していてはいけませんでしょうか」

「そうですね、それはおやめになったほうがよろしいと思いますよ」

丁寧な言葉遣いだが、有無を言わせない押しつけがましさがあった。それだけで意思は通じただろうと言わんばかりに、あとは黙って歩きだした。

浅見も仕方なく、里見の後について行くことにした。浅見もかなり大股だが、里見はそれに輪をかけた早足で歩く。こっちが並びかけようと足の運びを速めると、さらにそれより速く歩きそうだ。

「アワビが大漁ですね」

浅見は背後から声をかけた。

「はい」

里見は素っ気なく答えた。それ以上は何を話しかけても、似たような反応しかなさそうだったが、浅見は構わず勝手に喋ることにした。

「仲買人の姿は見えませんでしたが、セリはもう終わってしまったのですか」

「いえ、セリはないです」

「つまり、直売方式で、売り渡す相手は決まっているということですか」

「はい」

「ずいぶん品のいいもののようですから、かなりの高値がつきそうですね」

「はい、まあ」

「出荷先はどこですか？」

「それは秘密です」

はじめて、ニヤリと笑った。

「ところで、里見さんのご先祖は里見八犬伝の里見家なのでしょうね？」

「は？　まさか」

意表を衝く質問だったのか、里見は反射的に少し振り向きかけて、思い止まったような気配を見せた。

「じつは、この島のある人が『里見家文書』というのを持っていて、それには埋蔵金の隠し場所が記されているのではないかという話を聞いたのですが、ご存じありませんでしたか？」

「さあ……」

「里見さんは埋蔵金のことは知らないのですか？」

「知りません」

「というと、お生まれは美瀬島ではないのでしょうか」

「違います」

何気なく言って、すぐに（しまった――）と顔色を変えた。

「どちらですか？」

「………」

口を噤み、答える代わりに足の運びがいっそう速くなった。まるで浅見の質問から逃げるかのようだ。たちまち里見との距離が離れた。

「里見さん」と、浅見は立ち止まって呼びかけた。さすがに里見も足を停めた。

「僕、ちょっと役場に寄って行きたいので、ひと足お先にどうぞ」

里見が返答に窮している間に、浅見は踵を返して役場の方角へ歩きだした。

近頃はどこの町村役場も、さながら市役所ほどの豪勢な建物になったが、美瀬島の役場は昔の小学校の分教場程度の、粗末な木造二階建てだった。一階はフロアの中に柱が四本立っているものの、仕切りはなく、ワンフロア全体が見渡せて、ほとんど一部屋として使われている。そこに勤務する職員の姿が驚くほど少ない。デスクは一階だけでも十二、三はありそうだが、在席している者はその半分にも満たない。ひょっとすると朝のアワビ漁に駆り出されているのかな――と浅見は思った。

入口を入った正面に受付のカウンターがある。すぐ近くのデスクにいる女性が浅見の顔を見て、立ってきた。四十代なかばといったところだろうか。化粧気もあまりない、健康そのもののように日焼けした顔に、警戒心を露にした微笑を浮かべて「何かご用でしょうか？」と訊いてきた。

「こちらの村勢要覧と、それに観光資料をいただきたいのですが」

浅見が言うと当惑げに首をかしげた。

「村勢要覧は簡単なプリントになります。それと観光資料といったものは当村には置いてないのですが」

「えっ、観光資料がないのですか」

それくらいのことは、これまでの「取材」で分かっていたが、浅見は大げさに驚いてみせた。

「それじゃ、観光客は困るでしょう」

「いえ、当村には観光するような場所がありませんから」

「そうですかねえ、北浜の贄門岩……あ、鬼岩っていうのでしたか。あそこだけでも十分に見る価値はありますよ」

それには応えず、女性職員は黙って村勢要覧を差し出した。それが招かれざる客への挨拶代わりだったらしく、さっさと自席に戻ってしまった。

浅見は仕方なく、入口脇のベンチに腰を下ろして、村勢要覧を開いた。どこの自治体でも、大抵は写真をふんだんに入れた豪華グラビア印刷がふつうだが、ここのは彼女が言ったとおり、コピー用紙に複写機で印刷したような、簡単なものだ。まだしもガリ版刷りでないだけ、ましなのかもしれない。

内容も単純で無味乾燥な統計資料だけ。しかし、子細に見ると、中身はなかなか示唆に富んだものだ。

村勢要覧によると美瀬村の人口は男が百八十八人、女が百九十六人であった。まずまずバランスが取れている。年齢別人口構成も、大抵の地域が少子化の影響で中膨れ型であるのに、美瀬村はあまり形はよくないが、一応は裾広がりのピラミッド型をしている。人口の推移はわずかな減少傾向だが、過疎というほどのことはない。出産と死亡による増減もほとんどゼロ。人口の減少は転出者数が転入者数を若干上回っているためだ。

驚くべきは村の歳入内訳だ。村税および村事業収入などの自主財源が六十七パーセントを占めている。浅見が最近取材した四国のH町などは自主財源がわずか二十四パーセントで、全国各地の自治体の多くが似たようなものであることを思うと、美瀬島がいかに強固な財務体質であるかが分かる。典型的な黒字団体で、地方交付税や国庫および県支出金はほとんどゼロ。つまり、財政上は国や県の世話にならずにすんでいるということだ。さらに、村債や寄附金が二十三パーセント、諸収入が九パーセントもある。これがあるからこそ、美瀬島の独立性は保証される。

一方の歳出を見ると、じつに地味で質素なものだ。総額はわずか三億円ちょっと。歳出の内訳を見ても、質素ぶりが窺える。とくに議会費や総務費など行政にかかる費用が極端に少ない。村議会の構成は五人の村議と事務職員が二人。五人の議員はそれぞれが複数の委員長を兼務しているようだ。

たった五人の議会というのは、村の顔役が寄り合っている様子を想像させて、なんとも微笑ましい。村役場の職員も、デスクは十二、三ほどはありそうに見えたが、空席が目立つ。漁の手伝いに出かけているわけでなく、実際の職員数はもっと少ないのかもしれない。

産業別就労者の構成を見ると、さすがに水産業が多く五十五パーセント、農業が十三パーセント、公務員七パーセント、卸小売業六パーセント、サービス業五パーセント、建設業五パーセント、運輸通信業三パーセント、医療二パーセント、鉱業二パーセント、その他となっている。このうち島外に通勤している者がどれくらいなのかは分からないが、それ以外の天羽紗枝子のように島を出てしまった人間の数は含まれていない。

房総の他の自治体と極端に異なるのは、サービス業関係者の少ないことだろう。それは事業別事業所数に示されたサービス業の数字がわずか「二」であることを見れば明らかだ。この二という数字は例の港の食堂とほかにもう一軒しかないことを示している。旅館・ホテル・民宿等の観光施設が何もないというのは事実なのだ。

水産業を詳細に見ると、魚種別の水揚高のうち、圧倒的に金額が多いのは貝類と海老。その二種で全体の五十八パーセントを占める。それ以外ではカツオ、サバ、アジ、鯛、ヒラメ等で、房総の海といえばイワシやサンマ漁を想像させるのとギャップがある。つまり沖での漁が極端に少なく、定置網漁が主力になっていることを意味するのだろう。

それにしても貝類と海老で五十八パーセントというのは、かなり突出した数字だ。ほかに興味深いのは交通関係の数字で、国道と県道がまったくのゼロ。村道の延長がわずか十二キロ、農道が二キロ、林道が一キロ。ここにも国と県による介入を許さない姿勢を保てる理由が見られる。要するに美瀬島では大抵のことは自給自足でやっていけるということだ。

事件・事故関係では、事件はゼロ。事故の発生件数が八で死者はなく、負傷者が九人いる。自動車が二台あるだけだから、陸上の交通事故ではなく、海で操業中に起きた事故と考えられる。これは単年度における数字だが、四年間のほかの年度の数字もほぼこれと同じようなものだ。

統計の数字を見ていると、次第に美瀬村の性格が分かってきた。とりわけ財政で村債と寄附金の比率が二十三パーセントもある点が特徴的だ。それだけ住民が村の財政に寄与しているというわけで、村と住民が運命共同体のような密接な関係にあることが分かる。

詳しく知れば知るほど、美瀬島全体が一つの家族のように見えてくる。いや、家族どころか、一つの意思を持った巨大な生き物のようでもある。その巨体を維持し守ってゆくためには、よほど強い意思がなければならないだろうし、外敵の攻撃があれば、それを排除する防御本能が強く働くはずだ。

浅見の脳裏にはすぐに柿島一道や平子裕馬のことが浮かんだ。彼らもまた「外敵」として排除されたのかもしれない。しかし増田秘書の場合は何だったのだろう?

「お見えになりました」

誰かが叫ぶように言うのが聞こえて、浅見はふと目を上げた。役場の中がとたんにざわめいて、職員たちは全員、入口に歩み寄ろうとしている。彼らの視線は一様に浅見を捉えて、迷惑そうに顔をしかめる。

誰が来たのか——と、浅見は立ち上がり、窓の外を見た。

六人の男たちが役場前の坂を上ってくる。手前の三人は足元に視線を落として、何やら話しながら歩いている。右側の一人は天羽助太郎だが、スーツにネクタイを締めた二人は初めて見る顔だ。たぶん左側の老人は美瀬村の村長だとして、中央のやや肥満タイプで、天羽助太郎に負けないほど陽灼けした紳士は——。

(あっ——)と浅見は思い出した。あれは廣部馨也(ひろべきようや)代議士だ。たったいま、増田秘書のことを考えていただけに、ドキリとした。してみると、後ろに従う三人は廣部の秘書と美瀬村の村議といったところだろうか。

一行は職員たちの出迎えを受けて、役場に入ってきた。廣部代議士は職員たちの挨拶に愛想よく振る舞ったが、最後に浅見に気づいて「はて?」というように首をかしげた。ひと目で島の人間でないと察知したのと同時に、どこかで出会った顔——と思ったのかもしれない。

天羽助太郎が廣部の耳元で囁いた。廣部は「ほうっ」という表情になって、あらためて浅見を見た。それに応えるように、浅見はゆっくりと廣部に近づいた。

「浅見といいます。以前、父の秀一が大蔵省に勤めておりました時、廣部先生や先代の廣部先生にお世話になったことがありますが、ご記憶でしょうか」

「ああ、もちろん憶えていますよ」

廣部は笑顔で言った。

「浅見さんにはこちらこそお世話になった。あれはもう二十年にもなりますかな、房総にご一緒して、この美瀬島近くでボートをぶつけましてね、えらく迷惑をおかけしたことがあったのだが、あなたはその頃は？」

「十二、三歳でした。父の奇禍のことははっきり憶えています」

「そうですか。いや、そのボートは彼が操船しておりましてね」

廣部は背後に控えた同年輩の痩せ型の男を指差して、「うちの秘書の木村です」と言い、木村秘書は軽く一礼を送って寄越した。

「木村は私の大学の後輩で、その頃からスキューバダイビングの仲間でした。腕は確かなのでハンドルを任せたのだが。まあ、ご無事だったからよかったようなもの、万一のことがあったら、さぞかし恨まれたでしょうなあ」

廣部は天井を仰いで笑った。

「きょうはご視察ですか？」

「ん？　ああそうです。久しぶりにやって来ました。たまに挨拶回りをしないと、忘れられてしまいますのでね」

廣部は助太郎と左側の老人を交互に振り返って、「ね、村長」と言った。助太郎はただ笑っただけだが、村長は「とんでもございません」と律儀にお辞儀をしている。

「それで、あなたは何をしに？」

廣部は浅見に向き直って、訊いた。その顔から笑いがスーッと消えた。

4

浅見も廣部に応えるように、顔から笑いを消して言った。

「増田さんとのお約束を果たしに来ました」

「増田？……秘書の増田ですかな」

「はい」

「増田とどのような約束をしたのです？」

「それはここでは言えません」

廣部は周囲を見渡して、村長に「どこか別室はないですか」と訊いた。

「はい、二階に応接室をご用意してありますが、それでよろしいでしょうか」

「いいでしょう」

二階に案内されるまでに、浅見は増田との「約束」について思案を巡らせた。何を言えば最も効果的なのだろう。

階段を上がる廣部には、浅見につづいて二人の秘書と村長と天羽助太郎もついてきた。しかし部屋のドアを入る時に、廣部は村長に「ご苦労さん」と言い、残りの人々にも「浅見さんと二人きりにしておいてくれないか」と言った。秘書は（大丈夫ですか？）という目配せをしたが、廣部は意に介した様子はなく、黙って部屋に入った。

応接室といっても建物が建物だけに、やはり分教場の校長室といった趣だ。五十年前ならさぞかし立派だったろうと思わせる革張りの応接セットが、存在感を誇示している。そのうちの肘掛け椅子に廣部は坐り、浅見にも「かけませんか」と勧めて、時間を惜しむかのように「増田が何を言ったのかな？」と催促した。

「増田さんは美瀬島の秘密について話してくださいました」

「ほう……」

廣部は席を立つと、ドアを開けて廊下に誰もいないことを確かめた。

「ふーん……」

「秘密とは？」

ふたたび椅子に腰を下ろして言った。

「それをお話しするわけにはいきませんが、あの事件の少し前にお会いして、このまま放置しておいては非常に危険なことになるとおっしゃって、僕に善後策を講じるように依頼なさいました。僕もできるだけのことはするとお約束しましたが、その矢先にあの事件が起きてしまったのです」

「ふーん、危険だとか善後策だとか、いったい何のことを言っていたのですかな」

「その前に、増田さんは先生には何もお話ししなかったのでしょうか？」

「うん、ああいう死に方だったから、直前には何も聞くチャンスはなかったが、しかし、日頃はすぐ傍にいたのだし、何か話したいことがあるなら、言っていたでしょう。それより、あなたには何を言ったのか、教えていただきたいな」

「一つだけお話しできるのは、増田さんが廣部先生のことをひどく心配してらしたということです。先生が美瀬島の秘密に巻き込まれるのを大変恐れていました」

「ですから、その秘密とは何なのか、それを言ってくれないとどうにもならんですな」

廣部代議士は膝を細かく揺らして、苛立ちを隠さない。やはり先代と較べるとスケールが小さいという噂は本当のようだ。

「最近、僕の友人がこの島で消息を絶ち、その後、死体で発見されるという出来事がありました」

「ほう、それは事件かね、事故かね」

「死因は溺死ですが、警察は事件として大原署に捜査本部を設置しました」

「ふーん、事件と断定した理由は?」

「彼は僕と一緒に美瀬島に来て、そのまま行方不明になったのです。ずいぶん健康な人でしたから、海に落ちて溺れ死ぬとは考えられませんし、第一、美瀬島には海に転落するような断崖絶壁もないはずです。それ以外にも警察が事件と断定した背景には、いろいろな材料があったようです」

「なるほど……それで、犯人は捕まったのかね」

「いえ、まだです」

「ふーん、で、きみは何を言いたいのかね。私には関係のない話だろう」

廣部は急速に警戒感を強めた様子だ。「あなた」が「きみ」に降格したことからも、この厄介な相手から距離を置きたい気分が表れている。

「それが必ずしも関係がないこともないのです。というのは、友人が殺されたのと同じ日に増田さんも殺されているのです」

「ほう……」

廣部の目が一瞬、点になったが、すぐに退路を発見したように言った。

「しかし、増田が殺されたのは小田原の海岸ですぞ。ここからは遥かに遠い。しかも喧嘩という偶発的な事件と聞いている。たまたま同じ日に死んだからといって、関係づけるのは無理じゃないのかな」

「たしかに」

浅見はあえて反論せずに頷いた。

「先生がおっしゃるとおり、そこのところがよく分かりません。ただ、増田さんのおっしゃったことは、僕の友人が殺された事件と、それに増田さんご自身が殺された事件の、その二つに共通した動機があることを示唆しています。しかもその根っこが、この美瀬島から発していることは間違いありません」

「するときみは、増田もそのきみの友人とかいうのも、美瀬島の人間に殺されたと考えているわけか」

「軽々には言えませんが、その可能性が強いと思っています」

「それは穏やかじゃないな。根拠も証拠もない、単なる思いつきみたいなことで言うべきではないですぞ」

「証拠はともかく、犯行動機となるようなことを推測できる要因はいくつかあります。ただ、増田さんの最も身近にいらっしゃった廣部先生なら、増田さんが殺されなければならなかった決定的な事情を、ご存じなのではないかと思っているのですが」

「冗談じゃない、私がそんな事情を知っているはずはないでしょう。とにかく、とのつまりは増田がきみに何を言ったのか、それを聞かせてもらわんことには埒が明かないじゃないかと言っているのだがね」

「残念ながらそれはいまは話すわけにはいきません。しかし、いずれ先生にもお話しさせていただきます。ところで美瀬島は廣部先生の選挙区ですね。今回のご訪問の目的は、やはりそれと関係があるのでしょうね」

「ああ、選挙は近いという噂だが、ここに来たのは選挙とは関係ない。美瀬島は親父の代からの縁で親しく付き合ってましてね、館山の事務所に帰った時には、たまに寄って挨拶して行くことにしている。ここのアワビと伊勢海老は格別でしてな。東京辺りの高級料亭かホテルの特別料理としてしか食えない一級品だ」

「それは調査済みです。美瀬村の財源のほとんどがこのアワビと伊勢海老によるものだそうです。しかも築地市場には出さない方針ということも聞きました」

「あ、そう、そんなことまで調べているのかね」

「ええ、犯行動機になりそうなことは、すべて疑ってかかる主義ですので」

「ん？　犯行動機？……アワビと伊勢海老が犯行動機とは、どういう意味かね？」

「それもおいおい判明してゆくと思います。いまはまだ調査段階です」

「ふーん、何か知らんがきみ、あまり妙なことを考えて、余計な詮索をしないほうが身のためだぞ」

廣部はギョロリと目を光らせた。

「現に、きみの考えでは二人の犠牲者が出たってことになっているのだろう」

「それは警告と受け取ってよろしいのでしょうか」

「警告？　どうして私がきみに警告を発しなければならんのかね。私は、人にはそれぞれ、あまり詮索してもらいたくないこともあるだろうと言っているだけだ」

浅見はまたしても、紗枝子が言ったのと同じ言葉を聞かされた。

「それよりきみ、きみがこういうことをしているのを、兄上はご存じなのかな」

「いえ、兄は関係ありませんので」

「関係ないといっても、かりにもきみがやっていることは、警察の領分に属することじゃないのかね。警察庁刑事局長の弟さんがそれでいいかどうか、少なくとも私には疑問に思えるのだがな。ほかの連中がどう思うか」

「ほかの連中」とは議員仲間のことだろう。暗に議会で問題になりかねない――と、牽制している。そこが浅見の最も弱いところだ。さすがの浅見も唇を嚙んで沈黙した。

「とにかく、私をきみの遊び半分みたいな探偵ごっこの対象にしないでもらいたいな。では兄上によろしく。そうそうあのしっかり者のご母堂はご壮健でしょうかな」

「はい、お蔭様で元気にやっております」

「そう、それは何より。ご母堂にもよろしく伝えてください」

言うと廣部は（やれやれ）といった風情で立ち上がり、窓辺で背中を向けたまま「悪いが、下の村長たちにここに来るように伝えてくれませんか」と言った。

「はい、承知しました」

浅見は素直に一礼して部屋を出た。先代と較べてどうの――といっても、やはり国政に携わる代議士の貫禄のようなものには圧倒される。北方四島を食い物にした、あのいかにも風采の上がらない小男でさえ、外務省のエリート官僚を恫喝したというのだから、政治家のしたたかさは並外れたものがあるにちがいない。

階段の下では村長や秘書連中が心配顔で待ち受けていた。廣部の伝言を伝えると、ドヤドヤと先を争うようにして上って行った。その中から一人だけ、置き去りにされたように天羽助太郎が残った。難しい顔をして浅見に近づいて、「何があったのですかな？」と訊いた。天羽ばかりではない、部屋の遠くのほうからも、役場の職員たちの視線が、それとなくこっちを窺っている。

「廣部先生に叱られました」

「叱られた？　何をですか？」

「あまり人の秘密を嗅ぎ回らないほうが身のためだとおっしゃいました」

笑いながらのあっけらかんとした言い方だったせいか、助太郎は最初、冗談を聞いたような笑顔を見せて、すぐに眉根(まゆね)を寄せた。

「ちょっと、わしの家に行きませんか」

周囲の目と耳を気にしながら、玄関へ向かった。浅見もそれに従った。外はいつの間にか風が強くなっていた。上空の雲の動きが地上の風よりもなお速い。

「嵐(あらし)になりそうですね、それでアワビ漁を急いだのですか」

「ああ、まあそういうことですな。しかしあなたは何でもよく分かりますな」

助太郎はゆっくり足を運びながら、気掛かりそうな目でチラッと浅見を見た。

「浅見さん、あんた、この島に何をしに見えたんだね？　廣部先生に増田秘書さんとの約束を果たすとか言ってたようだが」

「増田さんは美瀬島の行く末を心配していました。大切な島だからそっとしておきたいのだが、そうはいかなくなってくる。静かなままで、美しいままでいるには、人間の欲望は果てしないものだ……と」

むろん、増田は何も告げないまま死んでしまったのだけれど、話しているうちに、浅見は本当に増田がそう言いたかったのではないかという気がしてきた。まったくこの島は美しくも危うい。

助太郎は首をかしげたが、黙って歩いた。彼の頭の中では、いろいろな思案が駆けめぐっているにちがいない。増田は浅見に何を伝えたのか――浅見光彦という、美瀬島に打ち込まれた小さな杭をどう処理したらいいものか――。

浅見は浅見で、廣部代議士と美瀬島の関係をあれこれ憶測してみた。廣部の表情や口ぶりからだけでは、廣部がこの事件にどこまで関わっているのかは窺い知ることができなかった。しかしいずれにせよ、今回の美瀬島来訪が単なる表敬訪問だとは考えられない。

選挙が近づいているというのは、噂の段階は過ぎて、解散必至という状況にある。総理の強引とも思える改革路線に、野党よりむしろ与党内の抵抗勢力が立ちはだかった。官邸サイドとしては、もはや解散による強行突破しか道はないと言われている。

廣部が選挙区に戻ったのは、もちろんそれがあるからだろうけれど、美瀬島を訪れたのは、単なる票固めや表敬訪問が目的とは考えられない。この忙しい最中、有権者数がたった三百かそこいらの島に足を運ぶ理由は何かほかのところにあるにちがいない。

「廣部代議士は、よく見えるのですか?」

浅見はさり気なく訊いてみた。

「ああ、先生はともかく、木村秘書さんはちょくちょく見えますよ」

「目的は何ですかね?」

「さあ……」助太郎は苦笑した。

政治家に必須の三種の神器は「ジバン」「カンバン」そして「カバン」である。廣部にとって、美瀬島は小なりといえども、ジバンもカンバンも揺るぎない金城湯池で、いまさら選挙運動でもない。だとすると、残るはカバン――いや、カバンの中身だ。

（政治資金？――）

美瀬島は孤高の島だ。何よりも、公共投資がほとんど行なわれないという点に、他のどの地域よりも特殊性が強い。行政も警察も寄せつけないという姿勢で、独立独歩を保っている。なまじ公共投資を求めれば、政治の干渉を受けて島の安寧が損なわれかねない。そうなることを嫌っているのだろう。逆に、政治家の側からすると、公共投資のピンハネをするチャンスもないわけで、うま味のない土地だということも言える。

それなのに、廣部代議士は親子二代にわたって、美瀬島との緊密な繋がりを持っている。政治に何も要求しない島側はともかくとして、代議士側が何のメリットもなしに、この島に足を運ぶとは考えにくい。まさか海老料理を食べに来るのが目的というわけでもあるまい。

（何かあるはずだ――）と浅見は思った。

美瀬島と付き合って、一つ思い当たることはある。それは朝鮮との関係だ。詳しくは知らなかったけれど、廣部代議士もまた、先代の時から朝鮮との繋がりがあって、それが彼の政治的な特性になっているらしい。

十五、六年前、金日成の時代に先代の廣部代議士が北朝鮮訪問団に加わり、ニコニコ顔で主席と握手している写真を、浅見は見た記憶がある。それ以来、与党きっての朝鮮通として、日朝交渉の場には必ずといっていいほど登場している。コメ支援問題で賛否が分かれ紛糾した際に、党内をまとめたのも先代の廣部代議士だった。それ以外の対北朝鮮経済援助に関しても、常にお膳立て役を務め、逆に北朝鮮からの情報の窓口となった。

そのパイプ役としての立場は廣部二世にも引き継がれた。

こういった対外援助に政治家が絡むと、背後には必ず利権が発生している。例の、北方四島に対する経済援助や、アフリカ諸国へのＯＤＡを食い物にした国会議員の話は、記憶に新しい。廣部代議士が二代にわたって北朝鮮とのパイプを独占しているのは、単に情報通でありたいがためだけとは考えられない。誰もが（何かある——）と思うところだ。廣部のようなタイプの政治家には、無償の行為などありえない。

しかし、美瀬島にどういう形の利権がありうるのか、分からない。公共投資のあるところ、必ず利権あり——というなら、美瀬島はまったくその逆だからである。

だが、見方を変えれば、利権漁り（あさ）の余地のない「聖域」のイメージがあるからこそ、政治資金源としてはうってつけとも言える。その地域の利害にはまったく関係がない以上、かりに政治資金の提供が発覚したとしても、受託収賄（じゅたくしゅうわい）の立件には繋がりにくいのだろう。

とはいえ、美瀬島から政治資金の提供を受けたとして、廣部はそれに対してどういう見返りが可能なのだろうか？ それも父親の代から既得権益として受け継いでいるとなると、よほどの実益が相互のあいだに伴わなければ、蜜月関係はとっくに破綻していそうなものだ。

（美瀬島からの資金提供の見返りとして、廣部は何をしてやっているのか――）

浅見は隣を天羽助太郎が歩いているのを忘れてしまうほど、思案の中に没頭した。

（廣部は何をしてやっているのか――）

繰り返し問いかけていて、ふと父親の奇禍のことを思った。

（そうだ、父はなぜ廣部大臣に誘われて、プレジャーボートなどに乗ったのか？――）

相手は省に君臨する大蔵大臣だったからといって、私的な招待に乗っかるような父親ではなかったと信じている。じつは何かの目的があったのではないだろうか。兄・陽一郎が父の奇禍の真相を調べてみろと言ったのは、そのことがあったからにちがいない。父は何かの調査をしていたのか。そして、その「調査」の最中、奇禍に遭ったとすると――。

（待てよ――なぜ、その事故は起きたのだろう？――）

木村秘書の操船ミスというのは真実なのか？

浅見の心臓は、助太郎に音を聴かれはしまいかと気になるほど、高鳴った。

5

浅見家は明治維新以来、代々、高級官僚を輩出してきた。長子には官僚になるべき教育が施された。それも「内務か大蔵」というのが至上命題であった。日本を動かすのは内務か大蔵だ——という。浅見の父親・秀一の時代までは、まぎれもなくそれが家訓として生きていたらしい。

その浅見家の系譜の中にあっては、秀一はリベラルな人だったようだ。しかも敗戦——民主主義化という激動の時代を経て、官僚になっただけに、息子たちの教育に強制はなかった。それでも、長男の陽一郎は自然の成り行きのように警察官僚としての道を選んでいる。おそらく何代にもわたって培われたDNAがそうさせたにちがいない。そこへゆくと次男坊の光彦は、系譜からはずれた異端の人間ということになる。

いまは政・官・業の癒着はごく当たり前のような時代だが、浅見の父秀一が入省した頃の官僚たちは、敗戦日本をいかに復興させるか——に腐心していた。浅見は子供心にも、父親が清廉の人であることを感じ、誇らしく思ったものである。盆暮れにはかなりの付け届けがあったが、それらをすべて、丁重に送り返している母親の姿も見ている。

その父が大蔵大臣のボートに乗り、奇禍に遭った。さっき廣部も言っていたように、事故そのものの責任は父にはない。しかし、浅見は長じてから何となく、そういう状態で奇禍に遭ったことは、父親の唯一の汚点のような気が、漠然としていた。（あの父が――）という思いである。

兄がその「事件」の真相を調べてみろと言った意味が、ようやく理解できた。兄にも同じ思いや疑念があったのだろう。奇禍そのものの真相もさることながら、それを透して垣間見える、廣部代議士――先代を併せて――と美瀬島の関係を探ってみろという意味なのではないか。

そうだ、父もまた、その意図をもってボート遊びの誘いに応じたのかもしれない。ひょっとすると、あのボートの事故は、その意図を阻むために、仕組まれたものである可能性だってないとはいえない。

（父は美瀬島の海で、何かを見たのではないか――）

そう思った時、浅見は愕然と気がついた。

（平子裕馬も何かを見たのだ――）

あの日、浅見と別行動をとって北浜の贄門岩へ向かった平子は、海岸で何かを見たにちがいない。そして殺された。つまり、見てはならないものを見たということだ。それなら平子が殺された理由を説明できる。

（真昼の海岸で、平子は何かを見た――）

浅見は足元に視線を落として歩きながら、平子の視点に立ってその「何か」を見つめようとした。

平子が見たもの――それは、浅見が見たアワビと伊勢海老の「輸入」らしき現場を目撃したのとは、おそらく別のものだ。

あの「密輪」は柿島一道が密漁に出て目撃したように、夜間に行なわれるものと決まっているのだろう。真っ昼間に不審な船が美瀬島に接近して怪しげな行動を取れば、いくら島外との付き合いのない島とはいえ、付近の漁民たちが気づかないはずはない。

（平子は何を見たのか――）

浅見は黙々と歩いたが、助太郎もまた同じようにうつむき加減に、何かの思案に耽りながら歩いている。

ごくまれに出会う人は誰もが顔見知りで、その都度、助太郎は挨拶を交わしている。助太郎は現在の穏やかでない心境など、おくびにも出さない。出会う人たちも、一様にニコニコと愛想がいい。浅見のような根っからの都会人はとっくに失ってしまった、ほとんど家族的ともいえそうな地域社会のなごやかさが、この島には生きている。

「浅見さん、あなた、茂さん――紗枝子のところの親父さんに妙なことを言ったそうですな」

家並みが途切れたところで、天羽助太郎はついに決断したように、やや非難のこもった強い語調で言った。

「ああ、朝鮮の船のことですか」

「そうです。美瀬島に朝鮮の船が来ておるとか、そういうありもしねえ噂を撒き散らされては、えらい迷惑なことだ」

「撒き散らしはしませんが、僕が茂さんにそういう話をしたことは事実です」

「そのことを誰から聞きました？」

「それは言うわけにはいきません」

「例の、平子とかいう人かね」

「さあ」

「さあって、あなた、ほかに誰がいるのですか。美瀬島の人間の中には、そういうことを言う者は一人もいねえはずです」

「美瀬島を出て行った人はどうでしょう」

「島を出たっていうと、茂さんのとこの紗枝子みたいにですかい？　いや、ほかにも大勢おるが、そんなことを言う者はいねえですよ。美瀬島の血を受けた者は、絶対に裏切りはしねえです」

言葉どおり、絶対の自信を露にして、天栄丸の頭領は断言した。しかし、それは同時に、いわゆる語るに落ちる――というやつでもあった。

「裏切らないということは、天羽さん、真相は誰も喋らないという意味ですね。つまり、じつは真相は秘密として隠されていることになりますが」

「そういう……あなたなあ……」

助太郎は、浅見の揚げ足取りに苛立ったが、痛いところを衝かれたことも事実だ。

「僕は警察でも税関の人間でもありません。国交のない北朝鮮と接触があろうとなかろうと、そういうことに関わるつもりはまったくないのです。ただ、この島や島の周辺で何人かが不審な死を遂げている。そのことは見逃すわけにはいきません。しかも平子さんは僕と一緒にこの島に来て、ああいうことになった。そのことの真相は必ず解明するつもりです」

浅見はまるで宣戦布告のように、力をこめて言い放った。

いつの間にか天栄丸の前に来ていた。里見が門口に出て、無表情に佇んでいる。助太郎は少し躊躇(ちゅうちょ)してから、「入りませんか」と言った。

昔の侠客(きょうかく)の家を彷彿(ほうふつ)させる、大きないかめしい玄関の土間に入ると、里見は退路を絶つように、格子の嵌まった曇りガラスの引き戸を閉ざした。

いつかのように客間に案内されて、助太郎と向かい合わせに坐った。しかし今回はあの時の友好的な雰囲気とはガラッと変わって、敵対国同士の条約締結会議のような、緊迫した空気が漂っている。

いや、美瀬島の独立性を考えると、冗談や比喩ではすまないかもしれない。もし浅見の疑惑が当たっていれば、助太郎にとって、この客の扱い方次第では、島の存立に関わる結果を招きかねないはずだ。

しかし、浅見は不思議に（殺されるかもしれない——）という気持ちは起きなかった。美瀬島の人々が基本的に持っている——と思われる穏やかさと、凶暴な殺人という行為がどうしても結びつかない。

ただ、穏やかさの仮面の裏側には、常識では推し量れない凶暴さが潜んでいるのかもしれなかった。それは連絡船から港に下り立った時の、人々の奇妙な出迎えを見た時にそう思った。意味不明の笑みを浮かべながら、道端に佇み、あるいは物陰からじっと「客」を見つめていた。その印象は外国人が日本人の微笑を不気味に思うのと似通っている。

考えてみると、日本という国それ自体が、何百年にもわたる鎖国を経験しているのだ。それ以前に、大航海時代のポルトガルやオランダの船が来航し、すでに交易も始まっていたものを停止して、西洋的なものを封じ込め、長く鎖国的な国家経営をしてきた。自給自足でやっていけるかぎり、外界との接触など、なければないですんでしまう。いまの美瀬島はそれとよく似ていると思った。

そうしてみると、あの怪しげな「密輸」は「抜け荷」と呼んだほうがふさわしい。

電気も電話もあり、船の性能はアップしているとはいえ、美瀬島の村経営は大昔の形態とさほど変わっていないといえそうだ。ときどきやって来るであろう県の視察は、さしずめ「八州廻り」の役人だ。ご馳走攻めにして、なにがしかの袖の下を摑ませ、適当にあしらって帰してしまえば、またしばらくは平穏な島の暮らしがつづく。

そういう美瀬島にとって、最も恐ろしいのは情報の流出だろう。とくにあの「密輸」の真相が外部に漏れでもしたら、とたんに独立国・美瀬島の神話はついえさる。美瀬島の豊かな海産物資源が、じつはでっち上げられたものだと知られたら、すべては終わる。

おそらく、美瀬島の住人の中で「密輸」の事実を知っている者は、天栄丸配下の漁師など、数えるほどしかいないにちがいない。港の市場で嬉々として水揚げ作業に勤しんでいた人々のほとんどは、その事実を知らないか、あるいは、たとえ知っていたとしても、自分自身に知らないと思い込ませているのだろう。美瀬島は本土と違って汚染されていない。だから上質のアワビや伊勢海老がふんだんに獲れるのだ――というのが、この島の「常識」でなければならないのだ。

ごく少数の幹部たちだけが、情報を管理していて、大多数の住民は何も知らず、平穏で人間味豊かな島の暮らしを享受している。これもまた、鎖国時代――というより、戦前までの日本の姿にそっくりだ。

外部から嫁いできたり、島でただ一人の医師のように新たに住み着いた者も、おそらく死ぬまで、この島で行なわれていることに、何も気づかないまま、一生を終える。いや、かりに知ってしまったとしても、それを外部に漏らすことはないのだろう。ひょっとすると、嫁にしろ医師にしろ、そういう恐れのない人物を選ぶという不文律のようなものが、この島の人々には、何となく浸透しているのかもしれない。

柿島一道も平子裕馬も、情報の流出を恐れる島側にとっては、最も警戒すべき異端だったのだろう。まるで、幕府に逆らって「抜け荷」をやっていた、島津家支配下の薩摩藩に潜入した隠密を思わせる。

「いまの形態は、いつ頃から定着したのでしょうか？」

浅見がふいに言ったので、助太郎は何のことか理解できなかったのか、「は？」と、少し間抜けな顔になった。

「携帯電話のことですかね」

「あ、いえ、そうじゃなくて……」

浅見は苦笑して、頭を掻いた。

「美瀬島の暮らしの仕組みが、こういう形で運営されるようになったのは、いつ頃からかと思ったものですから」

「こういう形というと、あなたは美瀬島がどんなだと言いたいのです？」

「つまり、外部の者を寄せつけないで、政治的にも経済的にも、美瀬島だけの独立した運営をしていることですが」

「ああ、それはいつ頃だったかわしも知らねえですが、歴史的にいうと、源頼朝の時代からでねえですかな。少なくとも、日本が戦争をしていた時代を除けば、昔っからこんなようなものだったのではねえですかな」

「ある種のユートピアみたいですね」

「ははは、ユートピアかどうかは知らねえですが、わしらはこれでいいと思っていることは事実ですな」

「この平穏をうち破るような人間がやって来たら、どうするのでしょうか？」

「まあ、迷惑なことではありますな」

「迷惑だけではすまないのでしょうね」

「というと？」

「排除しなければならないとか」

「排除するって……いや、それ以前に、そんな人は来ねえですよ。そのためにこの島は、観光客は受け入れねえし、開発業者も寄せつけねえのです」

「現実には、平子さんや僕のような人間が現れています」

「島を訪れる人がいたって、それはべつに構わんですよ」

「なるほど、島の秘密を知られないかぎり、お咎めなしというわけですか。しかし、秘密を知られた場合は、果断の措置を取らなければなりませんね」

「ふん、あなたは平子とかいう人を殺したのは、美瀬島の人間でないかと思っているようだが」

「違いますか」

「もちろん違う。そんなことはしねえです。警察がそういう疑いを持ってやって来たのには、えらく迷惑したですよ」

「では、平子さんを殺したのは誰ですか」

「わしに訊いてもらっても、困りますな」

「助太郎さん以外の誰なら知っているとお考えですか」

「そんなことはわしは知りません。第一、その人が亡くなったのは殺されたものか、事故なのか、それもはっきりしないのだそうじゃないですか」

「いえ、平子さんは殺されたのです。警察もそう断定しました。しかもこの島でです。そのことは断じて間違いありません」

浅見は真っ直ぐ助太郎を見て、言った。

「あの日、平子さんは北浜海岸の贄門岩に下りて行った。そこで僕と待ち合わせすることになっていましたが、犯人はそのことを知らなかった。だから平子さんを消しても、外部の人間に気づかれる恐れはないと思ったのでしょう。問題はなぜ殺されなければならなかったかです。その答えはなかなか見つかりませんでしたが、ついさっき思いつきました。考えてみると、簡単な動機でした」

「ほう、何ですか、それは？」

「要するに、平子さんは見てはならないものを見てしまったのですね。昨日の晩の僕がそうだったように」

「ん？　あなた、浅見さん、昨夜はあなた、あれじゃなかったのかね、茂さんとこの紗枝子と……」

「ははは、恥ずかしい場面を見られてしまいましたが、しかし、皆さんがやっていた作業のほうもしっかりと拝見しましたよ。沖のほうから不審な船が無灯火で近づいてきて、双方が合図を交わし、その後、朝鮮語で会話を交わし、アワビを海にばら撒いたり、伊勢海老の荷をクレーンを使って積み替えたり」

「………」

「それはたぶん、勝浦沖の海で死んでいた、柿島一道さんが目撃したのと同じ情景だったにちがいありません」

浅見が柿島の名前を持ち出したとたん、助太郎の目の中に、これまで見せたことのない険しい光が現れた。ひょっとすると殺意と呼ぶべきものかもしれない。それを恐れたわけではないが、浅見はすぐに言葉を継いだ。

「しかし、僕はそういう目撃談を誰かに話すつもりはありませんので、どうぞご安心ください。それに、平子さんが見たものは、それとはまったく別のものです」

助太郎の目の光は、瞬くたびに強さが変化した。浅見が何を言いだすのか、期待と恐れとが、ない交ぜになっている。

第十一章　贄送りの秘密

1

　里見はテーブルの脇(わき)から少し離れた位置で、身じろぎもしない。

「このあいだ、小田原へ行って思いがけない発見をしてきました」

　浅見はおもむろに口を開いた。

「小田原の石橋山古戦場に、佐奈田霊社というのがあって、そこの鳥居に天栄丸の天羽助太郎さんのお名前が刻まれていたのです。奉納なさったのは、たぶん先代か先々代の助太郎さんだと思いますが、戦いに敗れた源頼朝が船で脱出して身を寄せたのは、やはり美瀬島だったのですね」

「ははは、そのとおりですよ。まあ、それが唯一、美瀬島の自慢といっていいようなもんですが、古文書も残ってますのでね、それは事実のようですな。石橋村とはそれ以来、少なくとも江戸時代以前からの付き合いだったようです」

「それで嬉しくなって、市役所へ行っていろいろ調べるうちに、関東大震災の時の、朝鮮人虐殺事件の記録まで出てきました。震災では石橋一帯も壊滅的な被害を受けて、大勢の罹災者が海路、脱出しています。それで、美瀬島の船が震災の被災者を船で運んだ中に、丹那トンネルの工事に従事していた朝鮮人労働者も含まれていたのではないか——と想像しました」

助太郎の顔から笑いは消えたが、浅見の話を肯定するように頷いてみせた。

「それ以降、美瀬島と朝鮮との特別な関係がつづいていただろうことも想像できます。戦争と敗戦の激動期にも、美瀬島が多くの朝鮮人を助けたり、逆に戦後は助けられたこともあったにちがいない。それから戦後間もない頃に襲ったキティ台風の時も、美瀬島の船が活躍して、避難する人たちを救出しています。石橋の一族でただ一人生き残った少年を助け出したのもその時です。その少年が石橋洋子先生のお父さんですね」

「………」

「石橋洋子さんのご両親のことも調べてみました。ご両親はすでに亡くなっていたのですが、お母さんの良子さんの出身地が朝鮮であることは分かりました。終戦後、引揚船で帰国した時は孤児でしたから、それ以前のことは分かりません。ご両親が日本人なのか朝鮮人なのか、死別したのか生き別れだったのかも、はっきりしなかったのでしょう。

その証拠に、良子さんは石橋和男さんと結婚した後、ご主人とまだ幼かった洋子さんを残して朝鮮へ行きました。北朝鮮が地上の楽園と噂されていた頃のことです。ご両親の消息を求めるのと同時に、もし噂どおりの楽園だったなら、和男さんと洋子さんも迎えるつもりだったのかもしれません。しかし、良子さんの消息はそのまま途絶えました。死亡通知が届いたものの、事実かどうかもはっきりしないそうです。そうして和男さんは幼い洋子さんを抱え、苦労して育て、洋子さんの大学卒業を見ることもなく亡くなりました」

助太郎は相変わらず「何を言いたいのか」という目をこっちに向けて、沈黙を守っている。

「石橋和男さんが美瀬島を出て館山に住むようになった経緯がどのようなものであったのかは知りません。しかし美瀬島に救われ、育てられた石橋さんと美瀬島の縁が、そのまま切れてしまったとは思えません。逆にいえば、美瀬島の人々は美瀬島を巣立って行った石橋さんを、その後もフォローしつづけたにちがいない。もちろん和男さんの遺児・洋子さんにも温かい目を注いでいたのでしょう。洋子さんが教員になって間もなく、美瀬島小学校に招聘されたのも、単なる偶然ではなかったと思います。ひょっとすると天羽さんが手配されたのではないでしょうか？」

助太郎はニヤリと笑っただけだが、浅見は勝手に「やはり」と得心した。

「じつは、石橋洋子さんのお父さん・和男さんが美瀬島で育てられたことを知ったのですが、お母さんの良子さんもまた、美瀬島の人々と縁があったのでは——と気づきました。美瀬島と朝鮮の関係からいって、むしろ良子さんのほうが早くから美瀬島の恩恵を受けていたのではないかと思ったのです。それは美瀬島と朝鮮の人たちとの緊密な関係があればこそ成立することです。たとえば良子さんが朝鮮へ渡ったのも、死亡したという消息を入手できたのも、美瀬島と朝鮮に特別なルートがあることを思わせ、そう考えると何もかもが辻褄が合ってきます。おそらく現在も、美瀬島と朝鮮のあいだには、物的・人的な交流がつづいているのでしょう」

「………」

「結論を言います。いまお話ししたことと、僕が北浜で目撃した光景とを思い合わせると、すべての事件は美瀬島と朝鮮の関係に遠因、あるいは直接の動機が潜んでいるのだと思いますが、間違っているでしょうか？」

浅見が語り終えて、しばらく静寂が漂った。

「里見」と、助太郎は声をかけた。

「すまんが、浅見さんと二人だけにしてくれないか」

里見は「はい」と答えたが、少し気掛かりそうに浅見を見ながら席を立った。その足音が廊下を遠ざかるのを確認してから、助太郎は「どうぞ、つづきを」と言った。

「現実の事件について言います。平子さんが贄門岩で目撃したのは、廣部代議士秘書の増田さんでしょう」

浅見はいきなり核心に触れるようなことを言った。助太郎の表情に驚愕の色が広がった。

「あの日、僕と別れてから、平子さんは北浜へ下りて行って、そこで増田さんの姿を目撃したのです。その時点では増田さんはまだ生きていた。おそらく、何人かの手によって船に拉致されるところだったのでしょう」

「信じられん……」

視線を浅見から窓の方角に逸らして、うめくように呟いた。

何をどう信じられないと言ったのか、浅見はとっさには判断ができなかった。浅見があまりにも突拍子もないことを言ったことが、なのか。あるいはそれがズバリ的を射ていたからなのか。平子が増田を目撃したことなのか。そこに増田がいたということなのか。それより何より、平子が贄門岩で殺されたことそのものについてなのか。あらゆることが考えられる。

「平子さんはその場で犯人側に捕まって、船に拉致された。どういう殺し方をしたのかは分かりませんが、その後、すぐに溺死させられたはずです。もちろん、殺害の動機は平子さんが増田さんを目撃したという、ただそれだけのことです。それがなぜ動機になったかというと、犯人たちはその夜、増田さんを殺害する手筈になっていたからです」

浅見は言うだけ言うと、助太郎がどう応えるかを待つことにした。

助太郎の視線の先には太平洋が広がっている。風は白波が立つほどではないが、大きなうねりが寄せてきている。ニュースでは台風が南海上にあると言っていたから、その余波が届いているのかもしれない。

「荒れてきますな」

助太郎がぽつりと言った。

「帰りの便のあるうちに、帰られたほうがいいでしょう」

向き直った顔からは、最前の動揺は影をひそめていた。

「何も話してはいただけないのですね」

「何を話せというのです？」

「さっき僕が言ったことについて、です」

「あなたが何を考え、何を言おうと、わしの知ったことではありませんな」

「しかし、このまま引き揚げたのでは、事実を伝えるしかありませんが」

「伝えるとは、警察にですかな？」

「そうです」

「そんなものを事実だとする証拠が、どこにありますか」

「いまはありません。しかし、いずれ見つけるでしょう。警察を軽く見てはいけません。彼らの弱点は、仮説を樹てる能力に欠けるという点ですが、疑わしい対象を見つけ、ひとたび方針を定めて捜査を始めれば、日本の科学捜査技術は相当なものです。たとえば、増田さんの着衣や靴から採取したごく微量の物質が、美瀬島のものであるとか、船のデッキの汚れであるとかすれば、もはや動かしがたい証拠になります。小田原海岸に残された遺留品の数は、犯人を特定するためには十分すぎるでしょう」

「………」

助太郎はまた視線を外して、黙った。

「あらためてもう一度言いますが、僕は美瀬島を告発する意思はありません。ただ、殺人事件にまつわる真相を明らかにしたいだけです。もちろん、それによって殺人者は罰せられなければなりませんが、それがどのような罰であるかは、それこそ、僕の知ったことではありません」

「………」

「いま、あなたの選択肢は二つです。一つは自ら処断を下して、事件に決着をつけるか、もう一つは僕を消すか、です」

助太郎は驚いて振り向いた。

「ただし、僕を消せば、美瀬島の平穏は壊滅するでしょう。僕は三つの警察署に足跡を残してきました。平子さんの場合と違って、あまりにも証拠が多すぎます」

むろん、これはほとんど浅見のハッタリといっていい。それでもなお、身の安全への保障としては足りないくらいだと思い、さらに言った。

「それから、警察庁の兄の手元には、僕が死んだ場合に封印を解くことにして、データを預けてきました。僕に万一のことがあれば、警察は総力を挙げて美瀬島を潰しにかかります」

「あなたを消すなどと、そんな考えは毛頭ありませんよ」

助太郎は寂しげな苦笑を浮かべた。

「こうして、あなたを見ていると、二十一年前でしたか、お父上のことを思い出しますなあ。面差しがよく似ておられる」

「ああ、父を助けてくださったことは本当に感謝しています。僕があえて美瀬島を告発しないのは、そのためだと思っていただいても結構です」

「いやいや、あなたは知らんでしょうが、感謝しているのはわしらのほうですよ」

「は？　それはどういう意味でしょうか」

「あの時、お父上はあなたと同じように、美瀬島の秘密を知ってしまわれた」

「美瀬島の秘密というと、父はどの秘密を知ったのでしょうか？」

「ははは、そんなにいくつもの秘密があるわけではないですがね」

「密入国ですか」

助太郎は何度めかの驚きを示した。

「ほうっ……」

「あなたは何でも分かっておいでのようですな」

その褒め言葉には、浅見は黙って、苦笑で応えた。

「ただ、あなたは北朝鮮との繋がりだけを言われたが、それはいささか違う。朝鮮はもともと一つの国で、北も南もないのです」

「それはそうかもしれませんが」

「浅見さんは知らないでしょうな、かつて韓国で『光州事件』というのがあったが」

「聞いたことはあるような気がしますが、はっきりは知りません」

「朴大統領が暗殺された事件のことはご存じかな？」

「ああ、それは知っています。たしか二十年以上前のことだと思いますが」

「そうです、正確に言うと一九七九年十月のことです。その翌年の五月、韓国の光州で学生を中心とする暴動が起きましてね。軍隊によって約二千人の学生や市民が殺されたり行方不明になりました。その政変の時、暴動の指導的立場にあった人々が韓国を脱出して、ひそかに美瀬島に逃げてきたのです」

「へえーっ、そんなことがあったのですか。歴史の裏面には思いがけないことが隠れているものですね」

「そうですな。歴史といえば、それよりさらに六年を遡る一九七三年には、金大中氏が日本のホテルから拉致されるという事件がありました。言うまでもなく、後に韓国大統領になった人物ですがね。その人がまさに生命の危険に瀕していたのです。光州事件の根は、そこからすでに始まっている……いや、韓国がそういう運命を辿った原因は朝鮮戦争にあったのだし、それはさらに言うと、日本に統治されていた時代の後遺症のようなものと言えるかもしれませんな。歴史というのはそういうもので、いま起きていることはすべて、歴史の流れの中で起こるべくして起こっているといってもよろしいのではないですかな」

「なるほど……」

浅見は驚いた。天栄丸の網元の口から、こういう立派な歴史観が発せられるとは、想像もしていなかった。

「話が脇道に逸れましたな」

助太郎は照れくさそうに言った。

「あなたのお父上が美瀬島においでになったのは、韓国からの亡命者が、命からがら辿り着いた夏のことです。じつは、お父上を海中から救い出したのは、その亡命者の一人だったのですよ」

「えっ……」

「その男は韓国済州島の漁師の家の出でしてね、素潜りが得意だったから、アワビ漁などを手伝ってもらっていたのだが、あのボートの事故は、彼の目と鼻の先で起こったのです。もしそうでなければ、お父上は亡くなっていたでしょうな。ボートは、ほとんど見捨てるように走って行ってしまったのですからね。いや、ひょっとすると馨也氏にはその時、殺意があったかもしれんのです」

「まさか……ほんとですか？　しかし、なぜ馨也氏が父を？……」

今度は浅見が狼狽する番だった。

「はっきりした理由はわしにも分かりませんが、誰もいない時に、お父上はわしにおっしゃった。『見ましたよ』とですな」

「見たとは、何を、ですか？」

「その日、お父上は少なくとも二つのことに気づかれた。一つはアワビ・伊勢海老の異常な豊漁ですな。もう一つは海底にある奇妙な箱……」

「箱……とは何ですか」

「それをおっしゃらなかった。ただ、海底にあるものを見たと言われました。憶測で申し上げるだけだが、ボートを北浜の海岸近くに浮かべて釣りをしている時、お父上は海底に沈めてあった箱に気づいたのでしょう。箱にはハングル文字が印刷されてましてね、わしも知らなかったのだが、中身はちょっと危険なものでした」

「麻薬ですか？」

「いや、それは言わぬが花でしょう。とにかくお父上はそれを先代の廣部代議士に話して、警察に連絡するよう進言したのです。廣部先生はご子息の馨也氏にその話を伝えたと思われます。事故はその矢先に起こりました。もちろん、故意に起こした事故かどうか、証拠はありませんでしたがね」

「つまり、廣部馨也氏がその麻薬に関係していたという意味ですか」

「麻薬とは申しておりませんよ。ま、何であれ、廣部馨也氏にとって都合の悪い事態ということです。ところが、馨也氏の思惑とは裏腹に、お父上は救出されてしまった。しかも、わしらの秘密の一部である朝鮮人の男に助けられたのだから、何とも皮肉な話です。しかし、それもすべて運命のしからしむるところというほかはないのでしょうなあ」

助太郎は頬を歪めるように笑った。

「お父上はその『発見』のことも、事故のことも、真相をすべて胸の内にしまったままにしてくださった。もちろん、助けてくれた男の励ましの言葉が朝鮮語であることも気づいておられたでしょうし、じつはそれ以前から、美瀬島で何か不審なことが行なわれていて、廣部代議士親子がそれに関わっていることも、うすうす勘づいておられたようです。美瀬島を訪れた真意はそこにあったと、わしの親父に漏らされたと聞きました。しかし、それらすべてを不問に付してくださった。島を去る時にただひと言、親父に『美瀬島と同様、日本の国も汚さないように』と言われたそうです」

浅見は聞きながら胸がつまった。生前の父親のことは、家庭内での父親像以外はあまり知らない。とくに父が大蔵省でどういう仕事に携わっていたのかなど、ほとんど知る機会がなかった。こういうエピソードを聞くと、いかにも父親らしいな——と思い、その父と同じ血が自分の体内にも流れていることを感じる。

「それから少なくとも一年間は、わしらの作業は中断されました。馨也氏も、おそらく浅見さんのお父上を気にして、自粛することにしたのでしょうな。中身が麻薬かどうかはともかく、問題の箱に関わっていたのは馨也氏とその部下——あなたも知っている木村秘書だけだったと思っております。先代の先生は清廉潔白とは言えないが、そこまで悪くはなかった。その後は一時期、美瀬島への金銭的な要求も途絶えました。しかし、翌年、思いがけずお父上が亡くなられて、馨也氏の悪事は復活することになったのです。わしはその時、浅見局長さんは謀殺されたのではないかと思ったのでしたが」

助太郎は問いかける目を浅見に向けた。

「いや、それは違うようですよ」

浅見は首を横に振った。父の死にそういう事件性はなかった。

「そうですか、それならいいのですが、あまりにもタイミングがよすぎるので、あるいはと思ったものです」

「ということは、そういう謀殺のようなことが行なわれる可能性があったのでしょうか」

「あったと言うべきでしょう。いや、いまでも似たような謀殺は横行しているのではありませんかな。それが神隠しだとか、生贄（いけにえ）だとかいう噂を招いていることも事実です。北朝鮮による拉致問題も、かつては『神隠し』と呼ばれていましたからな。世の中には常識では理解しがたい奇怪な出来事がいくらでもある」

助太郎はそう言うと、また視線を窓の外に戻した。

2

浅見は時計を見た。十一時を回ったばかりの真っ昼間だが、上空の雲が厚みを増してきたのか、窓の外はまるで夜明け前か夕景のように薄暗い。松の大枝が大きく揺れて、風が強くなったことを物語っていた。この分だと、助太郎の言うとおり、連絡船の運航は早めに打ち切られるかもしれない。

「いま、警察が捜査を進めている事件は三つです」

浅見は荒れ狂う波を静めるような、低い声で言った。

「一つは平子さんの事件、二つめは増田さんの事件、三つめは石橋先生の失踪事件……しかし、これ以外にも、たとえば柿島一道さんの事故のように、事件として立件されていないものもあります。いまのところ、平子さんの事件だけがわずかに美瀬島がらみと考えられていますが、これらすべてが美瀬島に関係していることを警察が把握すれば、捜査は一挙に進展するでしょう」

「把握できますかな」

助太郎はかすかに皮肉な笑みを浮かべているように見えた。

「できますとも。むしろ僕はそうならないことを願ってますけど、事と次第によってはやむをえないでしょうね」

「あなたが生殺与奪の権を握っているというわけですか」

「そんな驕った気持ちはありませんが、結果的にはそうなります」

「そうですか……」

窓外に目を転じて、またしばらく助太郎は沈黙した。この切迫した状況をどう切り抜けるつもりなのか、浅見は自分の身の危険も忘れて、興味津々の視線を注いだ。その視線の先で、助太郎はゆっくり向き直った。

「浅見さんとしては、どういう結論をお望みなのですかな」

「それはご主人のお答え次第です」

「いや、わしの答えなど、何をどう答えるべきなのか、あなたはとっくに決めているでしょう。わしが答えるとすれば、あくまでも何も知らない、何もなかった——しかありませんな。しかしそれではあなたは満足しない。だからあなたがどういう答えを求めるのかを聞いておきたいのです」

(狡猾な——)と、浅見は思った。しかし、助太郎がそういう対応をするであろうことも予測してはいた。

「では、僕が思い描いている事件ストーリーをお話しします。いまご主人から朝鮮との関係について説明していただいたので、事件の背景になっている事柄もはっきりしてきました。しかし、推理といってもおおまかなものです。たぶん事実とは違う部分だらけでしょう。その場合はその都度でもいいですし、後でも結構です。修正してください」

前置きをして、浅見は考えをまとめるために天井を見上げた。

「まず柿島一道さんの事件。柿島さんが殺されたのは、柿島さん自身の責任でもありました。彼が美瀬島の海で密漁を繰り返していたことは分かっています。もし発見されればリンチに遭うことは覚悟していたはずですが、それでもこの豊饒の海の魅力からは逃れられなかった。といっても、よもや殺されるとまでは考えなかったでしょうし、美瀬島の人々もそこまでやるつもりはなかったと信じたいところです。ところが柿島さんは殺されなければならなかった。それは密漁以上のことに関わってしまったためだと思います。彼は最初は美瀬島の海でなぜ良質のアワビが大量に獲れるのか、本当の理由を知らなかった。そしてある夜、不審な船からアワビが『放流』されるところを目撃したのです。朝鮮語の会話も耳にしたでしょう。つまり、美瀬島の秘密を握ったわけです。そのことが彼を大胆にしたのかもしれません。そうして密漁を繰り返し、『輸入』された直後の豊漁をほしいままにした。挙句の果て、海底に沈められた密輸品を発見してしまった。それが麻薬かどうかはあえて言いませんが、少なくともアワビや伊勢海老のたぐいではなかった。もしかすると、柿島さんはそれを自分の船に持ち帰ろうとしたのかもしれない。いずれにしても、その時、柿島さんは拘束されて、即刻、殺害されたにちがいありません」

何か異議を唱えるかと、助太郎の様子を窺ったが、網元は黙って俯いたままだ。それは肯定の意思表示と思うことにした。

「柿島さんが密漁をしていたことは、彼の母親だけが知っていました。母親は息子さんの死後、柿島さんの親友だった平子さんにその真相を打ち明け、後になって僕にもその話をしてくれました。平子さんは、柿島さんがおそらくリンチに遭って殺されたのだ――と見当をつけた。美瀬島ならそういうことがあっても不思議ではないと考えた。江戸時代に美瀬島に漂着した中国人が島の人間に撲殺された歴史があるそうですね。島の権益を侵害する恐れのある者は外敵と見做し、リンチにかけるのは、ひょっとすると美瀬島における不文律ではないかと、平子さんは思っていたようです。そのことと、生贄の風習があるという噂とが重なって、平子さんは確信を持って美瀬島に乗り込んだのです。死の危険が伴うと予測されるにもかかわらず、彼にそう踏み切らせたのは、たまたま僕という道連れがあったからかもしれません。刑事局長の弟で、曲がりなりにも探偵と呼ばれている男と一緒なら、まかり間違っても殺されることはないだろうと考えたのでしょう。彼は最初から北浜へ疑惑を確かめに行く目的を持っていました。何も知らない僕は、てっきり、観光気分で贄門岩を見るのが目的だと思っていたのですが、彼は柿島さんの密漁の現場を確かめようとしていたのでしょう。そして不運にも偶然、増田秘書の拉致監禁の現場に遭遇したのです」

いぜんとして、天羽助太郎は俯いたままの姿勢を崩さない。

「さて、増田さんの事件です。増田さんは事件の直前、僕に何度も電話をくれました。何か伝えておきたいことがあったにちがいないのですが、いつも僕は留守で、ついに会えずじまいのまま、事件に巻き込まれてしまわれた。そのことが返す返すも悔やまれてなりません」

浅見は言いながら、痛恨の思いを嚙みしめた。

「増田さんが僕にいったい何を告げようとしていたのか、いまとなっては僕なりに推測するしかないのですが、やはり考えられるのは一種の内部告発でしょうね。廣部代議士に関する何らかの不正を告発したかったのだと思います。ただし、警察に届けることはできなかった。先代から二代にわたって秘書として仕えた廣部氏を告発するのはつらかったのでしょう。僕を相談相手に選んだものの、かりに僕とコンタクトが取れたとしても、はたして話してくれたかどうかは疑問です。それより前に会った時にも、奥歯にものが挟まったような様子を見せています。どうすればいいものか、ずいぶん悩んだのでしょう。結果的にその逡巡（しゅんじゅん）が文字どおり命取りになってしまいました。おそらく、廣部氏には何度も忠告や諫言（かんげん）をしたと思いますが、しかし廣部氏は聞き入れなかった。そして増田さんが告発の決意を固め、最後の諫言をした時に、ついに殺害する道を選んだのです」

　助太郎はわずかに首をねじって、チラッと浅見に視線を送った。何か言うのかな——と思ったが、言葉は発しなかった。

「増田さん殺害はほかのケースと違い、完全犯罪を計画して行なわれました。おそらく前日の深夜、増田さんを船でひそかに美瀬島に運び込んだものと考えられます。そしてあの日の午後、北浜から廣部氏所有のプレジャーボートに拉致しようとしたところに、思いがけず平子さんが現れたのですね。とっさの判断で、平子さんはその場で殺すことになったが、増田さんの殺害は予定どおりに進められました。小田原で釣り人との喧嘩（けんか）

の末に海に突き落とされるという芝居もどきを演じたりして、完全犯罪は狙いどおり、うまくいったかに見えます。あの芝居の直前ぎりぎりまで、増田さんは小田原沖に待機する船の上で生かされていました。なぜそうしたのかは、もし芝居に邪魔が入ったりした場合には、ただちに犯行計画を延期できるようにしておくためです。死亡推定時刻が、磯に転落するより前だったりしては具合が悪いですからね。まさにその配慮が的中して、死後間もなく、警察は増田さんの遺体を発見し、磯でのトラブルとの関係が裏打ちされる形になりました」

浅見は、反論をどうぞ――という目を助太郎に向けて待った。

助太郎もしばらくは沈黙を守っていたが、浅見がじっと待ちつづけるのを見て、おもむろに口を開いた。

「たいへん興味深い話だが、浅見さんのお話には、主語がありませんな。増田さんを殺したのは誰で、平子を殺(や)ったのは誰なのですかな？」

「知りませんよ、そんなこと」

浅見はいともあっさり、突き放すように言った。

「犯人を特定はしていませんが、あえて言うなら『美瀬島の犯罪』だと思っています」

「はは……美瀬島が人を殺しますか」

「おっしゃるとおり、美瀬島にしてみれば、さぞかし不本意でしょうね。しかし、どれも美瀬島だから起きた事件であるし、美瀬島でなければ起きなかった事件であることは間違いありません」

「それでは困りますな。何もかもあなたの言うとおりだとしてもですよ、いったい誰の犯行であるのか、誰を罰するつもりなのかを特定してもらわなければ、対処のしようもありませんな」

「それを突き止める作業は警察がやることでしょう」

「いやいや、あなたはさっき、告発する意思はないと言われた。つまり、警察には真相を伏せたまま、内々に処断せよと言っておられるのではないのですかな。わしはそのように受け取った。せっかくそこまで解明したのなら、推理を完結していただかないと、ヘビの生殺しのようなものだ。それとも、じつは仮説ばかりで、本当のところは分かっておられないのではないかと、邪推したくもなりますな」

助太郎はそう言いながら、皮肉な目でこっちを見つめている。

「そうかもしれません」

浅見はあっさり頷いた。

「確かに仮説ばかりで、犯人についても動機についても、分かっていない部分が多いことは認めます。はっきりしているのは、平子さん殺害のところだけでしょうか」

「いやいや、それについても、あなたは動機の点で誤解しておられますよ」

「というと、平子さんが増田さんの拉致を目撃したために、口封じ目的で殺されたというのは間違いですか」

「いや、そうではなく、直接の引き金は確かにそのとおりだが、それ以前に平子には、死を与えられて当然というべき理由があったのです。あの男が何をしたかを知らなければ、動機もはっきりしないのではないかと言っておるのです」

「は？……」

浅見は思いもよらぬ反撃を食らって、たじろいだ。助太郎が「あの男」と、軽蔑したような言い方をしたのも気になった。

「それはどういうことでしょう？」

「どうやらあなたは、性善説の持ち主のようですな。それはお育ちがいいせいでしょうかな」

浅見はカーッと頭に血が上りそうだった。「お育ちがいい」などと言われるのは、アホと呼ばれるようなものだ。しかし当たっていないわけでもない。浅見は人間はみな、基本的には性善なるものだと思っている。

「あなたはあの平子という男を、善良な市民だと思っておられるようだが、そのことからして、すでに間違っておるのです。大原のはだか祭りで知り合ったばかりでは無理もないでしょうがな、あの男はとんだ食わせ者ですよ。そのことを前提にしないでは、事件の真相などは語れませんな」

「なるほど」

浅見は素直に認めた。平子のことは確かに何も分かっていないのだ。単純に殺人事件の被害者であるという以前に、彼が四十年ほどの人生を過ごしていることを思わなければならなかった。しかも自分と同じ、フリーのルポライターという、世間的にはややアウトロー的に見られがちな職業からいっても、聖人君子というわけにはいかないのだろう。「ペンは剣よりも強し」というのは、文筆が時には凶器になることを意味してもいる。

「つまり、平子さんは何か、恐喝でもしようとしていたのですか？」

「それもあります。あの男は廣部代議士とわしらとの特殊な関係や美瀬島の秘密めいた部分を、どこかで小耳に挟んだとみえ、廣部事務所に接触し始めた。あなたが言ったように、島を出て行った連中の中には、ポロリと島の秘密を漏らしてしまう者もいないではないのです。ただしそれは噂の段階を出ていない。あの男にしてみれば、動かしがたい証拠を手に入れたかったのでしょうな。そしてあなたという道連れを得て、ついに美瀬島にやって来た」

「というと、やはりさっき言ったように、僕がいなければ、島に来るつもりはなかったのでしょうか」

「たぶんそうだったと思いますよ。あの男が美瀬島に寄りつかなかったのには、それなりの理由があるのです」

「理由と言いますと、美瀬島には生贄の噂があるとか、そういうことを恐れていたという意味ですか？」

「ははは、そんなものは噂でしかありませんよ。それは確かに、江戸時代には何か、それらしい風習があったようですがな。しかし、それも密漁者をリンチにしたというたぐいのもので、さっき言われた中国人の漂流者を殺してしまったのも、何かの行き違いで密漁と勘違いしたものと思われます。よしんばそんな噂を信じていたとしても、平子はそれでビクつくようなタマではありません」

「そうおっしゃるということは、ご主人は以前から平子さんをご存じなのですか」

「知っておりました」

「というと、やはり恐喝か何かですか」

「いや、そうではありません。それどころではない悪行です」

「ほうっ……」

浅見は驚いた。無表情だった助太郎の顔に、険しい気配が浮かび上がった。

「平子さんは何をしたのですか？」

「あの男は二十年ほど前、向かいの和倉の漁協に勤めておりましてな」

「そのことは聞いてます。高校を卒業して二年ほど勤めて辞め、東京へ出たそうです」

「その辞めた理由ですがね、何だと思いますか」

「さあ、そこまでは分かりませんが」

「当時、わしの家には高校へ通っていた娘がおりましてな。親のわしから言うのもなんだが、なかなかの美人で、優しい子だった。その娘が自殺したのです」

「えっ……」

すぐに不愉快な想像が走った。

「もはやお分かりかと思うが、娘は和倉のやつに犯されたショックで、自らのいのちを絶ったのです。当初はその相手が誰か分からなかったのだが、少し後になって、和倉漁協の職員であることが分かった。それが平子だったのです。やつは悪事が発覚する直前に和倉を逃げ出しましてな」

痛ましさで、浅見は言葉もなかった。

「そうそう、あなたのお父上が事故に遭われたのは、娘が自殺した翌々日、娘の霊を乗せた形代（かたしろ）を、鬼岩のあいだから海へ送った次の日のことでしたな」

浅見は（あっ）と思った。謎（なぞ）がいっぺんに氷解したと思った。

3

「じつは、いまだからお話ししますが、僕が初めて美瀬島を訪れた時、ご主人や島の人たちにお礼を言うこと以外に、もう一つの目的があったのです」

浅見は興奮を抑えながら言った。

「父がボートの事故で、九死に一生を得た日のことですが、意識が朦朧とした中で、父は奇妙な会話を聞いたというのです。すぐ近くに何人かの人がいて『こんなにつづけて何人も送ることはない』『そうだな、来年に回すか』というような……これは母にだけ漏らしたもので、子供たちはことしのお盆に初めて聞かされました。その時、父は、死神たちの会話ではないかと笑っていたそうですが、その言葉どおり、父はそれからほぼ一年後に亡くなりました」

助太郎は苦笑した。

「その話は浄清寺さんから聞きましたよ。和尚さんは一笑に付したのだが、平子という和倉の者はありうることだとか言ったのでしたかな。まったくのところ、そういう噂を言いふらす人がおるので困る。笑い話ではすまねえことになりますのでな」

「おっしゃるとおりですね。母がいままで黙っていたのは、そういう風評被害を恐れたからだと思います。しかし、父がそう述懐したのは事実なので、もし単なる幻聴でないとしたら、どういうことなのか、それをぜひ確かめたかったのです。いま、ご主人のお話をお聞きして、『送る』とはやっぱり形代のことだったのですね」

「そうです、形代というのか、わしは宗教的なしきたりがどうなっておるのか、詳しいことは知らないが、美瀬島では人が亡くなると、霊魂が遠く極楽まで運ばれてゆくようにと、大きな木偶か藁づとの人形を作って流します。人形が風に吹かれ波に乗って沖へ沖へと流れてゆけば、それはめでてえことだ、いい『送り』ができたと喜びあうですよ」

父が聞いたという、ひそやかな囁き声のようなものは、そういうことだったのか。

「ただし、さっきは噂と言いましたが、かつては本物の生贄も行なわれていたみてえですな。橋や城を造る時の心柱に人柱を立てたように、この島にも豊漁を祈って生贄を捧げる風習があったという記録が、じつは残っております。島の鎮守様には海に身を投げて日本武尊を救った弟橘比売をお祀りしてあるくれえです。それから、みせしめのリンチみたいなこともあったんではねえでしょうか。このちっぽけな島が独りでやってゆくには、島の人間一人一人が命懸けのつもりでないと、たちまち大きな力に飲み込まれてしまう。敵は外ばかりでなく、内にも生じるものでしてな。いま流行りの内部告発というとかっこいいが、外の人間と結託して、島の権益を売り飛ばそうと考える不逞の輩が出てくるもんです」

「柿島さんを殺したのも、美瀬島の権益を守るためですか」

「いやいや、あれは違います。確かにあなたが言ったとおりのことが起きたのは認めます。しかし殺したのは美瀬島の人間ではねえですよ。あなたのお父上を助けたのと同じ、朝鮮の人たちが殺した。彼らは柿島さんに目撃されたために、やむをえず殺した。わしらには止めることができなかったのです。それどころか、夜の海で何が起きたのか、正直なところ、何日か後に新聞を見るまで分かんねかった。彼らは美瀬島など及びもつかねえほど必死ですからな。現にあの国では身内同士が戦っている。三十八度線付近の海では、カニ漁を巡って軍艦による銃撃戦さえ起きているくらいです。殺らなければ殺られる……そう考えたとしても、責めるわけにはいかねえでしょう。もし、わしが彼らと同じ立場だとしても、そうしたかもしんねえですな」

「増田さん殺害はどう説明するのですか」

「増田秘書さんが殺された事件は、まったくあなたの推理どおりです」

「犯人は誰と誰ですか？」

「それは言えませんな」

「島の人間であることは間違いないのでしょう？」

「それも言えません」

「動機は何だったのですか？」

「それを言えば、犯人も分かってしまうのではねえですかな」

「しかし、それにしてもあの温厚な増田さんを、なぜ殺さなければならなかったのか。この点だけは許せません」

浅見が追い詰めるように、きびしい口調で言うと、助太郎は「うーん……」と、嘆かわしそうに首を振って唸った。

「浅見さんのいいところは、真っ直ぐな気性をしておられるところだが、それは欠点でもありますな」

「どういう意味でしょう？」

「平子が悪い人間であることを知らねかったでしょうに。それと同じことです」

「つまり、増田さんも、必ずしも善良ではなかったという意味ですか」

「そうです。増田秘書さんは秘書としては優秀な人だが、ただ善良なだけでは優秀な秘書は務まんねんですよ。先代の廣部先生から二代にわたって秘書をしていれば、政治の裏の裏まで知ってしまう。房総というところは、昔から俠客が幅をきかせていたような土地柄でしてな、選挙で幡間氏みてえな、ヤクザも顔負けするような人物が当選するのは、関東では房総ぐれえなもんです」

幡間というのは、かつて「政界の暴れん坊」という異名で呼ばれた、強面の元代議士だ。所属する保守系与党の中でも持て余し者として扱われていたが、法案を強行採決する場合など、野党相手に大見得を切ったりして、ある種の人気を博してもいた。

「先代の廣部先生も相当な迫力があった。警察に目をつけられたことも珍しくねえのです。それが何とか無事だったのは、増田さんの働きです。悪知恵という意味では、増田さんは先代の先生よりもすぐれた才能の持ち主だったといえるんでねえですかな。増田さん本人にもそういう自負みてえなもんがあったのです」

浅見は増田の面影を思い浮かべていた。あのいかにも温厚そのもののような増田が、じつは代議士をしのぐ悪知恵の持ち主だったというのだから、自分にいかに人を見る目がないかを思い知らされた気分であった。

「それと、名秘書役の増田さんも、先代の廣部先生の頃はよかったが、いまの先生とはうまくいかねえ面もあるわけですな。中学生の頃から面倒見てもらっていた馨也氏から見れば、増田さんが煙ったい存在になっていたことは確かです。逆に増田さんから馨也氏からと、馨也氏のような未熟な人に顎で使われ、おまけにいつお払い箱になるかしれねえような状態でいることが、不安でなんねかったんでしょう。現実に、馨也氏の大学の後輩である木村という秘書さんが重用されつつあった。もう還暦も過ぎて、このままでは人生、何をしに生まれてきたのか分かんねえ。次の選挙が千載一遇のチャンスだ。この時を逃しては、永久に謀叛を起こす機会は巡ってこねえ――と、そう思っていたんでねえでしょうか」

「謀叛?……」

時代がかった言葉に浅見は驚いた。

「そうです、謀叛です。そのために増田さんは、日頃から選挙区の人たちにいろんな恩を施していたですよ。陳情やら、もろもろの口利きやらを一手に引き受けていました。馨也氏は坊っちゃん育ちだから、細かいことは苦手なもんで、地元の人たちとの付き合いはほとんど増田さんに任せっぱなしでしたな。そんなもんで、皆は何でもかでも増田さん増田さんと、頼りにしておった。それが増田さんを勘違いさせたかもしんねえですな。次回選挙には自分も立候補するつもりで、ひそかに運動を始めたのです」

「しかし、いくら地元で人気があっても、それは廣部代議士あってのことでしょう。その廣部さんを裏切り、しかも現職の廣部さんと戦って、選挙に勝つのは難しいのではありませんか?」

「それだから勘違いと言っているのです。ただし、増田さんに勝つ方法がまったくねえわけでもねえです」

「といいますと?」

「馨也氏が立候補を辞退するようなことがあれば、当面のライバルが消えるのではねえですかな。増田さんが培った地盤がそっくり、自分の物になるし、馨也氏に替わって立候補する大義名分が成り立つのではねえでしょうか」

「それはそうですが、廣部さんが立候補を見合わせるようなことは考えにくいのでは……なるほど、引退もやむなしというような状況をつくり出せばいいというわけですか」

浅見は、かつて「北海のヒグマ」と恐れられた北海道選出の大物代議士が、ロシアの秘密機関から政治資金を渡されていたことをバラすと秘書に脅され、自殺に追い込まれたという噂があったことを思い出した。その秘書は次の選挙で立候補して当選、政官界で辣腕をふるったが、後にロシアへの経済援助を食い物にして、自らも失脚した。

「増田さんが廣部馨也氏を引退に追いやることができる決め手とは何だったのですか？」

「その答えは、あなたのお父上が見つけられた海底の箱です」

「あっ……」

浅見は一瞬、息を呑んだ。

「麻薬の件を告発するつもりだったのですか」

「そういうことです。少なくとも木村秘書さんの話では、そう言って脅されたそうですよ」

「それは廣部さん側の一方的な言い分なのではありませんか。脅しではなく、実際は増田さんは正義のために、廣部さんを諫めたのかもしれません」

「ははは、あんたは真っ直ぐな気性の方だ。かりにそうだとしても、馨也氏に対する謀叛であることには変わりはない」

助太郎は若造を見る目で、笑った。

「じゃあ、つまり、増田さん殺害は廣部代議士ですか」

「それも単純にそうとばかりは言えません」

「まさか……」

浅見ははっとした。

「そこまで詳しく事情を知っているということは、天羽さん、あなたも増田さん殺害に関与したのですか」

愚問というべきなのだろう。それには答えずに、助太郎は言った。

「さっきのお話だと、増田さんは浅見さんの留守中に、何度も電話をしたということでしたな」

「ええ」

「そのことが増田さんを殺害するきっかけになったとは思いませんか」

「えっ、なぜですか。僕に会ったり電話をしたくらいで増田さんが殺される理由になるとは考えられませんが」

「やれやれ、浅見さんともあろう人が、そんなことも分かんねえもんですかなあ」

「どういう意味で……」

訊き返しながら、浅見は愕然とした。

「そうか、電話か……」

浅見家の電話番号は「浅見陽一郎」名義なのだ。

「そのとおりです、電話です。会ったことだけならまだしも、その後、増田さんは事務所から何度も浅見さんのところに電話しているわけですな。つまり、警察庁刑事局長のお宅に、です。誰だってそう思いたくなるんではねえですかな」

「じゃあ、勘違い……」

「いや、それはまだ何とも言えねえですよ。実際、増田さんはあなたに対して告発しようとしていたのかもしれないですからな」

「しかし、兄ならともかく、僕にそんな告発をしたって意味がないでしょう。それならむしろ、警察に直接電話するなりして、告発すればよかったじゃありませんか」

「ははは……」

助太郎はまた低く笑った。

「あなたにこんなことを言うのは失礼かもしれねえですが、浅見さんは警察が信頼できるところだと思っていますか？」

浅見は答えられなかった。「もちろん」と胸を張りたい気持ちはあるが、現実の警察をよく知る浅見としては、自分の身を預けられるほど、警察が信頼できるとは思えない。警察が市民の期待を裏切った例は、数えきれないくらいある。情報源を秘めておいてくれるか、告発者の安全を保証してくれるかと問われると、自信が持てない。

「警察はあてにはなんねえのです。そこへゆくと浅見さんなら安心できる。少なくとも増田さん本人は表に出ることはねえ。浅見さんに話せば、警察のトップに直通で告発したのと変わらねえ効果があるし、しかも信義に篤い浅見さんなら、情報源をバラすことはしねえでしょうからね」

確かに助太郎の言うことにも一理ある。

それにしても、増田からの電話が殺意を招いたとは……。廣部代議士の事務所がどういうシステムになっているのかは知らないが、外線への電話が記録される仕組みなのかもしれない。それとも――。

（そうか、星谷実希がいる――）

浅見ファンだという彼女の口から、増田秘書が浅見光彦と会ったという話は、廣部馨也代議士や木村秘書の耳にも入った可能性がある。実希に悪気があったとも思えないし、告げ口のつもりもなかったのだろう。しかし、廣部にとって浅見光彦といえば、かつて殺意をもって海に放り込んだ人物の息子である。その浅見家の人間に自分の事務所の者が接触することは、認めるわけにいかなかっただろう。まして浅見光彦の向こうには警察庁幹部の兄・陽一郎の存在がある。そういえば星谷実希と紗枝子とニューオータニで落ち合うはずだったのを、実希はにわかにキャンセルした。あれは廣部の圧力があったことを物語るものにちがいない。

現実に脅迫もどきのことがなかったとしても、最近の増田秘書の態度に不審な気配を感じていたところに実希からその話を聞けば、廣部に疑心暗鬼が生じるのは当然だ。まして、浅見家へ頻繁に電話しているとなると、神経を尖らせても不思議はない。

増田が天羽紗枝子にふと漏らした「こんな私でも、怖がる人がいる」というその「人」とは、ほかならぬ廣部代議士だったのかもしれない。

犯人が誰かは言えない――という天羽助太郎だが、ここまで説明すれば、暗に――どころか、明らかに廣部馨也であることを語っているに等しい。ただし、そこまで匂わせても構わないというのは、実行犯は廣部自身ではないからなのだろうか。

確かに、増田を殺害するのに廣部代議士が自ら手を下すことはなかった。誰かが犯罪を代行したはずである。

「実行犯は木村という秘書さんですか」

助太郎は否定も肯定もしなかったが、木村は廣部馨也の大学の後輩で、スキューバダイビング仲間だった。浅見の父親が奇禍に遭った時、ボートには廣部馨也とともに木村も乗っていたことから考えても、浅見の想像は当たっているだろう。事件当時、助太郎も北浜の現場にいたと考えられる。少なくとも、浅見が天栄丸を訪ねた時、彼は留守だった。木村の犯行を制止しなかったのは、平子が娘の「仇敵(きゆうてき)」であるという意識が働いたということか。増田を北浜海岸から小田原へ運んだのが木村で、廣部馨也のプレジャーボートを使ったと考えれば、あとは犯行の筋書きと共犯関係を想定する作業だけだ。

「一つだけ分からない点があります」

浅見は言った。

「増田さんが廣部代議士を脅した材料は麻薬の一件だということですが、しかし麻薬捜査は現行犯を摘発するのでないと、なかなか難しいとされます。となると、増田さんは麻薬以外にも何か廣部氏の弱点を握っていたと考えられる。しかもそれは、美瀬島の人々にとっても、共通の秘密だったはずです。そうでなければ、島から大勢の共犯者を動員することはできなかったでしょう。その弱点とは、やはりアワビや伊勢海老の密輸ですか？」

「ははは……」

助太郎は笑いだした。

「まあ、おっしゃるとおり、それも秘密ではありますがね、しかしそんなもの、ちっぽけな問題にすぎん。あなたは賢い人だが、わしらが抱えているのは、あなたが考えつかねえほど大きな問題なのですよ。それを知らねえと、わしらの犯した罪が理解できんでしょうな」

今度は浅見が沈黙する番だった。しばらくすると、助太郎の表情から笑いが消えた。

「廣部先生親子が、党内で特異な存在でありうるのは、朝鮮半島――とくに北朝鮮とのルートを持っているためであることは、あなたも知っているのでしたな。事実、アメリカでさえキャッチできねえ情報が廣部代議士のところに入っております。もちろんそのルートは、わしらの美瀬島が長年にわたって作り上げてきたものですが、美瀬島はそれと、なにがしかの政治資金を廣部先生に提供して、その見返りとして島の独立性を守っていただいておる。密輸だとか密入国などは、それに付随したごくつまらねえ問題です。わしらの美瀬島には、もっと重大な使命が与えられておるのですよ。それが何かはいまは言えません。ただ言えることは、これまで起こしたわしらの罪は、天地に恥じざるものであるということです」

言い放って、助太郎は浅見の目をキッと睨んだ。

「というと、あなたをはじめ美瀬島の人々が共犯関係に参加したのは、増田さんの脅迫が美瀬島にも及ぶものであったためなのですね」

「そのとおりです。増田氏はわしらが先祖代々受け継いできた美瀬島の文化と財産を、根こそぎ失わせるような脅しをかけてきた。そのことがわしらを犯行に駆り立てた本当の理由です。これは正義だとか犯罪だとかいう以前に、美瀬島の生存権の問題でした」

「ではあなたは、平子さんや増田さんを殺害した行為を、まったく正当なものだと信じているのですね」

「さよう、そう信じております。信じておりましたよ……少なくとも、昨日までは、ですな」

「昨日まで……というと、いまはそうではないという意味ですか？」

「いや……」

助太郎は苦い顔をして、首を横に振った。

「それはまだ、この時点では何とも言えない。ただ、物事の二面性について、わしらはもっと疑いを持って臨むべきであったかもしれんということです」

「つまり、何らかの齟齬（そご）があったということですか」

「分かりません」

「もし齟齬があったとしても、増田さんの死がその結果だとしたら、取り返しのつかないことをしたわけでしょう。死んだ人は還ってきませんよ。どう責任をとるつもりですか」

「何が真実か、まだ分からないと言っているのです。もし必要なら、責任の取り方について、あなたに指図されるいわれはない。美瀬島の流儀で行なうのみです」

これ以上の干渉を拒否する、巌のような姿勢をつくった。

4

多すぎるほどの「宿題」を抱えて、浅見は天栄丸を辞去した。外は東寄りの風が時折、強く吹いている。見上げると、低い雲が猛烈な速さで流れてゆく。湿度が高くなったのを肌で感じた。間もなく雨も降りだしそうだ。助太郎が言ったように、このぶんだと早い時間に連絡船は欠航になるかもしれない。

天羽家に戻ると、紗枝子が青白い顔で出迎えた。朝、出掛けに見た時はジーンズ姿だったが、いつの間に着替えたのか、昨夜とは違う、紺地に紫陽花を白く染め抜いた浴衣に、朱色の帯を締めている。

「どこへ行ってたんですか、心配しちゃいましたよ」

部屋に入ると紗枝子は後ろ手に襖を閉め、詰問口調でそう言った。

「ははは、子供じゃないですよ」

「だけど、昨日の夜みたいなことがあります。港へ行ったんじゃなかったんですか？」

「行きました。案の定、アワビと伊勢海老の大漁だったみたいです」

「いままでずっと、それを見物していたんですか？」

「いや、それから役場へ行って、調べ物をしていたら、廣部代議士が現れました。それから天栄丸さんへ行きました。いろいろ面白い話が聞けましたよ」

「面白いって、どんな？」

「美瀬島にはいろいろなことがあるという話です」

「ですから、どんな話ですか？」

「僕に訊くより、天羽さんのほうが詳しいと思いますがね」

「私はだめ、ほんとに何も知らないんです。中学までしか島にいなかったせいもありますけど、友達も少ないし、基本的に島があまり好きじゃなかったのかもしれません。小さい頃から、いつかきっとこの島を出るって決めてたくらいです」

「そういえば、里見さんのことも知らなかったんですね」

「ええ、昨夜、初めて会いました」

「さっき港で里見さんと会って、ご先祖は南総里見八犬伝の里見家かって訊いたら、びっくりしてましたよ。どうやら、ぜんぜん関係ないらしい。あなたのお祖母さんの里見家文書のことも、埋蔵金伝説の話も知らないそうです」

「どこの出身なのかしら？」

「いや、それも言わないのですよ。美瀬島じゃないことは確かですけどね。どういうわけか、隠しておきたいらしい。しつこく訊いたら、逃げ出しそうになりました。訊かれると困る、何か秘密めいたものがありそうな印象でした」

「でしょう。そういう秘密めいたものがこの島にはゴロゴロしてるんです。子供の頃にそれに気づいて、それ以来ずっと、何だか不気味なことが起こりそうな予感がしていました。そうしたらやっぱり、いろんなことが一度に起こったでしょう。増田さんが殺されたり、平子っていう人も死んだし、それに石橋先生が神隠しみたいに消えてしまったし。でも、こういうのって、いままで知らなかっただけで、昔からあったのかもしれない。夢うつつで見た木偶人形のことだってそうだし」

「ああ、それは実際、木偶人形だったのだと思いますよ。助太郎さんの話によると、人が亡くなった時、鬼岩のあいだから木偶人形や藁人形を流す風習がいまでもあるそうです。もっとも、その昔は本物の死体を流していた時代もあるって言ってましたけどね。ただし、密漁者をリンチで殺してしまうことは、かなり最近まであったんじゃないかな」

「それじゃ、あの時も誰かが亡くなったってことですね。でも、誰だったのかしら？　うちでは誰も死んでいないし、それに天栄丸のじいさまがいたみたいだし」

「お祖母さんがご存じかもしれませんね」

「そうだ、そうですね。ばあちゃんが『ありがてえことだなあ』って言ってたんだから、知らないはずがありません」

「訊いてみますか」

「えっ、ばあちゃんにですか？　だめですよそんなの」

「どうして？」

「だって、怖いじゃないですか。もしばあちゃんが知っていたとしたら」

「知っているって、何をご存じだと思うんですか？」

「それは……分かりませんけど」

「ははは、誰かが亡くなって、その形代の木偶人形を流したとしても、べつに怖がることはないでしょう。訊いてみましょう」

浅見はさっさと部屋を出ようとした。紗枝子は躊躇ったが、反対する理由に思い当たらなかったのか、気の進まない様子ながら浅見に従った。紗枝子は浅見を廊下に待たせておいて、祖母の了解を得て、身の回りを片付けてから、部屋に招き入れた。ハルは相変わらず生気のない顔で横たわっている。それでも客の姿を見ると、かすかに笑ってくれた。

浅見と紗枝子は、ハルの寝床の脇に膝を並べるようにして坐った。

「ばあちゃんに訊きたいんだけど、私が小学校三年生の頃、うちで誰か死んだ？」

「ん？　何のことかい？　おら家じゃその頃は誰も亡くなってねえよ」

「だったらあれは何だったのかな？　夜中にさ、隣の部屋で何だか物音がするんで目が覚めて、覗いてみたら、浄清寺さんのお祭りで使うような、大きな木偶人形みたいなものをみんなで持ち上げて、うちを出て行ったのよ。ばあちゃんが『ありがてえことだ』とか言って、天栄丸のじいさまが『みなさんのお蔭で安泰だ』って言ってたんだけど」

ハルは視線を天井に彷徨わせて、孫娘の質問の意味を模索している様子だった。すでに十六年を経過している話だ。薄れゆく記憶の底から「その夜」の出来事を引っ張り出すのは、かなり難しそうに思えた。しかし、間もなくハルの表情に記憶が蘇ったことを示す変化が現れた。それはあまり愉快な記憶ではなかったらしい。皺だらけの顔にさらに深い皺が刻まれた。

「誰かが亡くなったのね？」

表情を読んで、紗枝子が訊いた。ハルは口の中でモゴモゴと何かを呟いた。

「ん？　何？」

紗枝子が祖母の口元に耳を寄せ、励ますように言った。

「おめえは知らねでもいい」

今度は浅見にもはっきり聞こえた。紗枝子は不満そうに浅見を見返ったが、それで十分だ――というほどの意味はあった。少なくとも誰かが死んだことは否定していないし、それが誰であるかについての「証言」を拒んだことも事実だ。

「だけど、あの場に天栄丸のじいさまがいたのは何でかしら？　ばあちゃんと、うちの父さんと母さんと、それに正叔父さんがいたわね。そのほかには誰がいたのかな？　あと二、三人はいたと思うけど。ね、誰なの？　誰が死んだの？」

ハルは目を瞑り、枕の上でいやいやをするように首を振った。それこそ木偶人形のように頼りなく見えた。よほど答えにくい問題なのだろう。これ以上、その質問をつづけるのは酷だと浅見は思った。

紗枝子は申し訳なさそうな顔をして、（何で言わないのかしら？――）と首をひねっている。その紗枝子に代わって、浅見はハルに覆い被さるようにして言った。

「里見さんですが……」

とたんにハルが「ゲエッ」というような声を発して、瞑っていた目を精一杯開いて浅見を見た。何かの発作が起きたのかと、浅見は驚いた。

「な、なんで、おめえさまが……なんで、それを……」

だらしなく開きっぱなしになった口から涎が垂れるのを、紗枝子が慌ててティッシュで拭いてやった。その手を無意識に払いのけるほど、ハルは動揺している様子だ。

しかし、それは長くはつづかなかった。すぐに精根尽き果てたのか、ガクッと仰向いて、元のように目を閉じてしまった。

「大丈夫ですかね？」

浅見が紗枝子に囁いた。紗枝子は祖母の手首を握った。

「脈はしっかりしてるから、大丈夫みたい」

ハルの寝息を確かめると、二人は恐る恐る部屋を退出して、元いた浅見の部屋に戻った。それからあらためてハルの動揺の意味を考えた。

「何にびっくりしたのかしら？」

「僕は里見さんのことを訊こうとしただけなのですが」

なぜあんなに驚かれなければならなかったのか、思い当たることはなかった。何か勘違いしたとしか考えられない。

「そういえば、『里見』って言ったとたんでしたよね。例の里見家文書の中身が紛失したことと、関係あるのかしら？」

「いや、僕は『里見さん』と言ったのです。もちろん、里見さんと里見家文書、ひいては南総里見八犬伝の里見家との関係などを確かめるつもりだったけど、お祖母さんの反応はそれに対するものとは違うでしょう。里見さんの名前を出したとたんに、『なんで、おまえが』という感じで、何ともいえない非難と疑惑に満ちた目で僕をご覧になった」

「すみません、失礼な感じで」

「いや、あなたが謝ることはない。それよりなぜお祖母さんがそういう反応を見せたのか、興味がありますね」

浅見は思案していて、ふと思いついた。

「亡くなった人の名前が『サトミ』さんだったのじゃないかな?」

「えっ?……」

「サトミといっても下の名前です。以前、知り合った女性に朝美っていう名前の人がいましてね」

浅見はテーブルの上に指で「朝美」と書いて見せた。

「その人が僕と結婚すると『浅見朝美』になる——と笑ったことがありますよ」

「その人、浅見さんの恋人ですか?」

紗枝子は見当違いなほうに関心を抱いたらしい。

「いや、そういうことじゃなくて」

浅見は苦笑した。

「考えてみると、僕の姪っ子にも智美っていうのがいるんです。どういう字を当てるかはともかく『サトミ』という音の名前はいろいろあるでしょう。智美もそうだし、聡美もそうです。いや、女性ばかりとは限りませんね。智巳という人もいそうです」

それぞれの文字を指でなぞった。

「僕は天栄丸さんの里見さんのつもりで言ったのだけど、お祖母さんは『サトミ』の音から、違うほうの名前を連想して、それでなぜ僕がそのことを知っているのか、びっくりなさったのかもしれませんね」

「だけど、それだったら何も、あんなに驚かなくてもいいと思いますよ。ばあちゃんは何だか、引きつけを起こしそうなくらい驚いてました」

「そう、確かにね……変な言い方だけど、まるで幽霊でも見たような顔をしてらした」

そう言いながら、浅見は愕然として「まさか……」と呟いた。紗枝子が「なに？」という目を浅見に向けた。

それからしばらく、浅見は黙って考え込んだ。いま浮かんだ発想を反芻し、咀嚼しなおすのに時間がかかった。そんなばかなことが——と否定する声と、いやありうるかも——と肯定する声が、頭の中で錯綜した。

「その晩は、なぜか隣の座敷に天栄丸さんのおじいさんもいたのでしたね」

ようやく考えを口に出した。「ええ、そのじいさまはもう亡くなったけど」と紗枝子は、そういう浅見を恐ろしげに見つめた。

「しかも『みなさんのお蔭』というような、感謝の言葉とも受け取れる意味のことを言った……おじいさん以外に、天栄丸さんの人はいませんでしたか。たとえば現在の網元さんご夫妻とか」

「さあ、いたのかもしれないけど、話し声を聞いたのはじいさまだけでしたから。でも、もしいたとして、そのことが何か？」

浅見はまたしばらく黙って、もう一度、考えをまとめて言った。

「二十一年前に、父が美瀬島沖で遭難した時に、助けられた天栄丸で、幻聴のようなものを体験したという話をしましたよね」

「ええ」

「さっき知ったばかりのことなのですが、その前日、美瀬島では実際に木偶人形を海に送っていました。父が聞いたのはその話だったのですが、じつはその人形というのは、天栄丸の当時、高校生だったお嬢さんの形代だったそうです」

「じゃあ、そのお嬢さんが『サトミ』さんだったのですか？……あ、違いますよ、私が見たり聞いたりしたのは十六年前ですもの」

「もちろんそれは違います。お嬢さんの名前は聞きませんでしたが、じつはそのお嬢さんが亡くなったのは自殺でしてね」

「えっ……」

「自殺の原因は、彼女がある男にレイプされたためなのだそうです。そして、その男というのは、このあいだ死んだ平子裕馬」

紗枝子は「まあっ……」と眉をひそめた。レイプの情景を思い描く空間に、二人だけでいるというのは、かなり気詰まりだ。

「そのことから類推して、天羽さんが体験した木偶人形のことも、誰かが亡くなった御(み)霊(たま)送りの行事だと思っていいはずです。しかし天栄丸さんのおじいさんが『みなさんのお蔭です』と謝辞を述べているのだから、天栄丸の身内の人だと思うのがふつうでしょうね。ところがその場所は天羽さんのお宅だというのだから理屈に合いません、ね」

浅見が確認を求めると、紗枝子はゆっくり「ええ」と頷いた。何を言い出されるのか、警戒する表情だ。

「きわめてばかげた想像かもしれませんが、その時亡くなったのは、やはり天栄丸の人で、しかしご自宅では『送り』ができない事情があったのではないでしょうか。なぜできなかったかというと、その亡くなった人は生きていたからです」

「えっ？　どういうこと？」

浅見が突拍子もないことを言い出しそうだ——と、十分警戒していたはずなのに、紗枝子は驚きの声を上げた。

「亡くなった人が生きていたって？……」

「実際には亡くなったけれど、公式的には死ななかったことにした——という意味です。

やっぱりばかげてますかね」

「ばかげてるって……それ以前に、そんなこと、できますか？」

「ふつうは到底、できっこないはずですが、美瀬島なら可能かもしれない。大事な跡取り息子が何かで急逝した時、そこにたまたま、その身代わりになる人物がいたら、そういうとんでもないようなことを考えつかないともかぎりませんよ。島の中だけで秘密は守られるし、すべての島民が納得しさえすれば、そういうウルトラCも可能です」

「じゃあ、私が聞いたり見たりしたアレは、もしかすると、その亡くなった人？」

「そう、本物の死体だったのでしょう」

「いやだ……でも、そうかもしれないわ。あの時のアレは、四人がかりで持ち上げるほど重量感があって、とても木偶人形には見えませんでしたもの。じゃあ、その死体を贄門岩から海に送ったのね。きっと遠くまで行って、海の底に沈んだんだわ」

それからふいに気がついた。

「えっ？　ということは、そのサトミさんの身代わりになった人はいま、天栄丸にいるってことですか？」

「そう、あのサトミさんがそうですよ。もっとも、名前は里見八犬伝の里見じゃなくて、智巳……か何かだと思いますけどね」

浅見はテーブルの上に指で「智巳」と書いた。本来なら笑い話になりそうな「サトミ」違いだが、深刻な錯覚であった。

「でも、その人は本当はどこの誰なのかしら？」

「僕が訊いても答えなかったことからいって、たぶん朝鮮からの亡命者の子弟でしょうね。ちょうど年恰好が似ていれば、双方にとって都合がよかったはずです」

話しているうちに、だんだんこの説が正しいような気がしてきた。

第十二章　狂気の果てに

1

知れば知るほど、この島では何があっても不思議はない——と思えてくる。天栄丸の「サトミ」が「里見」ではなく「智巳」のようなファーストネームであるとすれば、これまで抱いていた疑念がすべてクリアになるような気がした。

天栄丸の家の中で、「サトミ」は雇い人のような「他人の顔」にも見えるし、家族同然のようでもある。ほかの家人が留守の時でも家にいるから、あまり外には出ない生活パターンなのかと思うと、助太郎と一緒に港の市場を仕切っていたりする。浅見というあまり歓迎できない客人の応対を任されたりもする。これは島にとっては大切な外交交渉ともいえるものだ。

天栄丸にはほかに男手がないようだし、おそらくあの「サトミ」が「天栄丸助太郎」

の名跡を継ぐことになるのだろう。本物の「サトミ」が急死したとすれば、それにとって代わる少年が現れたのは天栄丸にとって不幸中の幸いだったといえる。

「でも、もしそうだとしても、その時の『サトミ』少年には言葉の壁があったはずでしょう。たとえここに来る前に日本語を学んでいたとしても、本物そっくりというわけにはいかないんじゃないかしら」

「もちろんそうです。調べてみなければ分からないことだけど、病気を理由に一定期間休学していたか、その後、遠隔地に転校していたのかもしれません。いずれにしても、『サトミ』さんの口数が少ないことや、あまり外出しない習慣はその頃から生じたものと考えれば、納得できませんか」

「ええ、そう言われれば、確かにそうですね。母に訊いてみます」

「いや、それはやめたほうがいい。お母さんは事情を知ってますよ、きっと」

「あ、そうか……じゃあ役場に訊きます」

紗枝子は携帯電話を取り出した。

先方は女性職員が出た。紗枝子は名乗って、「ちょっとお訊きしますけど、天栄丸の息子さんはサトミさんですよね」と言った。すぐに答えが返ってきた。紗枝子は浅見の目を見ながら大きく頷いた。

驚くべきことであった。その事実を前にして、二人はしばらく黙った。

「ひょっとすると、ほかにもこういう事例があるんじゃないですかね」

浅見は紗枝子に言った。

「ああ、そういえば……」と紗枝子も思い出した。

「小島さんていうお宅があって、おばさんが一人で住んでいるんだけど、あのおばさんがそうかもしれない。石橋先生からそういう話を聞いたことがあります」

「石橋先生？」

「ええ、先生が島にいた頃、小島さんの家に下宿していたんです。小島さんのおばさんは小さい時に天栄丸の先々代の助太郎さんに拾われて、育てられたって、確かそう言ってましたよ」

「どこで拾ったのかな？　やっぱり朝鮮の亡命者じゃないですか」

「さあ、よく知りませんけど、何かワケありだそうです」

「しかし、拾ったっていってもネコの子じゃないんだから、役場とか警察とかに、届けているはずでしょう。何も問題がなかったんですかねえ」

「そういうのって、たぶん美瀬島ではうやむやになっちゃうんじゃないかしら。役場でちゃんと戸籍に入れてしまえば、外に漏れないかぎり問題は起きないんですよ、きっと」

「なるほど……ちょっとした治外法権、日本の中の外国みたいですね」

少し前に中国の瀋陽で起きた、朝鮮人の亡命未遂事件のことを思った。あの時、日本総領事館は中国官憲に対して、治外法権を理由に毅然とした態度で臨まなかったために、亡命してきた朝鮮人を中国警察に連行されるままになった。

それに較べれば、美瀬島に入ってくる亡命者ははるかに安全に目的を達することができる。しかも、不幸にして孤児になったりした幼な子は島民の子として戸籍を与えられ、望めば一生を島で送ることも可能なのだ。

それは明らかに犯罪である。浅見はそういうのにはまったく疎い男だが、出入国管理法や戸籍法等々、おそらくいくつもの法律に抵触する重大な犯罪にちがいない。しかも、その秘密を守るために、時には殺人さえも行なわれることがあるのかもしれない。

「どうしよう……」

思わず浅見は呟いた。

「どうするんですか？」

以心伝心、浅見の悩みが分かるのか、紗枝子は不安そうにこっちを見つめている。

「じつは、助太郎さんに約束したことがあるんです。僕は美瀬島の秘密をいっさい告発しませんて」

「ほんとに？」

紗枝子の眸が輝いた。

「約束した以上、信義に悖(もと)るような真似(まね)はできませんが、しかし、分かっていて犯罪を見逃す行為も同罪です。最低限、何らかの義務を果たさなければならない」

「最低限の義務って？」

「たとえば、殺人事件の告発です」

「殺人事件が最低……」

紗枝子は息を呑(の)んだ。

「少なくとも増田さんが殺された事件だけでも解決しなければ、日本は法治国家とはいえないでしょう」

「だけど、犯人が誰なのか、浅見さんは分かるんですか？」

「まだ特定するわけにはいかないけれど、動機を持つ人間が誰か、殺人の実行可能な人間は誰か……程度の目安はついてます」

「それって、やっぱり美瀬島の人？」

「……も、入っているでしょうね」

「じゃあ、そうじゃない人もってこと？」

「もちろん」

「誰ですか？　ヒントぐらい言ってくれてもいいじゃないですか」

「該当者はあの日——九月二十四日、この島にいなかった人ですね。増田さんが殺された時刻の前後、およそ四時間ずつ、トータルで八時間程度は必要だったでしょう。それが最低で、実際には半日か、それ以上は島を留守にしていたはずです」

「あ……」

紗枝子が小さな声を漏らした。

「何か思いつきましたね？」

浅見はすかさず、切り込んだ。

「あの日、島を出ていたのは誰か、知ってるんですか？」

紗枝子は慌てたように首を振った。

「それは漁業の島ですもの、漁に出て島にいなかった人は大勢いるでしょう」

「いや、あの日は漁は休みだったはずです。この島に渡る連絡船も僕と平子さんと、それから最後に飛び乗った天羽さんのほかには島の人たちばかりが十人ほどだったかな、とにかくのんびりした雰囲気でしたよ。もちろん港も市場も閑散としていました」

浅見は言いながら思い出した。

「そうだ、天栄丸のご主人は、少なくとも午後二時ぐらい以降は島にいました。最初は留守のような感じでしたが、あなたに坂の途中で道を訊いて、北浜へ行った後、訪ねた時にはちゃんと会えたし、その晩、泊めてもらって話し込みましたから、増田さんが小田原で殺害された時刻には島にいたことは間違いありません」

「じゃあ、助太郎さんは事件に関係ないっていうことですか」

「分かりません。殺害の現場にはいなかったけれど、教唆はしたかもしれない。助太郎さんには犯行の動機も、共犯のチャンスもあったはずです」

「だけど、助太郎さんが増田さんを殺す動機って、何ですか？」

「増田さん殺害の直接の動機を持つのは、廣部代議士が最も濃厚で、廣部氏からの依頼で実行犯が動いたと考えられます。その場合、この島の最高権力者である助太郎さん抜きには、誰も動けないでしょう」

「でも、助太郎さんがそんな人殺しなんかするかしら？」

「助太郎さんはその夜、ご自宅にいましたから、ご本人は動かずに、ほかの人たちを犯行に向かわせたのでしょう。問題は殺人の実行犯は誰か――だけです」

浅見が断言すると、紗枝子ははぐらかすように首を振った。

「それにしても、いったいこの島で、どういうことが起きたんですか？」

「増田さんは夜の内にどこからかこの島に拉致され、監禁された後、翌日の昼、北浜で船に乗せられたと思っています。その時刻は、僕があなたと会った少し前頃」

「どうして分かるんですか？」

「ちょうどその頃、平子さんが殺されたと考えられるからです。僕がほんの三十分ほど遅れて北浜に行った時にはすでに平子さんの姿はありませんでした。平子さんは増田さんが船に連れ込まれる現場を目撃したために殺されたのでしょうね。あるいは増田さんと一緒に拉致されて、その直後に殺されたのかもしれない。ずいぶん乱暴なようだけれど、犯人たちにしてみれば、増田さん殺害と違って、完全犯罪を狙うゆとりはなかったのです」

質問する材料が無くなったのか、紗枝子は黙ってしまった。

「あの日」と、浅見は最前の紗枝子の「はぐらかし」を確かめようと、遠慮がちに訊いた。

「天羽さんのご家族はずっとお宅にいらっしゃいましたか？」

「えっ？……」

「お母さんはともかく、お父さんと叔父さんはどうでした？」

紗枝子の顔から血の気が引くのが、ありありと分かった。

「助太郎さんの息子さんが亡くなったと思われる晩、このお宅から御霊(みたま)送りが出発して行ったということは、助太郎さんにとって、この島の中で最も信頼を置ける親類縁者が、こちらのお宅である証拠みたいなものです。もし助太郎さんが増田さんを殺害しようとしたら、まず相談をもちかけたり、実行を依頼する相手は天羽さんのお父さんだと思うのですが」

「そんな……ひどいですよ、そんなの。うちの父を人殺し扱いするんですか」

「いや、そうは言ってません。僕はただ、そういう背景があるということと、あの日、お父さんがお宅にいたかどうかを訊いているだけです。どうなんですか、お留守だったのでしょう？」

「分かりましたよ、じゃあ言いますよ。あの日、私が来た時、確かに父は留守でした。母に聞いたら、名古屋のほうへ新しい船の仕上がり具合を見に行ったんですって。正叔父と漁協の組合長の昇さんという人も一緒だって言ってました」

「なるほど、名古屋ですか」

浅見は房総から名古屋までの地図を思い描いた。房総から大島沖を抜けて伊豆半島の石廊崎（いろうざき）沖を通り、御前崎から遠州灘を行く。その先は伊良湖岬の先を回って伊勢湾の奥、名古屋港までは三百五十キロ程度か。漁船のスピードがどれくらいか知れないが、十五ノット（時速約二十七キロ）で行けば十二、三時間もあれば名古屋まで行ける。

「当然、船で行ったのでしょうね？」

「えっ？　さあ、どうかしら……」

浅見にしてみれば、それこそ当然すぎる質問だったが、紗枝子にとっては意表を衝（つ）かれたようだ。

「訊いてみましょう」

浅見はスッと立った。

「訊くって、誰にですか？」

「いまいらっしゃるのは、お母さんとお祖母さんだけでしょう。お母さんにお訊きしてみませんか」

言いながら、さっさと襖を開けて廊下へ出た。紗枝子は少し狼狽ぎみについてきた。母親に訊かれては都合が悪い理由を思いつけないのだろう。

紗枝子の母親・菜穂子は台所で、食事の支度をしていた。ずいぶん遅い昼食である。港の仕事がある時は、いつもそうなのだが、きょうは大漁でとくに忙しかったらしい。

「もうちょっと待ってな」と、済まなそうに言われて、かえって浅見は恐縮した。

「お仕事中お邪魔します。ちょっとお訊きしますが、先月の二十四日に紗枝子さんが帰省なさった時、お父さんと正さん、それに漁協の昇さんは、新しい船のことで名古屋へ行っておられたのでしたね」

「は？　はあ、そうですけど」

「その時、皆さんは船でいらしたのでしょうか？　それとも列車か車でしょうか？」

菜穂子は妙な質問にとまどいながら、「それは船でしたけど」と言った。

「出発は当日の朝ですか？」

「いいえ、前の日の夕方時分でした。夜の海はおっかないから、心配だって言ったら、いまの船はレーダーがしっかりしてっから、心配すっことないって笑われました」

「船は一隻だけで行ったのですか？」

「はい、そうですけど」

ばかげたことを訊くな――と言いたげな笑顔になった。

「話は違いますが、正さんがご結婚しないのは、何か理由があるのでしょうか？」

これには菜穂子よりも紗枝子のほうが、呆れ顔をした。

「さあ、わたしらには分かりませんけどなあ、正はもう、結婚する気はなくなったんでねえかねえ。いい話がきても、ちっとも見向きもしないみたいですよ」

「そうなったのは、いつ頃からですか？」

「さあなあ、よく分かんねっけんが、五、六年くらい前からでねかったかねえ。だっけんが、なんでそんなことを？」

「いえ、正さんのような甲斐性のある立派な男性が結婚しないのでは、僕なんかは当分、見込みないと思ったものですから」

「あら、浅見さんは男前だし、いつでも結婚相手は見っかってでしょう。それよか、うちの紗枝子ではだめですの？」

「母さん、変なこと言わないでよ。浅見さんもやめてください。行きましょう」

紗枝子はムキになって、浅見の腕を引っ張った。

「なんで正叔父の結婚問題なんか訊いたりしたんですか？」

座敷に戻ると、紗枝子は非難の色をあからさまに見せて、言った。

「僕はね天羽さん、あなたの気分を害すようで申し訳ないけど、正さんこそがこの事件の重大なカギを握っていると思うのですよ」

「えっ、じゃあ、あの正叔父が犯人？」

「かどうかはともかくとして、最も気になるのは、正さんのキャラクターです」

「どういうことですか？　それって」

「あなたのお父さんや島の人たちの優しい雰囲気から突出して、あの人は性格がものすごく荒い。猜疑心（さいぎしん）というか、一種の被害者心理というか、戦闘的というか……いや、こんな言い方をして気を悪くしないでくださいね。それに、あなた自身も正叔父さんを好きじゃないのでしょう？　その理由は何ですか？」

「それは……そんなこと、好き嫌いなんて人それぞれでしょう。何となく虫が好かないってことだってあるし」

「しかし、正さんはあなたにとっていちばん近い叔父さんですよ。お母さんのただ一人の弟さんじゃないですか。もっと好きになってあげてもいいと思うのだけど」

「そんなの無理ですよ。波長が合わないっていうのか、とにかく好きになれないのですから。兄弟は他人の始まりって言うじゃないですか。母だって内心はあまり弟のことが好きじゃないんだと思うわ。ちょっとした時にそういう雰囲気が見えますもの。やっぱり、性格が違いすぎるのかしら」

「兄弟は他人の始まりではなく、最初から他人だったらどうですかね」

「え？　それはどういう意味？……」

紗枝子はキョトンとした目になった。

「僕は正さんを観察していて、この人は本当に天羽家の親戚なのだろうかと、すごく疑問を抱いたのです。お母さんとはまったく似ていないし、もちろんあなたともね。それに、もし正さんがお母さんの弟なら、この家の長男でしょう。お母さんが婿取りせずに、当然、正さんが家を継ぎそうなものじゃないですか」

「えっ……じゃあ、正叔父は……」

紗枝子はついに絶句した。

2

われながら大胆すぎるかな――とは思ったが、正が天羽家の異端であると仮定すれば、この家のどこかぎくしゃくした雰囲気は理解できる。ほかの土地だったら、およそ考えつきそうもないが、そういう話が現実味を帯びて語られること自体、この島のただごとでない奇怪さを物語っている。

「それ、違うと思うんですけど」

紗枝子が不安そうに目を瞬いて、自信のない口調で言った。

「私も少し叔父のこと、悪く言いすぎました。確かに叔父は初対面の浅見さんに対して失礼なことを言ったり、粗暴な態度を取ったりしたけど、本性はそんなに悪い人間じゃないんです」

これまでの叔父観からいうと、掌を返したような口ぶりだ。

「少なくとも昔はもっと陽気で優しかったわ。私のこと『サッシー』って呼ぶのはすごくいやだったけど、それだって照れ臭くてそう言ってたのかもしれないし、石橋先生のこと好きなのに、なかなか言い出せないくらい内気だったし……」

記憶の中から、一所懸命、叔父を弁護する材料を探そうとしている。

「意外ですねえ。僕はまた、あなたが本心から正叔父さんを嫌っているものとばかり思っていましたけどね。だって、石橋先生に、叔父さんが人を殺したとか、ありもしない告げ口をしたんでしょう?」

「ええ、それはね、自分でも自分の気持ちがよく分からない点はあります。でも、あれは子供の時に見た、あの不気味な儀式みたいな記憶のせいで……それに、石橋先生を取られるっていう、なんて言うか、ジェラシーみたいなものが作用したからじゃないかしら」

「なるほど……じゃあ、お母さんが弟である叔父さんを好きじゃないっていうのも、あなたの思い込みなんですか？」

「それは……母に聞いたわけじゃないから、思い込みなんでしょうね、きっと」

「そう、そうですか。それじゃ、僕のさっきの意見は撤回します」

浅見は紗枝子の「肉親の情」を、逆撫(さかな)でするつもりはないから、あえて反論はせず、最後は笑いながら言った。

「叔父さんにはくれぐれも黙っていてくださいよ」

「もちろんですよ。そんなこと、言えるはずはありません」

紗枝子はほっとしたように立っていって、明かりのスイッチを入れた。ますます暮色のような暗さを増してきた。時刻はまだ二時になろうとしているところだが、分厚い暗雲が垂れ込めてきたのだろう。

たてつけの悪いどこかの戸か窓が、カタカタと鳴っている。風がさらに強くなりつつあるらしい。

「どうしようかな……」

浅見は外の様子を見て、呟(つぶや)いた。

「どうするって、警察ですか？」

浅見が「増田殺しだけは告発しなければならない」と宣言したのを気にするのか、紗枝子は早トチリして言った。

「ははは、そうじゃありません。きょう、これからどうしようかと思って。助太郎さんは暴風雨になるから、さっさと帰ったほうがいいって言っているんですけどね」

「そう、かもしれない。船は欠航するし、それに……」

紗枝子は自信なさそうに言った。

「このまま島に留まると、何かよくないことが起きるような気がするわ」

「あなたもそう思いますか。僕もそんな気がしてならないんです。しかしこのままで引き揚げるのも、かえってよくない結果に繫がりそうだし……」

「よくない結果って？」

「何か分からないけど、もっと悪い何かが起こる予感がします」

「また誰かが死ぬとか？」

「そう」

「誰ですか？」

「それは分かりませんよ。分からないが、しかし不安です。そもそも、助太郎さんが、美瀬島の秘密を僕に洗いざらい喋ってくれたことからして、考えてみるとおかしいでしょう」

「じゃあ、浅見さんを生かしたままでは帰さないってことですか？　まさか、そんな恐ろしいことを……」

ありえないことではない。ふだんなら笑い捨てるところだが、浅見も顔が強張って、とてものこと笑う心境ではなかった。

菜穂子が「お昼の支度ができたっけんが」と呼びにきた。

「父さんは？」と紗枝子が訊いた。

「まだ戻らねえな。先に食べてんべや」

食卓に出ているのは、伊勢海老が半身分入った豪勢なうどんだった。長い髭が丼から威勢よく飛び出している。あちこち歩き回った浅見は、空腹を通り越して、目も眩むばかりだったから、その光景は感動的だった。

「すごいですね。これは、今朝上がったばかりの伊勢海老ですか？」

「そうですよ、市場で分けてくれたんだ」

フワーッと立ちのぼる香りといい、伊勢海老のミソがたっぷり滲みだしたダシといい、これ以上はない贅沢である。

「平和で、豊かな島ですねえ」

浅見はしみじみと、感想を言った。

「そうだねえ、平和で豊かだねえ」

菜穂子も満足そうだ。島のほとんどの人々はそれを信じて、ひとかけらの不安もなしに暮らしているのだろう。しかし、この平和も豊かさも、じつは危険で脆弱な岩盤の上にあるのかもしれない。

あつあつのうどんを食べ終える頃になって、紗枝子の父親・茂が帰ってきた。

「お先にいただいております」

浅見が挨拶するのに、「ああ」と気のない返事をして、テーブルの向こうに坐り、自分の丼が運ばれてくるのを待っている。

「海は荒れてきた？」

紗枝子が訊いた。

「ああ、荒れてきたな」

「早く引き揚げたほうがいいかしら」

「そうだな、早く引き揚げたほうがいい」

「だけど、連絡船、欠航しない？」

「欠航かもしんねえな」

まったく逆らわない。心ここにあらざる状態に見える。紗枝子も呆れて、話しかけるのを諦めた。

「何かあったんですか？」

浅見が訊くと、ギクリと反応した。

「ん？　いや、べつに、何も……」

嘘のつけない、穏やかで小心な人柄がよく分かる。正叔父とは対照的だ――と、紗枝子の「弁護」にもかかわらず、浅見はひそかにそう思った。

「廣部代議士はどうしました？」

「えっ……」

「もう島を離れたのでしょうか？」

「いや、知らんけど、まだだっぺな。ああ、まだ役場におったな。まだだな」

（なぜ、そんなにしどろもどろに答えなければならないのだろう――）

浅見は猛烈な興味を惹かれた。

「話は違いますが、新しい船がそろそろできてくる頃ではありませんか？」

「ああ、そうだね、あと一週間ぐらいで引き取りに行くよ」

「今度の船は性能がいいのでしょうね」

「それはあんた、物が違うよ。いままでのもそこそこよかったっけんが、スピードがせいぜい二十数ノットだったのが、今度のやつは三十ノット以上も出せる。ちょっとした高速艇なみだもんな」

自家薬籠中の話題のせいか、うって変わって、淀みなく答えた。

「船の仕上がり具合の検分には、あなたも名古屋へいらっしゃったそうですね」

「ああ……えっ、いや、ああ、そうだな」

とたんに弱気な語調になった。それを救うように、ちょうどタイミングよく、菜穂子がうどんを運んできた。

座敷に戻ると、紗枝子はまた抗議する口調で言った。

「父に船の話するの、やめてくれませんか。かりに船の検分に行ったことと、増田さんの事件とがたまたま同じ日だったとしても、あの父に人を殺せるはずがないでしょう。関係のない人間まで巻き込まないでください」

「お父さんが犯人だなんて、僕も思っていませんよ。しかし、名古屋へ船を見に、お父さんたちが乗って行った船が、事件に関係した可能性は限りなくあるのですから、そのことはいずれ、クリアにしなければならなくなります。それを僕の手でやるか、情け容赦のない警察の手でやるか、どちらを選ぶかの問題です」

「そんな……脅迫するんですか」

「参ったなあ、脅迫なんかするはずがないでしょう。これはあくまでも勧告です。天羽さんがそんな風に何もかも拒否するとなると、僕は仕方なく独走することになります」

「独走って、どういうこと？」

「これでもあなたに対しては、二人三脚のつもりで、ずいぶん気を遣ってセーブしているんです。その歯止めをはずして、思うままに捜査を進めるとなると、最終的には……

というより、ごく早い時点で警察を導入しないわけにいかなくなるじゃありませんか。そうしたくないから、できるだけ僕の手で真相を明らかにしてしまいたいのです」

「……」

このほうがよほど脅迫めいている。紗枝子は恨めしそうな目で、沈黙した。

「増田さん殺害の真犯人として、最も疑わしいのは廣部代議士です」

浅見は紗枝子を安心させる意味で、その点を強調した。

「これは助太郎さんにも確かめた話ですが、増田さんが廣部氏に反旗を翻そうとしたのは、廣部氏に弱点があったからです。廣部氏は、美瀬島を媒介として朝鮮——とくに北朝鮮とルートが繋がっています。その点はじつは廣部氏の政治的特性として生かされているのだけれど、それと引き換えに裏の面で何か、廣部氏の負い目となっているものがあるはずです。増田さんはその弱点を衝いて、廣部氏失脚を図ろうとしたのでしょうね」

「弱点て、密輸とか、そういうことですか？」

「そう、それに、助太郎さんは明言は避けたけれど、麻薬も絡んでいるのかもしれない。コメなどの経済援助にも深く関わっていて、そこから生じる利権にもうま味があるそうです。それにしても、廣部氏が日本の政治家の中で傑出して、北朝鮮に外交交渉のルートを持っているのは、どういう理由があったのですかね？」

「さあ……浅見さんが知らないことを、私が知ってるはずないじゃないですか」

「いや、僕も政治には弱いですよ。外交問題もさっぱり分からない。とくに北朝鮮は閉ざされた国だし、拉致問題やテポドンや不審船問題などで、日朝関係は最悪でしょう。だのに廣部氏だけが北朝鮮と緊密な関係を結べたそもそものきっかけは、何なのかなあ……そうだ、ちょっと聞いてみましょうか。電話を貸して下さい」

浅見は腰を上げかけた。

「あら、浅見さんて携帯を持ってないんですか？」

「そうなんです、我が家の主義でしてね」

「ふーん、珍しい主義ですね。ルポライターなのに、不便でしょう。だったら、私の携帯を使ってください」

紗枝子の携帯で「旅と歴史」の藤田編集長に電話した。廣部代議士の北朝鮮ルートを訊くと、「なんだ浅見ちゃん、そんなことも知らないで、よくルポライターが務まるね」と皮肉たっぷりの前置きで教えてくれた。

「先代の廣部英視(ひでみ)氏の功績だよ。例の『よど号』ハイジャック事件のさ」

「ああ、それは確か、北朝鮮に亡命する連中がやらかした事件でしたね。それがどうかしたのですか？　ずいぶん昔の話でしょう」

「そうだけど、『昔』とは驚いたなあ。浅見ちゃんの年代になると、その程度の受け止め方なのか。そぞろ世代の差を感じるね。あれは一九七〇年の春だな。日航の『よど号』が日本赤軍九人にハイジャックされ、韓国のソウルから北朝鮮のピョンヤンへ向かうように指示された事件だ。その時、乗客乗員の身代わりとして人質になったのが、当時、運輸政務次官だった先代の廣部英視代議士というわけさ。それで男を上げた廣部英視氏は、その後、北朝鮮との良好な関係を維持し、当時の保守系政治家としては唯一、北朝鮮への入国がフリーパスだった。そのルートをいまの廣部代議士が世襲してね。二世の廣部馨也代議士にとっては、親父さんが残した最大の遺産みたいなもんだな」

「なるほど、そういうことですか」

　それで納得できた。一九七〇年といえばいまから三十年以上も前だ。その間に培われたであろう「親密な関係」は、廣部父子の政治生命を維持する上で、重要な要素であったことは想像に難くない。アメリカにテロ国家と名指しされ、国際常識が通じない、一筋縄ではいかない北朝鮮と、とにもかくにもパイプが繋がっていることで、廣部議員親子は保守政党の中でも独自の地位を保ち得た。しかも、その「表ルート」と同時に、美瀬島を媒介した「裏ルート」も機能していたのだ。文字どおりの「鬼に金棒」だっただろう。

　ただし、親密さも三十年ともなると、緊張感が失われ、馴れ合いどころか、悪しき関係の道へ踏み込んでゆくことになった可能性のあることも否定できない。廣部氏側と、北朝鮮の窓口担当者や政治家とのあいだで、何らかの利権がらみのビジネスが発生したとしても、不思議はない。北方四島を食い物にした代議士がいい例だ。

「増田さんは、その秘密を告発すると、廣部代議士を脅したのでしょう」

藤田との電話を切って、浅見は会話の内容を紗枝子に伝えた。

「しかし、廣部氏の利権は、同時に美瀬島を潤(うるお)している経済的な基盤に結びついていると考えられます。ある意味で、美瀬島と廣部氏とは、クジラと小判鮫(こばんざめ)みたいな共生関係にあるのかもしれない」

「どっちがクジラで、どっちが小判鮫なのかしら？」

「ははは、それはもちろん……」

言いかけて、浅見は（どっちかな——）と分からなくなった。それを糊塗(こと)するために、とってつけたように「ところで、廣部氏は何をしに来たのかな？」と首をかしげた。

「お父さんの話だと、まだ役場にいる様子ですね。この時期、美瀬島でのんびりしているひまがあるとも思えないけど、何か切迫した事情でもあるのかもしれないな」

はぐらかされたと察知したのか、紗枝子は口惜しそうに、少し口を歪(ゆが)めた。

「男の人って、いろんなことを考えるんですね。それとも、浅見さんだけが特別？　次から次へと、目まぐるしいくらい。頭の中がどうなっているのか、覗(のぞ)いてみたいわ、だけど私だって、何か材料さえ手に入れば、いい知恵が浮かぶかもしれない……」

言いながら紗枝子はふっと何かを思いついた表情になった。

「そうだ、あれは何だったのかな？　年賀状のことは……」

「年賀状がどうかしたのですか？」

浅見の質問にチラッと一瞥を投げて、紗枝子は視線を中空に泳がせながら、いま思いついたことの意味をまさぐる表情になった。

「ええ、年賀状がね、どうしてこなかったのかなって……そんなはずはないと思うんだけど。変だわ……」

「何がどう変なのですか？」

自分の思案に耽って聞こえないのか、それとも聞こえないふりを装っているのか。紗枝子の真剣そのもののような顔が急に崩れて「あっ、そうかも……」と呟くと、スッと席を立った。

「どうしたんですか？」

浅見の問いかけには「ちょっとね、思いついたことがあるから」と、得意気に少し笑っただけで、何も言わずに部屋を出て行った。

ただならぬ様子に不安を感じながら、浅見は（トイレかな――）と思って見送ったのだが、それっきり、いくら待っても現れない。何だか置き去りにされた恰好だ。もっとも、独りでいるほうが思案をするには都合がいい。これまで辿ってきた「事件ストーリー」の全体像を見直して、あらためて頭の中で再構築する作業を始めた。

(キーワードは「正叔父」だな——)

やはりその結論に達した。

その時、まるで浅見の胸の内を見透かしたように、玄関で正の甲高い声がした。

「兄さんよ、天栄丸へ来てくれってよ」

対照的な低い声が「おう」と答え、重い足音が廊下を去って行った。

3

浅見が玄関先へ出た時には、茂と正は四、五十メートル先を歩いていた。フードつきの合羽を着たダルマのような恰好の二人が、東寄りの強風に身を預けるように、ゆらゆらと、肩をときどきぶつけながら遠ざかる。時折、ヒョウのような大粒の雨が横なぐりに吹きつける。おそらく何か声高に喋っているのだろうけれど、聞こえるのは屋根を打つ雨音と、耳を吹き抜ける風の音ばかりである。

何か突発的なことが発生したのだろうか。義兄を呼び出しに来た、あの正の甲高い声の様子は、そういう想像を惹き起こす。

もっとも、網元である天栄丸が、台風の接近を警戒して配下の漁師たちに集合をかけるのは、ごく当たり前のことかもしれない。

玄関に隣接した部屋でテレビが台風情報を流している。ついさっきうどんをご馳走になったばかりだが、この板敷きの広い部屋は居間と食堂を兼ね、それに遠慮のいらない人々のための応接間としても使用されるらしい。

紗枝子がいるかと覗いてみたが、彼女の姿はなく、人けのない部屋で、ややボリュームを絞ったテレビの音だけが流れている。台風はどうやら関東地方に上陸しそうな気配であった。房総半島にとっては最悪のコースを辿っているようだ。「海上はさらに風波が強まり、六メートルから八メートル以上の波になるでしょう」と、アナウンサーが警戒を呼びかけていた。字幕スーパーが羽田と成田の航空機の発着は軒並みストップし、大島などの離島を結ぶ船や東京湾フェリーも欠航を決めたと伝えている。

（もう遅いかな――）と浅見は思った。すでに連絡船は運休して、島を脱出するチャンスはなくなったかもしれない。

足音がして、菜穂子が入ってきた。佇んでテレビに見入っている浅見に気づいても、あまり意に介さない様子で、「ヨッコラショ」と掛け声とともに、ダイニングテーブルの上に大豆の入った大きな笊を載せた。隣に空の大笊と手前には平たい小ぶりの笊を置き、椅子に腰を据えると、傷んだ豆を取り除く作業を始めた。小笊に取った豆を選別して、上質のものだけを空の笊に移していく。都会の人間には考えられない、気の遠くなりそうな非効率的な作業である。

「手伝いましょうか」

浅見が向かいあう椅子に坐ると、「ああ、そうだね」と言ってくれた。

「この豆はどうするのですか?」

「味噌(みそ)を作るんだよ」

「お正月の準備ですか」

「あはは、正月っても再来年の、もう一つ先の正月だよ。それまで最低、二年は寝かすんだ」

「大変な作業ですね」

「そうでもねえよ。どこの家でもやっとる当たり前のことだ」

何という穏やかさだろう——と浅見は感心した。ここには人間らしい本物の暮らしがある。都会人はもちろん、農村や漁村に住む人々でさえ、とっくに見失ってしまったような暮らしである。二年先に食べる味噌を仕込むのも「当たり前」と言ってのける感覚を持ち合わせている人間は、いまの日本にどれくらいいるのだろう。

「いいですねえ」

「はあ? 何がだいね」

「美瀬島では、時間がゆったり流れているような気分がします」

「そげなことはねっぺ、日が昇るのも日が沈むのも、時間どおりだっぺ」

「ははは、そうですね、確かに」

しばらく、豆の選別に没頭して、会話が途絶えた。

「あんた、あれかね……」と、菜穂子が言いにくそうに切り出した。

「うちの紗枝子を嫁にしてくれるんかね」

「えっ……」

浅見はうろたえた。しかし、これまでの経緯からいって、そんなふうに思われても不思議はないかもしれない。

「いえ、残念ながら、紗枝子さんとはそういう関係ではありませんが」

「そうではねっぺ。北浜の松林の中で何かあったと、正が言ってたよ」

「ああ、あれはですね、じつはちょっとした行き違いがありまして、つまりその、誤解のようなものです」

「ふーん、そうけえ、やっぱり、ただの遊びかね」

「いえ、遊びも何も……」

「ええんだよ、遊びでも。それでどうこう言う気はねんだ。いまどきの若い者はみんな自由にやってんだっぺ。紗枝子が島を出て行った時から、おらたちは諦めてんだ。あれはあんた、この島には落ち着かねえ運命にあんだよ。ばあちゃんもそう言ってる」

「運命って、そんな……」

参ったな――と浅見は頭を抱えた。呑気そうに見える菜穂子が、運命論者だとは思いもよらないことだ。祖母のハルもそうだというから、この島の人たちは運命に逆らわない、諦めのいい性格なのかもしれない。

「しかし、紗枝子さんが島に戻らないと、お宅の跡継ぎに困りませんか？」

「跡継ぎみてえなもん、無くてもええが、そん時は正が継ぐっぺ」

「なるほど……」

頷いて、浅見は豆を拾いながら、さり気なく言った。

「正さんはおいくつの時に、美瀬島に来たのですか」

「え？……」

菜穂子はチラッと視線を上げたが、予想したほどには動揺しなかった。

「二つか三つか、まだ赤ん坊みてえな頃だっけんが……だっけあんたはまあ、何でも知ってんだねえ。誰から聞きなさった？　紗枝子にも言ってねえのによ。助太郎さんとこかね？　それともばあちゃんだっぺか？」

「それを言うわけにはいきません」

まさかカマをかけたとも言えないので、浅見は笑ってはぐらかした。しかし、内心では自分の憶測が的中したことに、むしろ驚いていた。その驚きを悟られないうちに、ついでのように軽く言った。

「祖国は北朝鮮だそうですね」

「そうなんだけど、なんでまた……」

「正さんのことはともかく、天栄丸のサトミさんまでがそうだとは驚きました」

「あれまあ……やっぱり、助太郎さんが喋ったんだね。自分から、喋ったらなんねえって言ってたのによ」

「いえ、僕は助太郎さんに聞いたとは言ってませんよ」

「だっけんが、ほかにはいねっぺ……いや、そうでねえか、正かね」

「正さんもご存じなんですか？」

「ああ、知っちまったよ」

「じゃあ、里見家文書を見たんですね」

「えっ……」

今度こそ菜穂子は度肝を抜かれたという顔になった。豆を選別する手も停まった。

「びっくりしたなもう……何でそげえに何でも知ってなさるだ？　あんたも里見家文書を見たんかね」

その問いには答えず、浅見は訊いた。

「里見家と天羽さん一族の関係は、どういうものなのでしょうか？」

「おらも詳しいことは知んねえけど、あの文書の系図によれば、天羽の先祖は里見家の一族で、富津（ふっつ）に天羽城つうのがあったそうだ」

富津は房総半島の西海岸、館山市のすぐ北隣である。

「里見家が御家断絶した時に、美瀬島におった一族だけは天羽姓を名乗って、幕府に追われねえですんだつうんだっけんが、美瀬島の里見一族のずーっと昔の先祖は、たぶん海賊みてえなことをしていたんでねえか。系図にはそげえなことは書いてねくて、里見家から後の家系図になっておったけど、それだと清和天皇さんから始まって、源頼朝から里見家に繋がってるつうことになってんだよ。それがほんとなら、うちは天皇さんの親戚つうことだかね」

菜穂子は「ははは」と笑った。

「そんな昔からの系図なんですか」

「ああ、そうだよ。代々の主が紙を継ぎ足しては書き加えてきたんだ。いちばんの大本は浄清寺さんにある巻物だけどね」

「では、こちらのお宅にあった系図に、最後の部分を書き加えたのは、どなたなのでしょうか？」

「それはばあちゃんだよ。ばあちゃんもおらも婿取りをしたから、その後を書き加えるのは、おらつうことになるね」

つまり、天羽家は二代にわたって女系家族だったというわけだ。それでまた、いろいろなことがはっきり見えてきた。一般的にいえば、長男が家を継ぐのがふつうだから、天羽家も本来からすると、当然「長男」である正がそうなるべきだ。ところが実際は菜穂子が婿を取って、正は家を出ている。それはつまり、正が本物の天羽家の正統ではないことを意味している。

「正さんがその事実を知った時は、さぞかしショックだったでしょうね」

「そうだっぺなあ。正には可哀相なことをしたんだ。系図に紗枝子の名前はあるのに、自分の名前がねえつうて、真っ青になっていたっけなあ」

「それはいつのことですか？」

「ことしの春頃でなかったか。ばあちゃんは正の名前は書きたくなかったんだっぺなあ。それはおらが後で書く時に、ちゃんと加えておくからつうたんだっけんが、そういう問題ではねえつうて、怒ってたんだ」

「そうでしょうねえ、誰だって動揺します。僕なんかだったら、その後の性格まで変わってしまうかもしれません」

「そうだね、確かにそうだっぺな。正もそれからこっち、性格が変わったかしんねえ。いっときは荒れて荒れて、手がつけられねかったんだ。自棄（やけ）を起こして、何かやらかさねばええけどと思ったんだが」

「何かあったのですか？」

浅見は一応、訊いた。ひょっとすると——いや、おそらく間違いなく増田の事件に関与しているのだが、それは菜穂子の与り知らぬことだ。

「何かあっただか……とにかく、いままでは何もなかったんだ。神宮さんと浄清寺さんと助太郎さんとで、説得してくれたつうことだっけんが、それで落ち着けたもんだかどうだか。いつか何かやるんでねえかなあ」

「そうでしょうか、そんなふうには見えませんけどねえ。確かにきついことをおっしゃることはありますが、仕事も熱心になさっているし、少なくとも美瀬島のルールを守って、北浜での祭事なども、神宮さんや助太郎さんの指示に従って、しきたりどおりにやってましたよ」

「ああ、そうだねえ、このところはだいぶんよくなったみてえだね。また何か心境の変化でもあったんかもしんねえな」

もしそうだとすると、何がその心境の変化をもたらしたのか、興味を惹かれた。

賽の河原のように思えた豆の選別作業も、会話が弾んでいたせいか、意外なほどあっけなく終了した。菜穂子は「手伝ってもらって助かった」と喜んでくれた。

「嵐になるんで、晩ご飯は早めにすべえ」

そう言われて気がつくと、風雨はますます強まり、気温が急に下がった。帰るか留まるか、紗枝子と相談して決めようと思っていたのだが、紗枝子はいっこうに姿を見せない。どのみち、このぶんだと泊まることになるのだろうけれど、それにしても、紗枝子はどこで何をしているのだろう。

「紗枝子さんはどちらですか？」

台所に立った菜穂子に訊いた。

「さあなあ、どこへ行ったか、さっき外へ出て行ったっけんが」

ということは、あの時からずっと外出したままなのか。あれからすでに二時間近く経過した。彼女の身に何か起きたのでなければいいけれど——。そのことと、茂と正の慌ただしげな行動と、吹き募る風雨と、何やらそれこそ風雲急を告げるような雰囲気になってきた。

居間を出かかった時に電話が鳴って、浅見をギョッとさせた。菜穂子が電話に出て応対する様子から、電話はご亭主の茂からのものらしい。「はいはい、分かっただ」と受話器を置いて「主人も正も帰らねえつうんで、今夜はみんなでうんと旨えもんを食べべやな」と言った。

「天栄丸さんですか」

「ああ、廣部先生を囲んで、宴会でもやるんでねえか」

とすると、廣部代議士も足止めを食らったということか。

その直後から、ついに本格的な暴風雨になった。すべての雨戸を閉めきった屋内にも雨気を孕んだ隙間風が吹き抜ける。窓の外はふだんより一時間も早く、もう完全な夜景である。

伊勢海老か、それともアワビを焼くのか、香ばしい匂いが台所から漂ってきて、菜穂子の予告どおり、夕餉の支度は進んでいるらしい。しかし紗枝子はまだ帰っていない。この狭い島のどこへ行ったというのだろう。なぜか不吉な予感がする。こういう時の勘がしばしば当たることを、これまでの経験から浅見は自覚している。

菜穂子が「食事の用意ができたっけんが」と呼びにきた。襖を開けた恰好のまま、「紗枝子はどこへ行っちまったかねえ」と浮かない顔である。ともあれ「食堂」へ行って、テーブルに向かった。伊勢海老の刺し身と、伊勢海老を殻つきのまま塩焼きしただけのものと、アワビの残酷焼きと、イカの刺し身、ヒラメの煮つけ……豪華絢爛な食卓である。島の人たちは食べ慣れているだろうから、これは明らかに客を接待するためのメニューにちがいない。

浅見は、見事な料理を眺めながら、まるでおあずけを食ったイヌのように、唾を飲み込んだ。

「冷めちまうねえ。東京じゃ、めったに食べられねえつうから、気張って料理したってのに、何をしてんのか」

菜穂子はますます浮かない顔だ。何度も時計を見上げ、とうとう諦めて「どうぞ、食べ始めてください」と勧めてくれた。

「いや、せっかくですから、もう少し待ちましょう」

その時、玄関の格子戸を荒々しく開ける音が聞こえた。湿気を孕んだ冷たい風で、家の中の気圧が上がった。

菜穂子が立って、玄関へ向かった。「どこで何してたんだ?」と、いきなり叱る声が聞こえた。「こんなに濡れちまって」と、いたわるようなことも言っている。

紗枝子の声は聞こえなかった。その代わりにパタパタと雨の雫を払う音がして、乱れた足音が式台を上がってきた。

振り向くと、開けたままの襖の向こうに紗枝子が立っている。頭からずぶ濡れで、カーディガンの毛先の雫が、電灯の光で霜のように光っている。その恰好も異様だが、彼女がこっちを見る、血走った目の様子がただごとではなかった。

「早く着替えてこねえか。風邪を引いちまうよ」

母親の声をまったく無視して、じっと動かない。浅見は思わず立ち上がった。

「どうしたんですか?　何かあったの?」

紗枝子は何か答えようとして口を半開きにしかけたが、言葉にはならなかった。よほど恐ろしいことにでも遭遇したのだろうか。浅見は近寄って、両手で紗枝子の肩を揺すって「しっかりしなさい！」と叱った。

4

浅見の叱責に目だけを反応させて、その直後、紗枝子は脱力したように、膝と腰からくずおれ、廊下にへたりこんだ。駆けてきたのか、息はぜいぜいと荒い。寒さのせいか、それとも恐怖のせいなのか、全身がガクガク震えている。

菜穂子がびっくりして駆け寄ってきた。背後に回って、紗枝子の両脇に腕を差し込んだが、持ち上げるどころか、倒れないようにするだけで精一杯である。浅見を見て、何とかして欲しい様子を見せた。浅見は紗枝子の左腕を自分の首に巻くと、母親と一緒に脇を支えて立ち上がらせた。ぐしょ濡れのカーディガンとブラウスを通して、紗枝子の体が冷えきっているのが分かった。

二人で苦労して立ち上がらせたが、歩く気力も体力もないらしい。とにかく引きずるようにして風呂場まで運んだ。そこから先は母親に任せるしかないが、菜穂子が乾いた衣服を持ってくるあいだ、浅見は風呂場で紗枝子に付き添った。

（いったい何があったのか？――）

「浅見さん……」と、紗枝子がかすかな声で呼んだ。表情を覗き込むと、目はうつろなまま、口だけを動かしている。

「ん？　何？　どうしたの？」

「誰にも、言わないで」

「言わないって、何を？」

「恐ろしいものを、見たの」

「何を見たの？　どこで何を見たの？」

「イ……」

言いかけた時、風呂場のドアが開いて菜穂子が入ってきた。

「浅見さん、すまねっけんが、ちょっくら手伝ってくれねえか。着替えさせるんで」

「あ、いや、それは……」

浅見はうろたえて、風呂場から逃げ出しかけたが、菜穂子は「お願えだよ、早くしねえと死んじまうっぺ」と険しい声で言った。確かに常識的なことを言っている場合ではなかった。紗枝子はそれこそ木偶人形のようだし、体にへばりついたような衣服は脱がせにくい。仕方なく浅見も菜穂子に協力した。

カーディガンを脱がせ、ブラウスを脱がせたところでやめるかと思ったが、母親は構わずブラジャーを取った。青ざめた皮膚の中で乳首だけが存在感を誇示しているようで、浅見は目のやり場に困った。

菜穂子は、いざという場合の母親の逞(たくま)しさを遺憾(いかん)なく発揮した。

「浅見さん、抱いててくんな」

言うなり、浅見に有無を言わせず紗枝子の上半身を委(ゆだ)ね、自分は足元に回ってジーンズを引き下げる作業にかかった。これがなかなか難しかった。一緒にショーツまで脱げかけたのを、菜穂子はさすがに慌てて元に戻している。

狭い風呂場の中の作業だから浅見の背中は壁に押しつけられた状態のまま、動けない。その浅見に仰向けに体を預けた紗枝子と、その先でジーンズを脱がせている菜穂子——という図は、第三者が見たら妙な光景にちがいない。

ようやく衣服を脱がせ終えると、菜穂子は浅見と役割を交代して「シャワーを出してくんな」と命じた。

浅見は言われるままシャワーを出し、湯を適温にセットしたが、菜穂子は娘を抱いたままの恰好である。

「お母さん、濡れますが」

「構わねえから、早くしてくんな」

ほとばしる湯を紗枝子の肩から胸の辺りにかけた。菜穂子は「もっと、手先とか、足にもかけてくんな」と指示する。島の人間なら誰しも、海難事故などで凍えた人間に対処した体験があるのかもしれない。じつに手際がいい。

紗枝子の皮膚に血の色が蘇ってきた。形のいい乳房が桜色に染まった。そうなると、もはや「遭難者」としてでなく、生身の女性を意識せざるをえない。

「もう大丈夫ですね、早く衣服を着せたほうがいいでしょう」

浅見は半分逃げ腰で言い、シャワーを止めると、乾いたタオルを取り、菜穂子と手分けして、紗枝子の全身をゴシゴシとこすった。紗枝子がちいさく咳をして、「ありがとう」と言った。どうやら意識もはっきりしてきたらしい。

なんとか自力で立ち上がった紗枝子に浴衣を着せ、菜穂子は最後まで残っていた下着を替えにかかった。浅見はもちろん、大急ぎで風呂場から退却した。

部屋に戻る途中、ハルの部屋から「何かあったんか？」と、力のない声が聞こえた。浅見は襖を細めに開けて、「いえ、食事の支度を手伝っていて、鍋を引っ繰り返しちゃったものですから」と言った。シャワーのしぶきが服にかかっていることは事実だ。

「いますぐ、ご飯をお持ちするそうです」

それでハルが納得したかどうかは確かめずに、襖を閉めた。

紗枝子が布団に横になった頃を見計らって、浅見は座敷を覗いてみた。

「お祖母さんのお食事はどうしますか？」

そう声をかけると、菜穂子が振り返り、「あ、浅見さん、ちょうどよかった、入ってくんなよ」と言った。

「紗枝子が浅見さんを呼んでくれって言うんだよ。何か話してえことがあんだと」

菜穂子は「そんなら、ばあちゃんのご飯をしてくっから」と席をはずした。

母親の足音が遠ざかるのを十分に確かめてから、紗枝子は小声で言った。

「石橋先生を見ました」

「えっ……」

思わず前かがみになった。

「どこで？」

「小島さんの家です」

「ああ、石橋先生が下宿していた……」

そのことは知っていたが、美瀬島のどの辺りかも分からない。

「それで、どうだったんですか？」

紗枝子のただごとでない様子から、石橋先生との出会いが尋常なものでなかったことを想像した。

「まさか、死……」

死体を見たのでは？――と言いかけて、やめた。

「生きてたけど、死ぬよりもっとひどいかもしれない」

「どういうこと？　ちゃんと話してくれませんか」

「さっき、浅見さんと話していて、とつぜん思い出したことがあったの。九月の連休に帰省した時……浅見さんと初めて会った日のことだけど、その前に小島さんのところへ行ったんです。石橋先生が昔、下宿しておられたから何か知っているかと思って……。石橋先生の消息を知らないかって聞いたら、小島さんは知らないって言って、石橋先生からは一年前から手紙も年賀状も来てないって言ったの。その時は何気なく聞いていたんだけど、それって変でしょう。そのことが、ふいに頭の中に閃いたの」

「ん？　変て、何が？」

「だって、手紙はともかく、その前の年まで来ていたのに、どうして今年に限って年賀状が来なかったのか、おかしいじゃないですか」

「そう……です、かね……」

浅見は首をひねった。

「そうですよ、おかしいですよ。もっと前から来ていないのなら分かるけど、今年から来ないっていう理由はありませんもの。私のところにはちゃんと来てたし。それじゃ、もしかすると美瀬島の人とは文通もやめたのかと思って、念のためにうちの年賀状を調べてみたら、ちゃんと母と祖母宛てに年賀状が届いてました。もちろん、いつもと変わらない感じの年賀状でした。それなのに、うちなんかよりずっとお世話になっていたはずの小島さんのところだけ来ないって、そんなのおかしいですよ。小島のおばさんは何か隠すために、とっさにそんな嘘をついたのだなって思ったの」

「なるほど」

浅見は感心した。紗枝子の感性の鋭さ——というより、女性が共通して持ち合わせている鋭敏さというべきかもしれない。

「そのことに気づいて、それで小島さんの家へ行ってみたんです。そしたら……」

紗枝子は恐怖の体験が蘇ったのか、身を縮めて、布団の襟を顎の上まで引き上げた。

小島多恵の家は天栄丸の天羽家が所有していた畠と果樹園の中にある。以前は農機具などを入れていた倉庫を建て直して、人が住めるようにしたものだそうだ。といっても、直してからすでに四、五十年は経っている。

空は異様に暗い。風は強かったが、雨はやんでいた。村道の坂を逸れて、畠の中の細い道を少し入った、集落からはポツンと離れたところに、建物はある。背後の松林が風を受けて大揺れに揺れて、ものすごかった。そこまで行って、紗枝子は何となく不吉な予感に襲われ、よっぽど引き返そうかと思ったが、すぐ目の前に迫っている小島家を見て、理由のない躊躇いを払い捨てた。

小島家は一カ所だけ窓に明かりがついているほかは、暗く、静まり返っていた。（留守かな——）と思いながら、「こんにちは」と声をかけてみた。返事はなかった。

紗枝子は思案して、軒下でしばらく待ってみることにした。電気をつけっぱなしにしているのは、遠くへ行ったわけではない証拠のように思えた。それに、にわかに強い雨が降りはじめて、軒下から出られなくなったこともある。

ずいぶん長い時が流れた。吹きつける雨しぶきで衣服が冷たく濡れてきた。そのうちに、とつぜん歌声が聞こえた。女の、細く甲高い声である。雨の音でかき消されがちなせいばかりでなく、メロディも歌詞も聞いたことのない歌だ。しばらく聞いていて、

（朝鮮の歌？——）と思った。

それよりも、歌声が聞こえてきたこと自体が思いがけなかったから、紗枝子は背筋が寒くなるほど驚いた。

歌声は明かりのついている窓から漏れてくるらしい。紗枝子は、軒下伝いに建物を廻って、恐る恐るその窓の下まで行った。軒から落ちる雨の雫は容赦なく肩や背を叩く。上空に寒気団があるためなのか、予想以上の冷たい雨であった。

やはり歌声は窓から聞こえていた。異様に甲高い声だが、声の色にどことなく聞き覚えがあるような気もする。

（どうしよう——）

紗枝子は迷った。声をかけてはいけないような気がしたし、さりとてこのまま帰ってはなお、いけないようにも思えた。そうしてついに腹を決めた。

倉庫として使われていた頃の名残なのだろうか、鉄格子の嵌まった窓は、いわゆる高窓のように、紗枝子の背丈よりはるか高い位置に切ってある。紗枝子は外壁に立てかけてある脚立を持ってきた。

いざその時になると、さすがに一歩、脚立に上がる足が重かった。二段上がったところで、目の位置が窓の下枠を越え、家の中の様子が見えた。

裸電球の下に女がいた。向こう向きで、長い黒髪が背中まで覆っているから、顔はもちろん、姿形もはっきりしない。紗枝子は大胆に、部屋全体を見下ろせる位置まで、さらに一段、脚立を上がった。

女は歌いながら、ゆるやかに手足と体全体を動かして踊っている。いや、踊りというほどまとまったものでなく、単に歌の調子を取っているような他愛のない身振りだ。少しずつ体の向きが変わり、やがてこっちに顔を向けた。

「あっ……」と、紗枝子は声を漏らした。息が停まるほどの衝撃だった。実際、顔の位置が半回転して見えなくなるまで、確実に十秒以上は息を停めていた。

（石橋先生――）

黒髪がハラリとかかった顔は、間違いなくあの石橋先生だった。不気味なほど白く、瘦せてはいたが、見間違うはずはない。

窓が目線より高い位置にあるせいか、石橋先生は紗枝子に気づかず、ゆったりとした踊りの動きをつづけ、顔の向きが変わっていった。

（どういうこと？――）

いったい石橋先生の身に何が起こっているのか、紗枝子には理解することができない。館山のアパートから姿を消して以来、ずっとここにいたのだろうか――。だとしたら、どうして？――と、頭の中でグルグルと揣摩憶測が渦巻いた。

石橋先生は踊りつづけ、またゆっくりと顔がこっちを向いた。

「石橋先生！」と紗枝子は呼んだ。

瞬間、石橋先生はギクリと動きを停めた。空耳と思ったのか、耳に手を当て、風の音の奥から何かを聞き出そうとしているように見える。紗枝子はもう一度、さらに大きく「石橋先生！」と呼び、窓ガラスを叩いた。

石橋先生の目がこっちを向いた。

紗枝子は「あっ」と、また小さく声を発した。石橋先生の目がうつろなのに気づいた。焦点の定まらない目で紗枝子を見たが、恐怖以外、何の感情の変化も示さない。明かりで照らされているのだから、こっちの顔が見えていないはずはない。もはや紗枝子の顔を見忘れたのだろうか。記憶を喪失したように、ぼんやりと口を開けたままだ。

（狂ってるの？――）

紗枝子は体が震えてきた。「どうしちゃったの、先生？」と呼びかけたが、まったく反応を見せない。

「先生！　石橋先生！　私です、紗枝子です」とさらに大声で呼んで、割れない程度に、ガラスを叩いた。

石橋先生は子羊のようにギョッと怯えて、ドアの方向へ後ずさった。ドアノブに手をかけて回したが、ロックされているのか、ドアは開かない。

（監禁されてる？――）と思ったとたん、紗枝子は脚立の上で足を滑らせそうになって、慌てて鉄格子にしがみついた。

冷雨のせいばかりでなく、心臓が凍りつくような寒さが襲ってきた。体がガタガタと震えた。全身が硬直して、動けなくなった。

その時、車が近づいてくる音が聞こえた。ヘッドライトが坂の下から雨を照らしてやって来る。紗枝子はわれに返って、やっとの思いで脚立を下り、建物の陰に身を隠した。

車は道路で停まって、助手席から小島多恵が降りた。

「ありがとな。いいよ、いいよ、傘はいいんねんだ」

そう言い置いて走ってくる。車はUターンして走り去った。多恵が軒先で衣服にかかった雨の雫をはたき、家の中に入ってしまうのを見届けてから、紗枝子はソロソロと動きだし、畠の中を抜けるといっさんに走った。

足の運びが異様に重く、まるで夢の中で何かに追われているようにもどかしかった。

雨が肺の中にまで飛び込んできて、死ぬほど息が苦しく、何度も立ち停まっては呼吸を整えた。家の明かりが見えてからも、玄関に辿り着くまで、千年も経つほど長く感じた。

紗枝子の話が終わって、浅見はしばらく声が出なかった。驚くべき展開だが、心のどこかで、こういう状況を予測していたような気もしないではなかった。

（贄門島では何でもありうる――）

いつかそう思っていたことが、現実に起きたにすぎない。それにしても、なぜ？――と、あらためて恐怖を感じた。

第十三章　怒れる島

1

どこかで何かが倒れる音がした。ゴウッと風が鳴り、窓を雨が叩く。建物のいたるところが震えている。

「どういうことだろう？」

浅見はようやく口を開いた。鉄格子の嵌まった部屋に監禁——という状況を想像しただけで、そのおぞましさのあまり、それ以外に言うべきことを思いつかなかった。新潟で九年間も少女を監禁しつづけた男の事件を連想した。

「石橋先生は失踪以来、ずっとそうして監禁状態にあったということですかね」

「だと思います」

紗枝子は囁くような声で頷いた。

「だけど、どうして小島さんのところなのだろう？」

「それは、あそこがいちばん人目につかないところだからですよ。美瀬島の中の離れ小島みたいなところっていう、ジョークがあるくらいです」

つまらない駄洒落だが、笑っている場合ではなかった。

「しかし、拉致・監禁は小島さん一人でできることではないでしょう。共犯——というより、むしろ主犯がほかにいるはずですね。そうそう、小島さんを送ってきた車は、誰が運転していたんですか？」

「それが分からないんです。暗くて、ヘッドライトの明かりだけが眩しくて、ぜんぜん見えなかったんです」

「男か女かも分からない？」

「ええ、でも、この島には車が二台しかないのだから、誰が運転していたのか、調べれば分かるとは思いますけど」

「誰であるにせよ、その人物が監禁に関係しているかどうかは分かりませんけどね。もしそうなら、道路でUターンして行ってしまわないでしょう。一応、家の中を覗いて、石橋先生の様子を確かめそうなものです」

「そうかな……そうですよね」

紗枝子は自分が目撃した事実さえ信じられないというように、首を振った。

「天栄丸所有の畠の中ということからいえば、助太郎さんのところの人物が疑わしいと考えていいのかな？」

「だとすると、サトミっていう、あの人ですか？」

「うーん、そんなことをしそうな人には見えないけど」

「やっぱり、正叔父かなあ……」

浅見は「しーっ」と唇に指を立てた。個人名が出ると、にわかにキナ臭い感じがしてくる。軽々しい憶測は禁物だ。

「とにかく、何をおいても、石橋先生を救出しなければならないな」

「でも、どうやって？」

ただちに救出したところで、この島を脱出する方法がない。ひとまずこの家に匿うといっても、紗枝子とハルを除けば、この家そのものが安全かどうか、完全に信用することはできないのだ。

「いま頃、天栄丸では何をしているのかな？」

「天栄丸がどうかしたんですか？」

「そうか、あなたは知らないんだね。あなたがいなくなって間もなく、正叔父さんがあなたのお父さんを呼びにきたんです。どうやら天栄丸で招集がかかったらしい。嵐に備えるのかもしれないけど、とにかくただごとではなさそうな様子でした」

嵐の前のような何かが起こりつつある予感は、ひたひたと迫ってくる。本物の嵐のほうも、地鳴りのようにゴウゴウと天地に吠えている。

「仕方がない、警察に連絡しますか」

「警察？……」

紗枝子は拒否反応を示した。

「何があったかはともかく、石橋先生が監禁状態にあることは事実なのだから、警察に通報する義務があるでしょう」

「警察はだめよ。だって、あれが本当に監禁なのかどうか、分からないもの」

「えっ、どういうこと？少なくとも鉄格子の嵌まった部屋だったのでしょう？」

「だけど、監禁じゃなかったのかもしれないし、先生は自由にしてたし……それに、誰も見張りがいなかったじゃないですか。ドアに鍵がかかっていたとしても、本気で逃げようと思えば逃げられるんだから。そうよ、あれは監禁じゃないんだわ」

「驚いたなあ。監禁でないとすると、石橋先生の自由意思でそこにいるってこと？そんなばかな……」

「ううん、鍵がかかっていたっていうのも、あれは私の見間違えだったかもしれない。とにかく警察はだめです。警察が来たら、この島はめちゃめちゃだもの」

ずっと顔を寄せ合い、囁き声で話していたが、紗枝子は思わず地の声になった。浅見は慌てて紗枝子の口を掌で覆った。

居間のほうで電話が鳴っている。廊下をバタバタと走って、菜穂子がそっちへ向かった様子だ。大きな声で喋(しゃべ)っているのだが、風雨の音にかき消されて、耳をすませても会話の内容までは聞き取れない。

それからまたバタバタと足音を立ててやってきて、菜穂子がこの部屋の襖(ふすま)を開けた。

「電話、途中で切れちまった」

浮かぬ顔で言った。

「何かあったの？」

紗枝子が半身を起こして訊(き)いた。

「船がどうしたとか言ってたが、お父さんの言うこともはっきりしねえもんね。聞き返そうとしたら切れちまった」

「かけ直したらいいじゃない」

「いや、それがよ、電話線が切れちまったみてえでよ。天栄丸んとこの番号押しても、通じねんだ」

「えっ、回線が切れたってこと？」

「紗枝子の携帯を貸してくんな」

「いいけど……あれ？　さっきどこへやったの？」

「さっきって、おめえが外から帰ってきた時かえ。おらは知んねっけ。あの時、持っていたんだかえ？　いや、ねかったんでねえか。風呂場で裸になった時には、何も持ってねかったよ。なあ浅見さん」

「は？　はあ、そうですね」

最前の光景を思い出して浅見はうろたえたが、紗枝子のほうはそれどころではなさそうだ。「じゃあ、どこかで落としてきちゃったのかな」と、そんなところにはあるはずもない、浴衣の袖(そで)や懐を押さえている。

その時、電灯がパパッと瞬いた。電圧が下がったのか、それともどこかで断線しかかっているのだろうか。

「電話線がやられたとすると、停電するかもしれませんね。懐中電灯とローソクを用意しておいたほうがよさそうです」

浅見が言った。

「ああ、そっだら大丈夫だ」

菜穂子がそう言っているそばからフッと停電した。一瞬で完全な闇(やみ)になった。都会と違って、遠いネオンの明かりすらない自然のままの漆黒(しっこく)の闇である。

「待ってるがい、いま明かりをつけっから」

菜穂子は手さぐり状態でどこかへ行った。勝手知った家の中とはいえ、あっちこっちでぶつかっているらしい音がする。

「こわい……」

紗枝子は言うやいなや、夜目が利くのかと疑うほど、正確に浅見の手を握ってきた。冷えきった手だ。浅見も思わず握り返して「大丈夫ですよ」と言った。それに力を得たのか、紗枝子はヘビのように身をくねらせて、両手を浅見の背中に回して抱きついた。少し熱があるのだろうか、手の冷たさとは逆に、上半身が火照（ほて）っている。

「どこへも行かないで」

闇への不安は、こういう場合はむしろ人間を大胆にするものらしい。それにしても、この突発的な事態にどう対応すればいいのか、かすかな「おんな」の匂（にお）いに襲われて、浅見は心臓が破裂しそうだった。しかし、臆病（おくびょう）な男の窮地を救うように、頼りない明かりと足音が近づいてきて、紗枝子は名残惜しそうに浅見を離れた。

油の燃える臭（にお）いがすると思ったら、菜穂子はランプを手にしていた。浅見が実用に供されているランプの現物を見るのは、たぶんこれが二度めぐらいだろう。

「へえー、こういうものが、ちゃんと用意されているんですねえ」

「そうだよ、電気はあてになんねえもんな」

電力会社に聞かせてやりたいような、ある意味では科学万能の社会に警鐘を鳴らす、深遠な哲学を思わせる言葉だ。

実際、ごく最近まではこういう暮らしがこの島にはあったことを実感させる。電気も、警察も、行政そのものも無縁なような――である。美瀬島は戦時中に軍に接収され、要塞化されようとしたことがあるそうだ。その一時期を除けば、政治的にも文化的にも、美瀬島は古代からずっと独自路線を歩みつづけていたのだろう。さっき紗枝子が言った「島の中の離れ小島」というのが、いみじくも「国の中の孤国」を連想させる。

浅見はランプの炎を眺めながら、しだいに深刻な気分に囚われていった。

菜穂子が、ハルの部屋にもランプを灯すために、部屋を出て行ったのも気づかなかった。

「浅見さん、どうかしたんですか？」

紗枝子が心配そうな声をかけた。

「いま、ふと思ったのだけれど……」

言いながら、浅見は自分の思念をうまく説明できるかどうか、筋道立てて考えようとしていた。

「美瀬島が日本の政治の中に組み込まれているのは、じつは仮の姿であるような気がしてきたんです。そう思えば、贄門岩で見た怪しげな儀式や不審船のこと、密輸入のこと、それに助太郎さんのところのサトミさんや正叔父さんの疑わしい素性などは、この島の人々にとってはごく日常的なことにすぎないのであって、なまじ国法に照らすようなことをしなければ、殺人すら、行なわれても不思議はないのかもしれない」

「えっ……」

あたかも危険なものを見るような、紗枝子の視線に気づいたが、浅見は意に介さないことにした。

「美瀬島は生きている……って、僕は思ったんですよ。ここでは、美瀬島自体の意思のようなものがあって、その上に暮らす人々は、島の意思の赴くままに生かされているのではないだろうか。大きく言えば、地球上の生きとし生けるものすべてが、地球の意思で生かされているとも言えるわけだから、そうであってもおかしくないでしょう。もともと、どこの国の人だって、その国独自の哲学の上で生きてきたし、現に生きているんです。美瀬島には美瀬島の生き方が、朝鮮には朝鮮の生き方が、イスラムにはイスラムの生き方があっていいはずなのに、なぜかそうはさせてくれない……というか、逆にその生き方の中に納まっていられなくなって、他に影響を及ぼしたくなったりもする。平和で穏やかだったはずの島が、国が、世界が、動乱に巻き込まれてゆくのは、人間の愚かさのせいで、島や国や地球には責任はないんです」

言葉を止めると、急に風雨の激しさがつのるようだ。ゴウゴウという唸り声が建物を包み、揺らす。

「現在、美瀬島はたぶん、戦争の時以来の危機的状況にあると思うんです。もしこの島に心があるとすると、いま美瀬島は何を思っているのだろう」

「怒ってますよ、きっと」

紗枝子は、まるで彼女自身が怒っているような言い方をした。それに応えるように、風がゴーッと唸った。

それから長い時間が経過した。浅見も紗枝子も、それぞれの思いに沈んだまま、沈黙の時を過ごした。

電灯が灯った。しかし電圧が足りないのか光量がひどく弱い。それに光度も安定せずに、たえずチカチカと強弱を繰り返す。このぶんでは、いつまた消えるか分からない。

「漁協の発電機を作動させたんだわ」

紗枝子が解説した。これもまた、美瀬島の独立性を証明するものの一つだ。「本土」をあてにしきってはいないのである。

カーンと、遠くで半鐘が鳴った。つづけてカンカンカン……と乱打が始まった。

「何だろう？　火事かな？……」

浅見は窓辺に立ったが、この方角にはそれらしい明かりは見えない。

廊下に菜穂子の足音がした。いったん通り過ぎて戻って、襖が開いた。

「船だっぺ、難破船だっぺ、あれは」

興奮した面持ちで言った。

「この嵐に、船を出したのですか？」

「分かんねっけんが、島の船ではねえかもしんね。おらは港へ行くんで、ばあちゃんと紗枝子をお願えしますよ」

島の人間にとって、海難事故は最大にして最悪の出来事なのだろう。つり上がった目、嚙みつきそうな口――菜穂子の緊張ぶりは極限状態にあるらしい。

浅見は玄関先まで出て行った。格子戸を開けると風雨が猛烈な勢いで建物の中に吹き込んできた。前の道を誰かが走って行った。菜穂子は雨合羽をスッポリ被り、長靴を履き、懐中電灯を振りかざしながら走り去った。それを見送ってから浅見は部屋に戻った。

「僕も港まで行こうかな」

「だめ！　行っちゃだめ！」

紗枝子は駄々っ子のように命令した。

「ばあちゃんと私を頼むって、母さんも言ってたじゃないの」

「それはそうだけど、港がどうなっているのかも気になるな。何かとてつもないことが起きているような……」

半鐘はいぜん、カンカンと鳴り響き、いっそう不安をかき立てる。

「ちょっと、お祖母さんの様子を見てきます」

ハルの部屋を訪れた。そっと襖を開けるとハルがこっちを見ていて、浅見より先に

「大丈夫だかえ」と言った。

「はい、大丈夫です。お祖母さんはいかがですか？」

「おらは何ともねっけんが、島はいま、大荒れだっぺ。あの半鐘の鳴り具合じゃ、船が沈んで死びとが出たな」

「菜穂子さんも港へ行きましたが、島の人たちは全員が港へ行くのでしょうか？」

「そうだっぺな。足腰の立つおとなはみんな行くっぺな。半鐘が呼ばってるんで」

「僕も行きたいのですが、構わないでしょうか？」

「あんさんは行ってはなんね。菜穂子はそう言わねかったんか？」

「はあ、そう言われましたが」

「そうだっぺ、行ってはなんね。あんさんは島のもんではねえ。島には島のやり方つうもんがあってな。町場のもんには見せたくねんだ。あんさんは待ってればいっぺ。紗枝子もいんのでねえか」

「はあ、いますが」

「そしたら傍にいてやってくんな。それでええんじゃ……」

語尾が掠れて、目を瞑ったかと思うと、ハルはもう寝息を立てていた。

2

電圧は不安定だが、島の発電機は何とか作動しつづけている。部屋の蛍光灯が気まぐれなサイクルで暗くなったり明るくなったりを繰り返す。なんだか幽霊でも出そうな雰囲気で、気分を滅入らせた。

ハルは行くなと言ったが、そう言われるとかえって、浅見は港の様子を見たい欲求が強まった。ただごとではない半鐘の鳴り方も、怖いもの見たさの好奇心を駆り立てる。紗枝子は疲れが出たのか、眠りに落ちた。猛烈な嵐の音に包まれて、不気味な時間が過ぎてゆく。

浅見はひそやかに部屋を抜け出した。居間兼食堂の大部屋へ行くと、戸棚から懐中電灯を探し出した。電池の残量はどれくらいか分からないが、とにかく明かりはつく。土間の壁に吊るされたゴム引きの防水コートを羽織る。魚臭が鼻をつくが、贅沢は言えない。靴は自分の革靴を履く。あとはいかに静かに玄関を出ることができるかだ。

息を溜めておいて、思いきって格子戸を開けた。吹き込んでくる風と雨に逆らって、一気に外へ出た。紗枝子が物音に気づいた可能性はあるが、そうなったらそうなった時の話だ。浅見は後ろを振り返らずに、雨のしぶく道を、おぼつかない足取りで走った。

ゆるやかな下り坂を、川のように水が流れてゆく。革靴の中はじきに水浸しになった。グチュグチュと気持ちが悪い。防水コートの裾から下はぐしょ濡れだし、顔に吹きつける雨は首筋まで流れ込む。時折、強く吹く風は体が煽られるほどだ。

港を見通せるところまで辿り着いて、浅見は足を停め、懐中電灯を消した。

岸壁の照明灯はすべて点灯しているが、ここもやはり明度が不安定だ。しかもレースのカーテンのような雨に煙っている。その下に蠢く人々が見える。ざっと数えたところでは四、五十人か。島中の全員に招集がかかったにしては、意外なほど少ないのは、どこかほかの場所でも作業が行なわれているのかもしれない。

それ以前に、いったい何が起きたのかが分からない。浅見はそろそろと港へ近づいて、建物の陰から現場の状況を窺った。どうやら港にいる人間のほとんどは女性と老人らしいことが分かった。老人以外の男たちはもっと危険な場所にいるにちがいない。

彼らは何をするでもなく、海の方角を見ながら、ただ立ち尽くしている。視線の遥か先の防波堤の上で、間欠的に壮大な波しぶきが上がっているのが、かすかに見える。直接、港内までは波は来ないが、うねりは海面を大きく上げ下げして、船溜まりの船を揺らしている。

浅見は繋留されている船がいつもより少ないような気がした。正確な数は分からないが、ふだんはもっと多かったはずだ。この時化に出漁している船があるとも思えない。

それに、連絡船が消えていることに気がついた。対岸の和倉の港へ行ったままなのか。そう思って見ると、岸壁に佇む人々の沈痛な様子は、遭難して帰らない船を待っているようにも見える。菜穂子が「難破船だっぺ」と言っていたとおりのことが起こったのかもしれない。

その時、漁協の建物から瘦身の老人が飛び出してきて、岸壁の人々に声高に叫んだ。人々の中から「何だや、組合長」と問い返され、もう一度、早口に怒鳴った。ここからははっきりとは聞き取れないが、「北浜」と言ったのだけは分かった。それと同時に、組合長を先頭にして、群衆はいっせいに向きを変え、浅見のいる港の入口へ向かって走りだした。

彼らが手に手に振りかざす懐中電灯の明かりを浴びそうになって、浅見はあやうく物陰に隠れた。すぐ目の前を、黒い合羽をヌメヌメと光らせた物の怪のような一団が、ドドッと足音を響かせながら、走り抜けた。その中に菜穂子もいるのかどうかは判別できなかった。

浅見はしばらく間を置いて、群衆の後を追った。こっちは明かりをつけず、前方に見える集団の影を頼りに走った。

天栄丸の前を通る時、横目で見たが、明かりは灯っているものの、人の気配は感じられなかった。ここもやはり全員が出動しているのだろう。

村道から岐(わか)れて北浜へ下りて行く道は、坂の上から流れてきた水が注ぎ込んで、完全に小川と化していた。その中を人々は一列になってザブザブと歩いた。足を滑らせて転ぶ者もいたらしく、悲鳴のような叫び声が聞こえた。

松林を抜けると波音がものすごい。海岸は塩水を含んだ風が荒れ狂っている。暗黒の沖のかなたに明かりが点滅する。この嵐の最中、沖に出ている船があることに驚いた。明かりが点滅するのは、おそらく波の峰と谷を上下して、見え隠れしているからにちがいない。

松林を出てから分かったのだが、贄門岩の海岸にはすでに何十人かの男たちが蝟集(いしゅう)していた。後から駆けつけた人々は、彼らの背後に群がるように集まって、凝然(ぎょうぜん)と動かなくなった。視線はもちろん沖を向いている。難破船がこの海岸に漂着するという判断があったのだろうか。

漁協組合長はトランシーバーを持って、どこかと交信しているのか、何やら声高に喋るのだが、背中側にいる浅見にははっきりとは聞き取れない。

贄門岩に砕け散る波はすさまじいものがあるようだ。浜の人々が持つ懐中電灯は、全部が沖へ向けられているのか、暗闇の中に波濤(はとう)の白さだけがくっきりと浮かび上がる。砕けた波は十メートル以上はありそうな贄門岩のてっぺんをはるかに超えて、風に吹き飛ばされ、そのまま霧になる。

贄門岩のあいだを抜けてきた潮は、人々の足元まで寄せては返してゆく。昨夜、神宮船長が祭壇を作っていた辺りはしばしば波に洗われている。あの時の海もそれなりに波はあったが、いまはまるで形相が違った。

組合長の無線に何か情報が入ったのか、ふいに人々が動きだした。およそ半分ほどが現場を離れて元来た道を戻り始める。浅見はまた慌(あわ)てて木の陰に身を潜めた。何が起こっているのか皆目、見当がつかない。

それにしても女の人数のほうが多いにもかかわらず、島の人々がまるで訓練された兵隊のように組織的に動いているのには感心させられる。リーダーの組合長はかなりの老齢だが、足の運びは速く、群衆も彼に従って等間隔で小走りに林の闇を走り抜けた。

浅見はどう対応するべきか迷った。この海岸にいる人々は何かを待っているようにも見えるのだが、すぐには変化が現れそうにもない。結局、新しく起きた事態が何なのか、そっちの興味に負けて走り出した。ガバガバと動きにくく重いゴム引きのコートが、次第に負担になってくる。コートの中は蒸れて、汗びっしょりだ。港までは一キロにも満たない距離のはずだが、最後の坂を下る頃には脚が鉛のように重かった。

港に船が入ってきていた。市場前の岸壁に接岸しようとしている船は二隻。一隻は舷(げん)側(そく)に「第十一美瀬丸」の文字が読める。後から来るもう一隻はそれより大型で、見たことのない船形だ。黒く薄汚れていて、かなりの老朽船のように見える。舷側に船名が書かれていない。明らかに、いま騒がれている「不審船」のたぐいのようだ。柿島一道が目撃したものと同一のものかもしれない。

二隻とも甲板上では乗組員と見られる男たちが右往左往して、何を言っているのか、声高に怒鳴る声が聞こえてくる。岸壁の女たちは船から投じられたロープの端を手繰り寄せ、固定杭に巻き付けた。

船は海面が上昇と下降を繰り返すたびに、岸壁とのあいだではげしく摩擦している。岸壁にも舷側にも古タイヤを並べて衝撃を和らげるようにしてあるが、危険なことは間違いない。本来なら接岸できる状態ではないはずだ。現に繋留されている船は、岸壁から離れた場所にロープで固定してある。それにもかかわらず接岸したのは、緊急に荷揚げの必要があるためなのだろう。

波のタイミングを計って、船からは男たちが降りてくる。「不審船」からは担架に載せた人間を運び下ろした。負傷者か病人が出たらしい。女たちの中から何かを問いかける甲高い声が発せられた。乗組員の一人が両手を交差させて「だめだ、だめだ！」と二度、怒鳴った。

女たちは一瞬、どよめき、すぐに静まり返った。何かとてつもないことが起きたことは分かった。浅見はたまらず彼らのすぐ後ろまで近づいた。コートのフードを深く被って、顔を隠したつもりだが、前にいた女が気配に振り返って、見慣れない顔に驚いたのか「あっ」と声を発した。

その時、防波堤を回ってまた一隻、船が入ってきた。怒り狂う猛獣の牙から、必死で逃れてきた小羊のように頼りなく見える。港内の明かりの範囲に入ると「第八美瀬丸」の文字が浮かび上がった。デッキに仁王立ちになっている黒い合羽姿は、天栄丸の助太郎であることが確認できた。操舵室から顔だけ突き出したのは紗枝子の父・茂だ。ほかにも数人が乗っている。

ふだんは無骨でおとなしそうな茂だが、操船技術にかけては一級の腕前らしい。あざやかに接岸して、まず助太郎が飛び下り、ほかの連中がそれにつづいた。茂はアンカーを下ろしておいて、長く延ばした舳先の先端から身軽に飛んで岸壁に降り立った。菜穂子が駆け寄って、無事に帰った夫に何かを言っている。

群衆の中から数人の男が助太郎に近づいた。村長と助役と村議会議員、それに漁協の職員の顔に浅見も見憶えがあった。助太郎を取り囲むようにして、それをまた群衆の輪が包み込むように取り囲んだ。

村長が「どうだった?」と訊いた。助太郎は「だめです」とかぶりを振った。「そうかね、だめだったかね」と、村長以下の島の世話役たちは、一様に沈痛な面持ちを作った。淡い明かりの下で、どの顔も雨と潮に濡れて光っている。傍観者の浅見には、そのやり取りがセレモニーのようにも、群衆劇の一場面のようにも見えた。

「どうでも行くとおっしゃって、とめたが、聞かなかった」

訊かれもしないのに、村長は議場で所信表明演説をする時のような声で、弁解した。

「神宮船長も逆らえなかったんだっぺな」

助太郎がそれに合わせた。

「そうだっぺな、行けばどうなるか、船長なら分かっていたはずだ。出て行く時、あとのことは頼むと言っていたが、覚悟はできていたんだっぺ。いまにして思えば、力ずくでも留めておけばよかったな」

「そんな繰り言を言ってる場合でねえです。これからどうすっか、そのことを考えねっばなんねえですよ」

「ああ、そうだな」

「群衆劇」にひと区切りがついた。その時になって、浅見の目の前にいた女が助太郎に駆け寄って、何かを告げた。女が振り向くのに合わせて、助太郎と茂と村長たちと、それにつづいて全員の視線がこっちに集中した。

浅見は一瞬たじろいだが、悪びれずに一歩、二歩と助太郎に歩み寄った。

「何があったのですか？」

その前に菜穂子が目を吊り上げて立ちふさがった。

「あんた、なんで来たんか。来てはなんねえって、そう言ったっぺ」

「すみません。僕も何か手伝えるのではと思ったものですから」

「あんたにできることなんか、何もねえよ」

確かに――と思ったが、このまま引き下がるわけにもいかない。

「これからどうするべきか、考えることぐらいはお役に立てます」

菜穂子は呆れ顔で振り返った。その視線を受けた茂が助太郎に何かを囁いた。助太郎は黙って頷いている。周囲の群衆は、固唾を飲んでこの場の成り行きを見守る構えだ。

「で、あなたはどうすればいいと思うんですか？」

助太郎が落ち着いた口調で言った。

「何が起きたのか、詳しいことは知りませんが、海難事故が発生したのですね」

「そういうことです」

「だったら、とにかく何はともあれ、海上保安庁か海上自衛隊に救助要請を行なうべきでしょう。いまは躊躇している場合ではありません」

「そんな簡単なもんじゃねえんだ」

漁協の男がわめいた。

「それができれば、苦労することはねんだよ。何も知らねえくせして、余計なことは言うんじゃねえ」

「それは、あの船の存在を隠蔽したいためですね」

浅見は港内に浮かぶ黒い不審船を指差して、男とは対照的に穏やかな口調で言った。

「なにを！」と男は気色ばんだが、明らかに図星だったらしい。さらに何か言いそうなのを押さえて、助太郎が言った。

「そうだとしたら、浅見さん、あなたはどうするのかね？」

「それでもとにかく救助要請を発しておかないと、あとあと面倒なことになるでしょう。救助を要請しても、この悪天候と夜間ですから、海上保安庁が実際に動きだすのは夜明け以降です。あと六時間以上あります。台風の通過には一、二時間、それから二、三時間して波浪がある程度収まれば、夜明け前までに出航は可能なのではありませんか。全速力で脱出すれば、巡視艇のレーダーに入らない辺りまで行けるでしょう」

「なるほど……」

助太郎は大きく頷いた。

「つまり浅見さん、あなたは隠蔽工作に加担するというわけですな」

「そういうことです」

「よろしい、あなたの言うとおりにしよう」

助太郎は漁協の男に顎をしゃくった。男はまだ釈然としない様子だったが、茂に肩を叩かれると走りだした。

「われわれも中に入りますかな」

助太郎を先頭に、浅見、茂の順で漁協の建物へ向かった。それ以外の者はその場を動かない。まだ帰っていない船があるらしい。

無線室は二階にあるのか、一階には誰もいなかった。三人は入口で防水コートを脱ぎ、火の気のないストーブを囲んで坐った。

「何があったか、話しましょう」

坐るやいなや、助太郎は口を開いた。

「白鳥が遭難信号を出した直後に、連絡が途絶えたのです」

「えっ……」

「白鳥」とは神宮船長の連絡船のことだ。

「じゃあ、神宮船長も、ですか」

「もちろん……それに廣部代議士も乗っています。秘書さんが一名と、島の人間が二名。あんたも知っている正さんと、うちの智巳も一緒です」

さすがに、浅見は声を失った。

「ここから和倉まで、わずかな距離だけに、油断があったのだろうが、行くべきではなかった。廣部代議士がどうしてもとおっしゃったようだが、無謀なことです。わしらは漁協からの連絡を受けて、すぐに船を出したが、発見できなかった。これ以上は二重遭難の危険があるので、引き揚げざるをえなかったのです。まだ二隻が帰っていないが、連絡船よりは安定がいいので、そっちの心配はまずないでしょう」

そう言いながらも、助太郎は窓の外が気掛かりそうだ。

「それはおかしいですね。廣部代議士はなぜ帰りを急いだのですか。帰る必要があるなら、もっと早い時刻にいくらでもチャンスがあったでしょうに」

「理由は分かりません。どうしてもということだった。あとは神宮船長の判断で船を出すかどうかを決めるのみです。船長も代議士を留めることができなかったのでしょうな」

浅見は助太郎の顔をじっと見つめて、「嘘ですね」と言った。

3

助太郎は「ほうっ」と驚いて、浅見の真意を探るような目をしてから、意外なほど冷たい口調で言った。

「嘘と言われたか」

「はい」

「わしに面と向かって嘘つき呼ばわりをしたのは、あなたぐらいなもんだな」

「僕はあなたのことだけを嘘つき呼ばわりしたわけではありません。村長さんをはじめ漁協の職員を含めて、この島の幹部の人々すべてが嘘をついていると言ったのです」

「嘘とは、何をもってそう言うのかな？」

「村長さんもあなたも、廣部代議士が帰ると言うのを留められなかったと言い、神宮船長も代議士の意志に逆らえなかったと言っている、そのことです。船長はもちろん、島の人たちは誰もが、美瀬島周辺の海を知り尽くしていて、この台風の下、海がどのような状態になるか、予測できないはずはない。それなのに船を出した。船長独りの判断ではなく、すべての人の合意でそうしたはずです。それをあえて船長の判断ミスに責任を押しつけるのは、あまりにも冷酷すぎるのではありませんか。いや、一心同体のように生きてこられた仲間に対して、そんな冷酷な仕打ちがあなた方にできるはずはない。しかも、船長ばかりか、正さんと智巳さんも行方不明になっているのでしょう。なのに、村長以下みなさんの会話を聞いていると、あたかも赤の他人が遭難したかのように事務的でした。誰もが口先だけで悔やみを言う、無味乾燥な葬式のようでした。そんなのは本心ではない。みんなが嘘をついている。嘘というのがお気に召さなければ、筋書きどおりの芝居を演じていると言いましょうか」

助太郎は目を閉じて沈黙した。茂は当惑げに助太郎と浅見の顔を見較べるばかりだ。風と波の音が、このあまり上等でない建物を震わせる中で、時間が流れた。

「あなたの目的は何かな？」

目を閉じたまま、助太郎は言った。

「正義が行なわれることです」

「正義とは、法かね」

「法が必ずしも正義だとは思っていません。時には理不尽なこともあります。イスラムにはイスラムの法があるように、美瀬島には美瀬島の法があることも、僕は認めます。僕が告発はしないと約束したのはその意味です」

「それでは、あなたの正義は何を求めるというのかな」

「人間の尊厳です。人間の尊厳を冒すのは不正義ですから、速やかに原状を回復しなければなりません。原状の回復が不可能なほど尊厳を冒した場合には、相応の処罰を受けなければならないでしょう」

「なるほど」

「逆に伺いますが、美瀬島の正義とは何でしょうか？」

助太郎はゆっくり目を開き、視線を上げて窓の外の荒れ狂う闇を見た。

「それは……基本的にはあなたの正義と変わらんが、あなたも言うように、美瀬島には美瀬島の法がある」

「つまり、美瀬島の都合で恣意的に運用されることもありうるというわけですか。たとえ人間の尊厳を冒しても……だとしたら、それは正義とは言えないでしょう。法には時として便法も許されるかもしれませんが、そんなのは便法ではなく悪法です。他国の市民を拉致する行為を、自国の都合や利益になるという理由で、あたかも正義であるかのように認識するようなものです」

「美瀬島の財産や安全を侵された場合は別でしょうが」

「物的なものと人間の尊厳とでは、比較になりません。物的な損失は回復できますが、人間の尊厳はいちど失われれば、ほとんどの場合、回復不能です。法が私刑を禁じ、死刑が相当と思える場合でも、刑の執行を躊躇っているのはそのためです」

美瀬島の海で死んだ柿島一道や平子裕馬、それに小田原で殺された増田敬一のことが、走馬灯のように頭の中を過った。もちろん助太郎も浅見の言いたいことは分かっているにちがいない。顔をしかめて、何も反論しないのはそのためだ。

「僕があえて告発をしないと言ったのは、美瀬島そのものが正義を行なうだろうと期待するからです」

「またそれですか。何だか、あなたがそう言うと、まるで美瀬島に人格があるように聞こえますな」

助太郎は頬を歪めて笑った。

「そうじゃないのですか？」

浅見は逆に訊いた。

「僕は、美瀬島に住んでいる人たちは、美瀬島と血脈で繋がっているような気がしていました。美瀬島の心の上に安住している……そう思っていました。優しく港を抱くような入り江も、非情にさえ見えるあの贅門岩も、美瀬島に息づいている心を象徴しているのではないでしょうか。風来坊みたいな余所者の僕でさえそう感じるのですから、この島の人たちは当然、それを知っているはずです。それなのに恩恵に馴れて甘えて不正を犯せば、美瀬島が自ら正義を行なうにちがいない。驕り堕落したポンペイの街がベスビアスの灰に埋もれたような、何かが起こるにちがいない。そうして人々は誤りに気づかされ、不正を正すのだと思っています」

助太郎はまた沈黙した。

台風の目に入ったのか、急に嵐の音が静まった。波音だけが怪獣の遠吠えのように間欠的に響いてくる。

「確かに……」と、長い沈黙の果てに助太郎は呟いた。

「不思議なことが起きているのかもしれねえですな。そもそも神宮船長がなぜああまで固執したのか分からない」

そこで言葉を止めた。むろん、浅見には助太郎の言った意味が取れない。しかし説明を促すことはしなかった。

やがて、熟れた果実がポロリと落ちるように、助太郎は言った。

「あなたが言うように、美瀬島の意思が働いたと思えば、納得もできる。神宮船長くらい美瀬島の心を熟知している者はいねえですからな。その船長が、どうでもやらにゃならねえと言い張った。わしにはその度胸がなくて、とめたんだが、結局は聞いてもらえねかった……いや、船を出すことを言ってるのではねえですよ。海がどれほど荒れようと、和倉に渡る道筋はあるもんでしてな。廣部先生もそのことを知っておられたから、船を出させたのです」

「ほうっ……」

浅見は驚きの声を発した。廣部が美瀬島の海に精通していることを、うっかり忘れていた。

(そうか、だから強引に船を出させたのか――)

「じゃあ、とめようとしたのは、べつのことだったのですね」

「ああ……まあ、そういうことですな」

「つまり、廣部代議士との心中ですか」

「さあ……」

助太郎は脇を向いた。

「神宮さんは、廣部さんを許せなかったのですか」

「………」

「それが島の意思だったということですか」

「………」

「正さんと智巳さん、それに代議士秘書を道連れにして、ですか」

「いや……」と、助太郎はいちど首を横に振りかけて、思い直したように頷いた。

「そうです」

ほんの一瞬見せた小さな動作だったが、浅見は見逃さなかった。

(何だろう？　この上まだ、何を隠そうとしているのだろう？――)

すばやく思考を巡らせたが、結論は出なかった。

「廣部代議士との心中は、増田秘書を殺させたことへの、断罪のつもりだったのでしょうか」

「それもあります」

それも――と言ったことに引っ掛かるが、このことをまずクリアにしなければ、先へは進めない。

「小田原海岸の増田さん殺害は、やはり廣部氏の指示だったのですね」

「いや……それは少し違う」

助太郎は首を横に振った。

「あなたは何でも見通しているようだな……確かに、発案は代議士だが、シナリオを書いたのは木村秘書です」

「小田原海岸での演技者は誰なのでしょう。増田さんを前夜に拉致したのは誰か、船で小田原に運んだのは誰と誰か、磯で増田さんに扮したり、釣り人を演じたり、それに増田さんの車を運んだ人もいましたか。それは誰と誰と誰だったのですか？」

「いや、誰が何を演じたなどと、言わぬが花でしょうな。誰も出演を希望したわけではない」

「なるほど……」

浅見は茂に視線を移した。茂はバツが悪そうにそっぽを向いた。

「あの日、名古屋へ行ったのは茂さん、あなたと漁協の昇さんだけで、正さんは行かなかったのではありませんか？」

「えっ、何を言うんだい。おらあ、そんなことは知らねえよ」

茂はオロオロと立ち上がり、また坐った。浅見は根っから好人物の茂を、これ以上追及しないことにした。

これで十分、大方の出演者の役どころが見えてきた。小田原海岸で増田を演じたのは「漁協の昇」で、名古屋からの帰路、近くの港に降りて岩場からの転落を演じたにちがいない。岩場で磯釣りをしていた人物は誰と特定はできないが、増田の車を運転して現場まで運ぶ役と、昇が脱ぎ捨てた「増田」の服を持ち去る役も務めたのだろう。茂はこの二人を撤収する役回りだったのだ。名古屋行きの目的と必然性がこれではっきりした。名古屋行きを「三人」としたのは、万一の場合のアリバイ工作の意味もあったかもしれない。

一方、美瀬島の北浜で増田を拉致し、船に乗せたのは木村秘書と天羽正。ほかに助太郎もいたかもしれない。平子を殺害したのは正か、それとも木村か。そして前夜、増田を美瀬島に運んだのは「白鳥」の神宮船長か。いずれにしても、これだけ揃えば犯行は成立する。そうして木村が描いたシナリオどおり、小田原の完全犯罪は完遂されたのである。

推理を進めながら、浅見は次第に怒りがこみ上げてきた。

「誰も出演を望まなかったとおっしゃったが、その中で最も出演を望まなかったのは平子さんでしょうね」

最大の皮肉を込めて言った。

助太郎は黙って、何度も頷いてみせた。平子殺害は、シナリオになかった突発的な出来事だったらしい。

「つまり、あなたが言われた、お嬢さんの恨みを晴らすため――という殺害の動機は、嘘だったことになりますか」

「いや、必ずしも嘘とは言えない。殺意はありましたからな。しかしそれは二十年も昔の話で、恨みは薄れました。第一、北浜に現れた男が平子であるとは知りませんでしたよ。後でそのことを知って、かえって因縁の恐ろしさを思いましたな……」

事件の流れはほぼ、明らかになった。

「神宮船長が廣部代議士を許せなかった、もう一つの理由は何ですか？」

「ん？ もう一つ……と、わしがそんなことを言いましたかな」

「ええ」

「そうでしたか……いや、それは船長が、ということではないのでしてね。むしろ、さっきあなたが言った美瀬島の意思というべきものかもしれねえのです」

「美瀬島の怒り、ですか」

「ああ、たぶんそうですな。島が怒っているのを、わしでさえ感じる。この嵐もただごとでねえが、こんなもんでは済まねえ大変動が起こりそうな予感がするのです。神宮船長もそう言っていた。神社に籠もっていると、神様の怒りを感じるとな。美瀬島が沈んでしまうほどの地殻変動が起こるかもしれねえと言った」

助太郎は恐ろしげに首を竦めた。

「島の年寄りが伝える話によると、関東大震災では房総半島が隆起したのだが、その時に贅門岩がニョッキリ現れたのだそうです。それまでは満潮時には波をかぶるような小岩だったらしい。だから、今度はその贅門岩が消えてしまう沈降が起きても、不思議はねえでしょう」

「………」

助太郎の話を前に、今度は浅見が沈黙する番だった。

「古老によると、関東大震災は美瀬島に二つの贈り物をしてくれたのだそうです。その一つは繁栄ですな」

束の間、助太郎の顔に穏やかな、満足げな表情が浮かんだ。

「美瀬島の磯とそれにつづく根の海底は、豊饒の海そのものになったと言われる。その恵みをわしらの祖父や親たちは大切に守ってきた。あなたが言ったとおり、美瀬島の者はすべて美瀬島に育まれて生きておるようなものです。過去に一度だけ、敗戦の年に軍隊が来て、島を破壊しかけたことがある。磯をコンクリートで固め、ここを要塞にしようということだったのだが、危ないところで日本は負けた。その時から、この島は祖国と訣別する決意を固めたのかもしれん。所属はするが隷属はしねえと腹を括ったのです。分かりますかな？」

問われて、浅見は大きく頷いた。「所属はするが隷属はしない」とは、思いきった哲学だ。その逆に「所属はしないが隷属はする」と言うと、何となく、アメリカと日本の関係を指しているような気がする。

「ところが、ここにきてその美瀬島の独自性を侵そうとする者が現れた。美瀬島を食い物にし、収奪をほしいままにしようという者です」

「廣部代議士ですか」

「そうです」

助太郎は鼻の頭に皺を寄せた。

「廣部代議士は先代の先生の時から、美瀬島の秘密を知っていた。美瀬島の豊かさと、その豊かさのよってきたる根源とを、ですな」

「密輸、ですね」

「ははは、そう言ってしまえば身も蓋もないが、あれは見様によっては資源の増殖というべきものです。といっても、それには確かに暗部もつきまとっていることは否定しませんがね。廣部先生親子とはそれを承知の上で長いこと付き合ってきました。いや、むしろ一蓮托生のような関係にあったといってもよろしい。美瀬島に行政の介入がない状況は、廣部先生に作ってもらったのは事実です。その代わり、美瀬島からはそれ相応の献金もさせてもらったし、わしらが入手した北朝鮮の情報を廣部先生に伝えた。国交がなく正式ルートを持たない日本で、あの国の実情を知りうるのは、おそらく美瀬島だけでしょう。それによって、廣部先生は国会で特異な存在でありえた。とりわけ、北朝鮮がいま何を欲しているか、日朝正常化への足掛かりはどうすればいいのかといった情報は、廣部先生の独壇場だったから、先生もわしらに感謝しておられたはずです。たとえば、北朝鮮の飢餓を救うという名目で、百万トンにのぼるコメを無償援助した。これなど一見、人道的な行為のようだが、じつは利権がらみの汚い話でしてな。膨大な余剰米を抱えて四苦八苦していた米穀業者などを潤して、その見返りに莫大な献金をせしめたにすぎないのですよ」

助太郎は顔を歪めて笑った。

「それでもともかく、北朝鮮との太いパイプを作るのには役立ったことも事実ですがね」

「その蜜月状態が破綻した責任は、廣部氏側にあるということですか」

「そうです、代議士は強欲が過ぎた。政治権力が増すにつれ、派閥の維持に金がかかるようになる。その財源をこの島のわしらに求めたのです」

「つまり、政治献金の上積みですか」

「その程度のことなら、まだしも考える余地があります。代議士が押しつけてきたのは、わしらが到底、呑めねえようなことでした。美瀬島の存立に関わるような難題です。それを、わしらの弱点を取引条件にしてきた」

「弱点といいますと、アワビや伊勢海老の密輸ですか。しかしそれは廣部氏への献金の財源になっているのではありませんか……あ、そうか、そのことではなく、密入出国のことをおっしゃっているのですね」

「そういうことです。だがそれだけではない」

助太郎は首を大きく一振りして、はげしい口調で言った。

「きょう、廣部代議士が来て、村長以下、村の長老たちを集め、美瀬島の土地を売れ、そうして観光開発を導入しろと、恫喝まがいのことを言ったのです。もちろん、背後にはディベロッパーの存在がある。それどころか、美瀬島を観光開発するには、巨大な資金が動くでしょうな。口先では美瀬島の新たな発展のためにと言うが、代議士の底意は見え見えだ。しかし、村長も長老たちも、それを撥ね除けられなかった。廣部は取引材料に汚ねえ手を使ったのです。それまで見て見ぬふりをしてきた、朝鮮との人的交流を警察に売ることを匂わせた。美瀬島に育ち、住み、あるいは巣立って行った、多くの亡命者やその子供たちを人質にして、てめえ勝手な無理難題を押しつけたのです」

助太郎は怒りも露に、ついに代議士の名を呼び捨てにした。

「世界の先進国のうち、いくつの国がそうなのか、わしは知らねえが、日本は難民や亡命者を受け入れたがらねえ国です。このあいだ、中国瀋陽の日本総領事館に、北朝鮮の亡命者が逃げ込んだ事件があったが、あの時の館員の対応を見れば、日本政府が亡命者にいかに冷淡か分かる。もう一方では、日本人が北朝鮮に拉致された疑いがあるという時、家族の訴えに対して政府も警察も適切に対応してくれねえ。そうじゃねえですか」

問い掛けられたが、警察批判に対しては、浅見は何も言えない。

「さっきのコメの援助もそうだが、政治家は政治家で、アフリカなど海外への経済支援を食い物にしたり、国内の公共投資に、アリのように群がるやつらばかりだ。東京人のあなたは知らねえでしょうがね、離島振興法というのがあって、ありがてえことに、政治家は何かというと、やれ港を造れ、やれ道路を造れ、やれダムはどうだと予算を押しつけたがる。何かやれば政治家にカネが入る仕組みになっているんだね。そんなことは知らねえ庶民は、あの先生はありがたい、頼りになる、力のある偉い先生だと思い込む。だが、わしたち美瀬島の人間はそんな政治家はいらねえ。そんな国はいらねえ」

言い切って、助太郎は大きく息を吸い、吐いた。「国はいらねえ」という最大のタブーを口にして、興奮が急激に冷めてきたのか、ブルブルと体を震わせた。

「わしらの過誤はその政治家を信じようとしたことにあった。廣部は美瀬島の存亡に関わる秘密の暴露を、増田氏の謀略であるがごとくに言って、わしらに増田氏抹殺の片棒を担がせた。そうしておいて、その犯罪をも、美瀬島を侵略する脅しの材料にしたのですよ。それに踊らされ、わしらは判断を誤った……」

怒りと悲しみと悔恨が、助太郎の顔を醜く歪めた。

「白鳥は絶望ですか」

浅見は静かに訊いた。助太郎がこれまで説明したすべての事態を把握し、暗に肯定する意思を示したつもりだ。助太郎は驚いて浅見の顔を見つめたが、すぐに力なく「ああ」と頷いた。

4

「白鳥号遭難」の報告は、美瀬島漁協から午前二時に海上保安庁に入れた。しかし浅見が予想したとおり、この状況で救助に向かえば二重遭難のおそれがあるとして、出動は無理と判断された。

台風の中心は北へ進み、風は収まったものの、東京湾口の波高はまだ六〜七メートルと高かった。むろん、夜間は航空機やヘリコプターによる探索は不可能だから、いずれにしても捜索活動は夜明けを待って——という発表だ。

雨はやみ、午前四時、風向きが西寄りになった。波頭は逆風に叩かれ、抑えられ、急速に弱まってくる。それを待って、「不審船」は美瀬島港を出て、追い風に乗ってひたすら東方洋上を目指すことになった。

その直前まで、浅見は漁協事務所内にいた。有体(ありてい)にいえば軟禁状態にあったというべきだ。

「わしと茂は、ひとまずあなたを準仲間として認知しますがね、島民すべてが余所者に心を許すには時間がかかるもんです」

助太郎は弁解がましくそう言ったが、浅見は直観的に何かべつの理由があるような気がした。要するに見られたくない何かが、岸壁で行なわれるのではないか——と思った。美瀬島の秘密めいた「儀式」には慣れっこになりつつある。

しかし、最前の岸壁の様子には、儀式が行なわれそうな雰囲気は感じ取れなかった。もっと現実的で切迫した何かが起ころうとしていた。

(見られたくない何かとは、何だろう?——)

黒い「不審船」の乗員の顔だろうか——と考えていて、浅見はふいに、自分でも予期していなかった着想に襲われた。(そうか——)と、愕然とした。

浅見は内心の動揺を抑えながら、さり気なく言った。

「誰か、島を出て行くのですか?」

「えっ……」

助太郎はギョッとして、浅見の顔を睨みつけたが、すぐにその緊張を解いて笑った。

「ははは、あなたはいろいろ考えるもんですな」

そう言ったが、否定はしない。浅見にしてみれば、それは肯定と同じことと受け取ったけれど、しかし「誰が?」とは訊かなかった。

これまで、美瀬島に入ってくる「亡命者」の存在は分かっていたが、島を出てゆく者のあることは考えなかった。亡命者とは北朝鮮から脱出する者——というのが、ほとんど定義のようになっている。しかし、その逆があっても不思議はない。現に「よど号」をハイジャックして北朝鮮へ行った連中の事件があったではないか。日本に亡命してきたものの、やはり故国へ還りたい人もいるのだろう。あるいは亡命者の子として日本に生まれた者が、まだ見ぬ祖国への憧れを捨てきれないケースもあるかもしれない。来る者、還る者——美瀬島は人的交流の面で、いわばフリーポートの役割を担っていたのだ。

当然、日本人の中にもかつての「よど号」の連中のように、北朝鮮を別天地のように思い、日本を捨てたいと願う者もいる。助太郎でさえ「そんな国はいらねえ」と喝破したではないか。

そういう人々にとって美瀬島は、渡り鳥が翼を休める漂流物のような、安全な拠り所になっているのだろう。だからこそ、どこにも属さず、何者にも支配されない——というのが、この島の理想であるにちがいない。

そんなことを考えていて、地理的にいうと、この美瀬島が大島や八丈島のような島をべつにすれば、日本国の中で最も「世界から遠い」位置にあることに気がついた。美瀬島が直接向かいあっている外国は、遥か遠いハワイかポリネシアの島々だ。

「ところで関東大震災がくれた、もう一つの贈り物とは何でしょう？」

「さっきも言ったが、地震の隆起で生まれた鬼岩ですよ。贅門岩ともいうが」

「贄門岩に何かメリットがあるのですか？」

「神事がですな、いろいろと行なわれる。鬼岩が大きくなって、その神事が立派になった」

「その神事にはどんな意味や効果があるのですか」

「あなたに言っても理解はできねえでしょうな。ばかばかしいと笑うにちがいない」

「いえ、笑ったりはしません」

浅見は真剣そのものの顔を作った。

「たとえばですな、あなたもすでに見ておるのかもしれんが、贄門岩のあいだから、藁(わら)人形のような、あるいは木偶(でく)のようなものを送る行事がある。あれは死者を送る意味の場合もあるのだが、生きておる者を送る時にも同じことをやる。これが不思議に霊験(れいげん)あらたかでしてな」

「生きている者を送るとは、まさに生贄(いけにえ)なのではありませんか？」

「ははは、そんなことはしねえです。やっぱり藁人形を送るのです。儀式では藁人形なのだが、送られる者は確かに生身の人間です。無事に海を渡れや――と祈りを込めて送ってやるのです。まあ、考え方としては、身代わりとして藁人形を海の神様に捧げる意味があるのかもしれんですがね。木偶にしろ藁人形にしろ、死者への祈りの場合には腰に黒い布を巻く。生きておる者には赤い布を巻きます。そうやって送った者は、死ぬべき者は死ぬし、生きておるべき者はちゃんと生きておる。それは不思議なことですなあ」

「死ぬべき者とは、たとえば柿島一道であり、平子裕馬であり、増田秘書ですか」

浅見は具体的な名前を出したが、助太郎は曖昧に首を振って、立ち上がった。

「わしらも見送ってやりますか」

それは「招かれざる客」を解放して、「不審船」を見送る「儀式」に参加させることの表明だった。

助太郎が開けた窓の向こうの岸壁では「不審船」の出航準備が始まっているらしい。船上と岸壁の人々とのあいだでたがいに呼び交わす、大きな声が聞こえてくる。

「元気でなあ」「手紙、くんなよ」「いつでも帰ってこいよなあ」といった声が交錯して、なかなか聞き取れない中に「洋子先生……」という声があったような気がして、浅見は椅子の上で飛び上がった。

思わず窓辺に駆け寄ったが、ここからでは港の風景はごく一部しか見られない。

「石橋先生も行くのですか？」

すでにそこにいて、港の様子を見ていた助太郎は、ジロリと浅見を一瞥した。驚きというより、いくぶん、不快感を抱いたようにも見える。

「あなた、そのことも知っておられたか」

「ええ、小島さんのお宅に監禁されているのを目撃しました。すでに狂気に冒されているようでしたが」

むろん紗枝子から仕入れた目撃談だが、自分の体験として話した。

「あの不審船は、石橋先生を拉致するのですか。それを黙って見過ごすのですか」

「拉致ではない。みんなに見送られて行くのを拉致とは言わねえでしょう。彼女は彼女なりの道を選んだのです」

「だったらなぜ監禁などを？」

「あれも監禁ではなく、自ら望んでそうしていなさる。石橋先生は島に戻ってから穏やかに暮らしていたが、国を出るとなると、さすがに時に情緒不安定になるのでしょうな。制御がきかなくなった時は、部屋に鍵をかけてくれるよう小島さんに頼むのだそうですよ」

「それじゃ、北朝鮮へ行くのも彼女自身の意思なのですか？」

「いや、北朝鮮へ行くとは言ってねえでしょう。しかし、どこへ行くにしても、石橋先生の自由な意思に基づいておることは間違いねえのです」

「しかし、なぜでしょう？　石橋先生がそう決心した理由は何ですか？」

「さあなあ、女心は分からんですな」

助太郎は真顔で言った。

「だったら、それを知らせてやらなければならない人がいます」

浅見は急き込んで言った。助太郎はキッとなった。

「警察ですか」

「いや、警察はどうでもいいでしょう。そうでなく、心配している人のことです」

助太郎は「誰？」とも訊かず、しばらく黙って浅見の顔を見ていたが、それから踵を返して「行きますか」と背中を向けた。


風がゴウッと吹き込む気配と、玄関の格子戸が閉まる音を聞いて、紗枝子は東の間の夢を破られた。何が起きたのか、瞬時に察知して布団を撥ね除け、部屋を飛び出した。

「浅見さん……」

呼びかけに応える声はなかった。

（あれほど頼んだのに、行ってしまった――）

裏切られたという思いと同時に、不安がこみ上げてきた。

祖母の部屋を覗くと、頼りなげな明かりの下で、ハルは安らかな寝顔を見せていた。

紗枝子は服を着替え、古いレインコートを羽織って、玄関へ向かった。ゴム長に足を突っ込み、立ち上がった時、ふいに格子戸が引き開けられ、風雨と一緒に純白のコートをまとった女が飛び込んできた。

「石橋先生……」

紗枝子は引っ繰り返るように上がり框に腰を下ろした。

「ごめんなさい、驚かして」

石橋洋子はフードを後ろにはねて、乱れた髪を押さえながら詫びた。彼女の背後から小島のおばさんが顔を覗かせた。

「紗枝ちゃん、ちょっと邪魔してもいいかね」

「ええ、どうぞ……」

紗枝子はおばさんの顔を見てほっとした。気がつくと、石橋先生の狂気も姿を消している。自分が見たものは何だったのだろう――と、よく分からなくなった。なんだかむしょうに悲しくなって、涙が溢れてきた。

「先生のこと、探したんですよ。心配で、とても怖くて……」

「ごめんなさい、ほんとにごめんなさい」

洋子は繰り返し頭を下げた。

「さっき、窓にあなたの顔を見て、何かの幻覚かと思ったの。だからひどい顔をしていたでしょう。でも、おばさんからあなたが私を探していたって聞いて、嬉しかった」

「私もあんたが訪ねて来た時、嘘をついちまったっけんが、これにはね紗枝ちゃん、いろいろ事情があんのだよ」

小島のおばさんが後ろ手に格子戸を閉めて、洋子と並んで立った。

「いいの、おばさん、私から説明させて」

洋子が言い、「ああ、そうしてな」とおばさんは一歩、後ずさった。

「あの、上がってください」

紗枝子はようやくそう言えるほど、精神状態が落ち着いた。

「ううん、いいのよここで。すぐに行かなければならないし。その前にあなたにだけは本当のことを話さなければならないと思ったの。だから聞いてちょうだい。あのね、私はね、ずっと病気だったの。心の病、つまり強度のノイローゼね。原因は美瀬島。住んでいる時はそれほど感じなかったけど、あなたの美瀬島って本当にすばらしいところよ。島を出てからの私は、いつも不安と虚無感を抱えて生きてきたの。いまの自分は本当の自分じゃない。ここは自分の生きる場所じゃない。できるならもう一度、美瀬島に帰りたいけど、でも帰れないっていう……その思いが積もり積もって、圧しつぶされそうだった。慢性的に頭痛がして、学校も休みがちだったし、ほんとに何度死のうと思ったかしれない。もし正さんに再会していなければ、たぶん自殺していたと思うし、おばさんの家に匿ってもらわなければ、生きていなかったかもしれない」

洋子は一気に喋った。

「正叔父と会ったんですか？」

「そう、夏休みに、館山で偶然、正さんと会ったの。九年ぶりかしら。昔、ひどい仕打ちをしたけど、とても懐かしくて、泣きたいくらい懐かしくて……正さんも笑顔を見せてくれて、それから一緒にお茶を飲みました。そうして、正さんは思いがけない身の上話をしてくれたんです」

「それ……」と、紗枝子は震える声で言った。

「叔父が、本当は天羽家の人間ではないっていうことですか？」

「えっ、どうして知ってるの？」

洋子だけでなく、小島のおばさんまでが驚いた顔を突き出した。

「ある人が言ったんです、そうじゃないだろうかって」

「誰？　誰なの、その人？」

「先生の知らない人です。浅見さんていう、東京から来た、フリーのルポライターの人」

「ふーん、どうして分かったのかしら？」

洋子は不思議がったが、紗枝子は話の先を催促した。

「あのね、驚かないでね。正さんは本当は朝鮮の人だったの」

「えっ、ほんとに？」

「そうなの、赤ちゃんくらいの頃に、北朝鮮から逃げ出した難民の手から、ある人が預かったのね。残念だけど、ご両親はその後、亡くなってしまって、赤ちゃんだけが美瀬島に来て、あなたのお母さんの弟として育てられたんですって。その話を聞いて、私は震えるほどの感動を覚えました。ああ、この人と私は一緒になる運命なんだって。じつはね、私の体にもたぶん朝鮮人の血が流れているのよ」

「それは、先生のお母さんが向こうの人だからですか？」

「どうして？……」

洋子はついに絶句した。

紗枝子は館山の昔の住所を尋ねて、酒屋のおばあさんに会った話をした。それもすべて浅見の発案によるものだ。

「その浅見っていう人と、いちど会いたかったわね」

それから石橋洋子は、正との愛情が再燃したことを話した。

「正さんが朝鮮人だと知った時、私の生きるべき方向が見えたと思いました。それに、あの人は私がこれまで知っているつもりだった、少し軽薄な性格の人とは、ぜんぜん違うことも分かったの。正さん自身も、自分の出自を知るまでとは、ものの考え方がまるで変わったって言ってました。生きる目的っていうか、人生の意義みたいなことね。正さんは『祖国』っていう言葉を、しきりに使っていたわ。荒廃した祖国を救うって……」

（うそ——）と紗枝子は思った。「サッシー」と、いかにも軽々しく呼ぶあの正叔父が、そんな崇高なことを考えているとは、とても信じられなかった。しかし、人はある瞬間に脱皮したり羽化したりするものかもしれない。とくに男の人は——と思った時、あの浅見の面影と正叔父のイメージがダブった。

「間もなく、この嵐がやみ次第、朝鮮へ向かう船が出ます。その船に、私も正さんと一緒に乗ります」

洋子は決然とした表情を見せて言った。

「えっ、じゃあ、先生も北朝鮮へ？」

「ええ、連れて行ってもらいます。ほかにも何人か行きます。美瀬島の人もいるし、余所から美瀬島経由で行く人もいます」

「だけど、北朝鮮はひどいって……」

飢餓と貧困——という文字が頭に浮かんだ。

「差別と虐待と圧政の国だと聞いてますよ。そんな国に行ってまともな生活ができるとは思えませんけど」

「私も心配でしたけど、大丈夫なんですって。美瀬島のようなわけにはいかないけど、地下組織の拠点があって、民主化を目指す革命の志士みたいな人たちがひそかに力を蓄えているのね。いまはほんの小さな点に過ぎないけれど、だんだん広げていって、やがては国全体が荒廃から救われるだろうって言ってました」

石橋先生の目が、キラキラ輝くのを、紗枝子は確かに見た。

「そろそろ行かねとなんねえっぺ」

小島のおばさんが促した。

「私も港までお送りします」

「そう、ありがとう。やっぱりあなたに会ってよかった。いちばんの心残りになるところだったわ」

洋子は手を差し伸べた。紗枝子はその手に縋るように立ち上がった。

漁協の玄関を出ると、正面に「不審船」があった。岸壁には老人と女たちを中心に、見送りの人々が集まっている。その真ん中に、船を背にして女性が立っていた。白いコートを着て、周囲より少し背が高いせいもあるけれど、ひときわ目立つ存在だった。

「あれが石橋先生ですか」

浅見は助太郎に囁くように訊いた。助太郎は頷きかけて、「ん？……」と怪訝な目を向けた。小島家で見た――と言った嘘がバレかけた。

「いや、あまりにも変貌を遂げているので、一瞬、別人かと思いました」

浅見は慌てて取り繕った。

驚いたことに、石橋洋子に駆け寄って抱き合っているのは、なんと天羽紗枝子だった。浅見が知らせてやりたいと思った当人だ。そのことを助太郎に告げた。

「ああ、それは石橋さんのほうから、報せが行ったんでしょうな。どうです、わしがさっき、自分の意思で行くといったのは、嘘ではねえでしょう」

助太郎はそう言った。

「確かにそう見えますが、しかし、石橋さんが失踪したことも事実です。それもまた石橋さん自身の意思だったのですか？」

「そういうことですが、そのことは後で説明しましょうかな」

出航が迫って、乗員はもやい綱を解く用意に入った。

石橋洋子は船員に促されて船に乗った。見送りの人々の様子から察すると、ほかにも乗船者がいるように思えるのだが、すでにキャビンの中に入ったのか、洋子以外の人の姿は見えなかった。だからこそ、助太郎は浅見を港に出したのだろう。洋子の白いコート姿もすぐに甲板から消えた。

見送りの群衆の最後部で、泣き崩れている若い女性がいる。地面に膝をつき、友人らしい女性に肩を抱かれ、慰められながら、忍び泣きの嗚咽が止まらない。

その様子から察すると、誰か恋人でも乗船しているようだ。そんなふうに恋人を捨ててまで、日本を離れたい男もいるということなのか——。その行く先が北朝鮮だとしたら、貧困と飢えと独裁政治のどこに魅力を感じることができるのだろう。
石橋洋子のこともそうだが、浅見には理解できない。彼らには彼らなりの事情や生き方があると考えるほかはない。

「不審船」は岸壁を離れ、防波堤の切れ目へと向かった。いつの間にか助太郎も岸壁のはずれ近くまで行って、大きく手を振っている。彼が特別に見送らなければならない人物も乗っているにちがいない。

来る人、行く人の複雑な余韻の残る港から、人々は三々五々、家路についた。もっとも、全員が帰宅するわけではなかった。老人や何人かの女性は北浜へ向かう道を行くらしい。そういえば港には男たちの姿が少なかった。港での騒ぎをよそに、贄門岩でも何かが進行しているのかもしれない。

浅見も助太郎に言われるまでもなく、その人々の後につづいた。闇に紛れたように紗枝子が寄ってきて、黙って浅見の腕を取った。二人とも何も言わないが、石橋洋子のことはもはや了解済みのような気分だった。

雲の一角が崩れ、黎明の色が差した星空が覗いた。雲の縁もかすかに白みかけてきている。夜明けはもう近いらしい。

北浜へ下りる小道はぬかるんではいたが、小川のようだった水の流れは消えていた。人々は両脇の草地を踏んで歩いた。暗い松林の中にも、どことなく薄明かりが漂っている。夜と朝の狭間のような時間帯だ。

海岸には女よりも男たちのほうの数が圧倒的に多い。元々いた連中に加えて、さっき命からがら港に帰ってきた船の乗組員も、ほとんどが集まっているようだ。そこにまた新たな人数が参加して、総勢七、八十人ほどが黒々とした塊りになっている。

目が暗さに慣れたのと、上空に薄明が差しはじめたのとで、波打ち際に黒いボートらしきものが打ち上げられているのが見えた。波に破壊されて原型をとどめていないが、小型のモーターボートほどの大きさだ。浅見や女性たちが港へ向かった時、一部の男たちがここに残っていたのは、これを引き揚げるためだったにちがいない。

半鐘が鳴らされたのは、「白鳥」のためだと思っていたが、この難破船のためでもあったのだろうか。それにしても「難破船」と呼ぶには小さすぎる。柿島一道が目撃した「不審船」から下ろされたボートというのはこれだったのか。沖の船と陸との連絡用に使われていたのだろうか。乗っていた人間は助かったのだろうか――と、いろいろなことを想像した。

波打ち際から少し離れた場所に、祭壇が設えてあった。司祭者は神宮船長ではなく、浄清寺の和尚が務めるらしい。儀式用なのか、緋色の衣を着ている。緋色は階級としては上から何番め――という決まりがあるのだろうけれど、浅見は詳しいことは知らない。

とにかく、暗い海を背景に、懐中電灯を集めた明かりに浮かび上がった緋衣の宗教者の姿は、なかなか厳かなものがある。

浄清寺の和尚は低い声で読経を始めた。神事を僧侶が行なうのは正しいのか、祝詞の代わりに経文をよんでもいいものかどうかも知らないが、日本の宗教は何でもありのようなところがあるから、それはそれで構わないのだろう。

それよりも異様なのはやはり藁人形だ。全部で六体もある。そのうち三体は黒い布を、三体は赤い布を腰に巻いている。助太郎の話によれば、三人は死すべき者として送られ、三人は生きるべく送られることになる。

（どういうことだろう？——）

浅見は首をひねった。

黒い布を巻かれた——死すべき三人とは、誰が該当するのか？ 連絡船「白鳥」に乗ったのは廣部代議士と木村秘書と天羽正と智巳、そして神宮船長の五人だったはずだ。「白鳥」が遭難したのなら五体の藁人形に黒い布が巻かれそうなものではないか。

それとも、五人のうち二人は生き残ったということなのか。だとしたらそのうちの誰が死ぬべき運命を与えられたのだろう？ それに、赤い布の三人——生きるべき三人のうちの一人は石橋洋子だとして、残り二人は誰なのだろう？

浅見の脳裏に、「不審船」を見送る岸壁で泣き崩れていた女性の姿が思い浮かんだ。あの若さから思い当たる相手といえば——。

（天羽智巳？——）

思いがけない名前が浮かんだ。

（天羽智巳は生きているのか——）

もしそうであるなら、天羽正が行動を共にした可能性は十分ある。そして（あっ——）と思いついた。神宮船長が道連れにしたのは廣部代議士と彼の秘書だけで、正と智巳は「白鳥」には乗っていなかったのでは？

「さっき、石橋先生に正叔父さんのことを聞きましたか？」

傍らの紗枝子に囁いた。

紗枝子は「えっ」と反応した。暗い中で、浅見を見上げた眸が光っている。しばらく黙っていたが、浅見の視線に抗えないものを感じたのか、「ええ」と頷いた。

「じゃあ、やっぱり一緒に行くことにしたのですね？」

「ええ」

「そうだったのか……何があったのか、ようやく見えてきましたよ。石橋先生は正さんと結ばれたということですか」

「ええ、そうだったみたい。夏前に正叔父と偶然、再会して、叔父から身の上話を聞かされ、同じ境遇だって思ったって。居場所のなくなった同士で、正さんには自分が必要なんだっておっしゃってたわ」

「しかし、なぜ失踪劇などを演じたりしたのですかね？」

「そうする以外、自分を抹消して故国に帰る方法がなかったっておっしゃってました。ようやく自分の居場所に戻ることができる。心配かけてごめんなさいとも」

「そう、故国と言ったんですか」

石橋洋子にとって、日本は「故国」ではありえなかったということか。正や智巳が、北か南かはともかく、「故国」へ還ろうとする理由は分かるが、日本人として生まれた石橋洋子であっても、彼女のＤＮＡは居場所を求めて彷徨いつづけていたのか。そうして、正との愛と「故国」に安住の地を見出したのか。

浅見は紗枝子と離れて、助太郎と茂のいる場所へ行った。二人は波の弱まった岩場近くに佇んで、水平線を眺めている。黒い「不審船」はまだ見えていた。

「白鳥と運命を共にしたのは、神宮船長と廣部氏と木村秘書ですね」

浅見は囁くように言った。

「えっ……」

助太郎はギョッとして、表情が強張った。浅見が挙げた中に、正と智巳の名前が抜けている。

「正さんと智巳さんはあの黒い船の中ですか」

「浅見さん、あなた……」

波音の中でもはっきりと、ゴクリと唾を飲み込む音が聞こえた。

「驚きましたな……あなた、なんで知っているのです？」

「いえ、知っているわけではありませんが、とどのつまりは、そういう解決方法しかないのだろうと思ったのです。そうでないと、正さんは殺人と誘拐、智巳さんは殺人、それに死体遺棄・監禁等に関係したとして処罰されなければなりませんから」

助太郎は茂と顔を見合わせ、かすかに苦笑を浮かべ、すぐに怖いほどの真顔になった。

「あなたは何でもよく知っている人だが、わしらの犯した罪の本当の意味は悟っていねえのです。確かに人を殺したし、誘拐もした。しかしその目的はただの保身のためや営利のためではねえのです。正や智巳のような若い連中がなぜああまでして突っ走るのか……いや、あの二人だけでねえ。あなたが知らねえ、もっと多くの人間があの船に乗って去って行ったのはなぜなのか。そのことこそ、わしらが抱えている、いちばん大きな秘密だということです」

「その秘密とは？」

浅見は助太郎の圧力を跳ね返すような気力を振り絞って、訊いた。ここで確かめなければ、永遠にテキの尻尾を摑むことはできないと信じた。助太郎はその浅見を睨みつけたが、やがて肩を力を抜き、「ほうっ」と吐息をついた。

「浅見さんは彼らの故国がどのような状態か知っているでしょう。圧政の下、民衆は貧困と飢餓のどん底に喘いでいる。少しでも反体制的なことを口にすれば、とたんに密告され、峻烈な粛清に遭って、いのちを失う危険のある国です。しかし、その中からも立ち上がろうとする者がいる。心ならずも工作員として、麻薬の密輸に手を染めながら、ひそかに政治を変え民族を救おうとする者がいる。いまの日本人には考えられない、立派な使命感に燃えた人々です。あの船の者たちもそうです。わしらの美瀬島は、彼らにほんの少しの力を貸してあげようとしておるのです。だが、そういう高邁な命がけの志も、わしらのささやかな気持ちをも、食い物にしようとするやつがいる。そんなやつらを許しておけますか？　わしらは許せねえ。それを犯罪だというのなら、彼らがあまりにも哀れではねえですか」

助太郎の目から暁の光を浮かべた涙が、ポロポロとこぼれ落ちた。

エピローグ

和尚の読経が流れる中、死者を送る藁人形が一体ずつ、屈強な男衆の手に抱かれ、薄明を浮かべはじめた海に流される。

轟音とともに寄せてくる波が引いたタイミングを計って、男衆が渚に走り込み藁人形を置いて逃げ帰る。次の波が藁人形を乗せて男衆を追いかけてくる。狂奔する波頭で藁人形が手足を振るい追い迫るありさまは、まるでいのちのある物の怪のようだ。

逃げる男衆に迫りながらあと一歩及ばず、藁人形はいのちを失って引き波とともに贄門岩のあいだを抜け、沖へ去る。西風が「彼」を遠ざけたのか、それとも浮力を失って波間に沈んだのか、次の波が寄せた時には、もはやその姿がなかった。

「いい送りだわ」

紗枝子が小声で呟いた。

（確かに――）と浅見は思った。そういう言い方がぴったりする。

寄せる波を七つ数えるごとに一体の藁人形が流されるらしい。大原のはだか祭りを彷彿(ふつ)させる動きのはげしい「儀式」だが、その間隔があるせいか、荘重でもの悲しい雰囲気が壊れることはない。

六体の藁人形が送られるのに、およそ十分近くかかっただろうか。それからしばらくして和尚の読経がやみ、「送り」の儀式は終了した。

人々は緩慢に動きはじめた。蓮台(れんだい)のようなものの上に和尚が乗り、八人の男衆が担いで行く。その後に人々の列がつづいた。何人かの男たちは残って、後始末をするらしい。

助太郎と紗枝子と浅見は列の最後に従ってその場を去った。

西風に追われるように、上空の雲は急速に消えて、曙(あけぼの)の色が全天に広がってゆき、まだ暁闇(ぎょうあん)から覚めきらない島を、穏やかで平和な気配が覆い始めた。大変な出来事があったとは思えない静けさだ。昨夜のような特別な事件でもないかぎり、台風の襲来は、たぶんこの島では年中行事のように繰り返される自然現象にすぎないのだろう。

和尚は「蓮台」に乗ったまま、浄清寺の方角へ運ばれて行った。行列の大半はそれに従いながら、それぞれの自宅に戻ってゆくらしい。助太郎は「天栄丸」の自宅に立ち寄りもせずに港へ向かった。浅見は最初から助太郎と行動を共にするつもりだったが、紗枝子も浅見についてきた。

港に戻った頃、岸壁には出港を準備する男たちの姿が増え、漁協事務所の外も内も緊迫した空気に包まれていた。助太郎の姿を見て駆け寄ってきた漁協の職員が、現在の状況を説明した。千葉にある海上保安庁から、巡視船が夜明けとともに出動して美瀬島へ向かうと言ってきたそうだ。自衛隊機も飛来するという連絡が入っていた。

海上は大きなうねりは残るものの、全体としては穏やかな表情を取り戻している。美瀬島の漁船はすべて本日の出漁をやめ、いつでも捜索活動に参加できる手筈を整えた。

太陽が水平線上に顔を出した頃には、自衛隊機が低空でやって来て、美瀬島の上空を旋回し始めた。地上と無線交信しながら、捜索範囲を東方洋上へと少しずつ移動させてゆくようだ。やや遅れて報道各社のヘリコプターが飛来して、晴れわたった美瀬島の空を爆音で覆った。

「白鳥」は美瀬島から和倉港へ向かう途中で転覆、沈没したものと考えられる。神宮船長が送った最後の無線連絡はその位置からだった。したがって、風と潮の流れに乗ったといっても、そう遠くまで流されたとは考えられない。

朝のテレビニュースは早くも「白鳥」の遭難を報じ始めた。廣部代議士が乗っていたという点で、通常の海難事故と異なる扱いになっている。いまのところ、遭難の事実と行方不明状態であることだけを報じているが、いずれ「絶望」の判断が下される。そうなったとたん、ニュースワイドショーには、評論家が登場して、したり顔に、ベテラン船長がなぜ荒天をついて船を出したのかなど、さまざまな憶測を語るにちがいない。

しかし、真相は誰にも分からないだろう。まして天羽正と智巳の二人までが「白鳥」

に乗っていて、運命を共にした事情など、さらに謎を深めるばかりにちがいない。

和倉港の船が警察官と報道関係の人間を運んできた。鴨川署から署長以下十数人が駆けつけている。さらに事故が確定的となれば、県警からも人員が派遣されるだろう。天羽助太郎は警察の事情聴取と報道関係者の質問を一手に引き受けて、スポークスマン役を務めている。

「『白鳥』の運航はあくまでも神宮船長の責任によるものですが、廣部代議士の強い要望が船長の判断を狂わせたことは否定できないと思います」

助太郎は沈痛な面持ちで語った。

「代議士が『どうしても』と強要すれば、神宮船長は断りきれない立場にあったのではないでしょうか。廣部代議士は、美瀬島から和倉まではほんのわずかな距離だし、通常は波の静かな島陰を行くのだから、船を出せないはずがないというお考えのようでした。しかし、美瀬島と和倉の中間点付近では、左右から寄せた波がぶつかり合って、いわゆる三角波が立つことがあるのです。台風の波は六、七メートルに達していましたから、三角波の高さは十メートルを超えた可能性があります。もし、『白鳥』がそれに襲われれば、転覆しても不思議はありません」

気象判断に通じる島の人間がそういうアドバイスをしたにもかかわらず、廣部がなぜ帰りを急いだのか、その理由は分からないと助太郎は言い、その点については、廣部事務所の人間もやはり思い当たることはないと言っている。いずれにしても秘書が同行していながらのことだから、何らかの理由があったことは確かだ。事務所側がそれを知らないのは、ごくプライベートな目的だったかもしれない。たとえば女性——とは、誰もが考えそうなことだ。

午前九時を過ぎて、浅見と紗枝子は引き揚げることにした。状態が落ち着いてくると、さすがに徹夜の疲労と睡魔が襲ってきた。しかし助太郎はまだ頑張るつもりのようだ。漁協事務所に居残って、海上から送られてくる捜索状況の報告を聞いていた。

浅見はそういう助太郎の強靭な精神力に舌を巻いた。「遭難」が既定の事実であることも、神宮船長の「決断」の本当の理由も知っていながら、おくびにも出さずに、捜索活動の成果に期待する素振りを崩さない。

いや、助太郎ばかりでなく、捜索に参加している者はもちろん、島中の人間のほとんどが、おそらく「真相」を知っているはずであるにもかかわらず、こぞってこの大芝居を演じているのだ。全島がまさに一心同体、さながら一頭の巨大な怪物のように機能する様を目の当たりにして、浅見は感動と同時に、少なからず背筋が寒くなった。

天羽家にはすでに菜穂子が戻っていた。茂は捜索の船を操っているはずだ。

「叔父さんは、もう帰ってこないの？」

紗枝子は母親に訊いた。

「ああ、帰って来るかもしんねっけんが、おら家には戻んねっぺな」

菜穂子は力なく答えた。

「死んでしまっては、戻りたくても戻らんねっぺ」

「あの国に、本当に居場所を見つけられるのかな」

「おらには分かんんね。浅見さんに訊いたらいい」

素っ気なく言われて、紗枝子は「？」という目を浅見に向けた。

「いえ、僕にも分かりませんよ。ただ、正さんは石橋先生と一緒に行くことで、美瀬島を去る決心を固めたのだとは思います。石橋先生と同じ想いを共有しているかぎり、もう、この国には戻らないのかもしれませんね」

「じゃあ、天栄丸の智巳は？」

「あの人は元々、向こうの人として日本に亡命するつもりで来たのです。思いがけなく本物の智巳さんの身代わりになって、目的は達したものの、結局、日本に同化することができなかったのでしょう」

浅見は菜穂子のために、美化した理由を語った。しかし正と智巳の「出発」の背景に、柿島一道や平子裕馬、増田敬一の事件があったことは、紗枝子も勘づいているはずだ。助太郎から聞いたその真の動機は、たとえ相手が誰であろうと、浅見は口が裂けても話しはしない。その気持ちを察したのか、紗枝子は会話にピリオドを打つように大きな欠伸をして、「眠くなってきちゃった」と言った。

「そうだよ、寝れ寝れ、寝んのがいちばん。浅見さんも少し寝たらいっぺ」

菜穂子は結論づけるように言った。眠っているうちに、一夜の出来事が一場の夢と化すとでも思っているのかもしれない。

海上保安庁と自衛隊、それに千葉県警の大々的な捜索にもかかわらず、「白鳥」の消息は摑めなかった。鴨川沖に油の帯が発見されたが、それがはたして「白鳥」のものかどうかは断定できない。午後になって、油の帯のさらに東十キロほどのところで、「白鳥」の名前の入った浮輪が発見された。これによって「白鳥」の遭難は確定的となった。マスコミは廣部代議士と木村秘書、神宮船長、天羽正、智巳の五名の行方不明者を発表した。今回の台風は房総半島沖を通過したので、各地の被害はさほどでもなかっただけに、この遭難事故は注目を集めた。

とりわけ北朝鮮とのパイプを持っている廣部の遭難は、大げさに言えば国家的な問題であった。いまはまさに、北朝鮮との関係が微妙な時期にある。その時に廣部代議士を失うことは、日本にとって大きな損失だとする評論が多かった。それまではさんざん、廣部と北朝鮮の結びつきの陰には何らかの利権が絡んでいるのでは——と指摘していた野党までが、「惜しい人材を失った」などと持ち上げている。

日没とともに捜索活動は打ち切られた。明日も継続することになってはいるが、すでに「絶望」の活字が新聞にもテレビにも打ち出されつつあった。

浅見と紗枝子は午後三時には美瀬島を離れた。第八美瀬丸を茂が操船してくれた。波は静まったが、大きなうねりが船を緩慢に上下させる。ほんの短い距離だからいいが、船酔いしそうな気分がした。

「紗枝は今度、いつ帰るんだ？」

茂は珍しく、父親らしい気遣いを見せて訊いた。

「分からない」

紗枝子は首を横に振って、背後に遠ざかる美瀬島を眺めた。いつ帰るどころか、二度と帰らない覚悟を決めたような表情だ。

「正月には帰れや」

茂は懇願するように言い、紗枝子は「うん、そうしようかな」と曖昧に答えた。しかし彼女の中では美瀬島への訣別の思いが固まっているように、浅見には思えた。

和倉港の岸壁に星谷実希が佇んでいた。次の船で美瀬島へ渡るつもりだったらしい。浅見と紗枝子の姿を見て、駆け寄るなり泣き崩れた。彼女にとっての廣部馨也は、単なる雇い主以上の存在だったのかもしれない。それに感情移入するのか、紗枝子も実希を抱きながら、一緒に泣いてあげている。浅見は二人に背を向けて、もう一度、美瀬島の穏やかな緑を網膜に焼き付けた。

その夜、浅見は帰宅した兄に美瀬島のことを訊かれた。「真相はどういうことになっているんだ？」と、陽一郎は刑事局長の顔を見せて訊いた。

「報道されている以上のことは、何も知りませんよ」

浅見が答えると、陽一郎は「ふん」と鼻先で笑った。

「光彦が何のお土産もなしに帰ってくるとは、珍しいな」

「一つだけ、お父さんの奇禍の件について、興味深い話を聞きました。お父さんの転落事故は仕組まれたものである可能性があるというのです」

「仕組んだのは廣部氏か」

浅見は黙って頷（うなず）いた。それだけで賢兄はすべてを察したのか、父親の奇禍について、それ以上の質問はしなかった。

「廣部氏の遭難は不可抗力かね？　それとも人為的なものかな」

「僕は知りませんよ。もしかすると、人為と神意によるものかもしれない」

「神意はともかく、人為のほうにきみは関与しなかったのか」

「しませんよ、そんなこと」

弟はムキになって言い、兄はまた鼻の先で笑った。

その直後、館山署の吉田部長刑事から電話が入った。

「浅見さんにもちょっとお知らせしといたほうがいいと思って電話しました。例の石橋洋子さんの車ですがね。きょう、勝山漁港近くで発見されたのです。これを手掛かりに捜査は進展するでしょう」

「そうですか、それは何よりです。早く行方が摑めるといいですね」

浅見は受話器を置いた電話に、丁寧に一礼した。


およそ半月後、鹿児島県奄美大島沖で、国籍不明の不審船が巡視船の停船命令を無視し、追跡を振り切って逃走するという事件が発生した。

不審船は日本の漁業水域内を航行していたので、巡視船「いなほ」が追跡、停船命令を出したがこれを無視したため、威嚇射撃を行なった。しかし不審船はなおも逃走をつづけ、間もなく領海外に脱出した。不審船の国籍は不明だが、状況から見るかぎり北朝鮮籍のものであることは、ほぼ間違いない。

このニュースをテレビで見た瞬間、浅見は胸がつまった。不審船がはたして美瀬島で見た船かどうかは分からない。かりに同じ船であるとしても、経過した日数から見て、あの船はとっくに北朝鮮へ帰っているものと思われる。しかし、不審船の性格から言うと、巡航速度どおりに航行したものかどうか。はるか南方海上を迂回して行ったとすれば、ちょうどいま頃、現場海域にさしかかったところだった可能性もある。

紗枝子も同じ気持ちだったのか、その直後に電話がかかった。挨拶（あいさつ）もそこそこに「ニュース、見ました？」と言った。

「あの船でしょうか？」

「たぶん、違うでしょう。あの辺りまで半月もかかるはずがないです」

「そうですよね、違いますよね」

紗枝子は自分に言い聞かせるように、断定的な口ぶりだった。

「その後、美瀬島のほうから何か言ってきませんか？」

浅見は訊いた。

「いいえ、何も。もうテレビも新聞も、あのニュースはぜんぜん出ないし、完全に忘れ去られてしまったみたい。世の中なんて、冷たいもんですね」

「しかし、助太郎さんにとっては……というより、美瀬島の人たちにとっては、忘れてくれたほうがいいのですから」

「それはそうですけど……」

「正月には美瀬島に帰るんですか？」

「ううん、帰りません。ていうか、もう二度と美瀬島には帰らないかもしれない。そんな気がするんです。祖母もそう言ってたし」

「そんなこと言わないで……。僕は行くつもりです。行って、贄門岩から送られた人たちの霊を慰めるつもりです」

「ああ、そういうこと……だったら、私も一緒に行きます。ほんとは帰りたいんです」

電話を切ったあと、「ほんとは帰りたい」と言った紗枝子の言葉が耳に残った。人間、帰る場所があるうちは、そこに帰って行くのがいい——と、浅見は漠然と思った。

（完）

参考文献

・『流れる星は生きている』藤原てい（中公文庫）
・『わが朝鮮総連の罪と罰』韓光煕（文藝春秋）
・『ハンミちゃん一家の手記――瀋陽日本総領事館駆け込み事件のすべて』キム・グァンチョル家・文国韓（文藝春秋）
・『北朝鮮難民』石丸次郎（講談社現代新書）
・『北朝鮮ハンドブック』小此木政夫編著（講談社）
・『日本伝奇伝説大事典』（角川書店）
・『20世紀全記録（クロニック）』（講談社）
・『小田原市史　通史編　近現代』（小田原市）
・『千葉県の歴史　資料編　近世2（安房）』（千葉県）

自作解説

本書『贄門島』の姉妹作ともいえる『棄霊島』が二〇〇六年四月に上梓され、これが浅見光彦シリーズの一〇〇作目にあたる。そのこともあって、NHK・BSの「週刊ブックレビュー」という番組に出演した。前もってディレクターが取材に来て、話題のもっていき方などを打ち合わせたのだが、その際、どうしても話が嚙み合わなかったのは、僕がプロットなしに小説を書くという点だった。ディレクター氏はこれをテンから信じなくて、話を面白くするジョークだと思ったらしい。「またまたご冗談を……」という顔で失笑する。僕は（珍しく）真剣に説明したのだが、どうやら最後まで信じてもらえなかったようだ。番組の本番の時は、司会の女性二人が優しくあしらってくれて、なんとか面目を保つことができたが、ひょっとして読者の多くがそんなふうに考えているのかと思うと、いささか残念な気もする。

僕がプロット（筋書・構想）を用意しないまま執筆にかかるというのは、まぎれもない事実（あまり褒められることではないが）なのであって、ごく一部の例外を除くすべての作品をそうやって書いてきた。最初に決めておくことといえば、どこを舞台にして、どういう書き出しで書くか——という程度のことにすぎない（「一部の例外」と書いたが、その例外中の例外として『「萩原朔太郎」の亡霊』という作品がある。この時は、萩原朔太郎の詩を見た瞬間に、物語のすべてが一挙に思い浮かぶという奇跡のような出来事に襲われた。その詳しい顚末は『「萩原朔太郎」の亡霊』の自作解説か、『浅見光彦のミステリー紀行』の『「萩原朔太郎」の亡霊』の項をお読みいただきたい）。

たとえば『喪われた道』という作品では、プロローグで、雨のしとしと降る天城街道をゆく虚無僧の姿が描かれている。この虚無僧がそれから間もなく、青梅の山道で殺害される。執筆前に考えたことといえば、この辺りまで――というより、冒頭の虚無僧のイメージがすべてだったと言ってもいい。その書き出しから、やがて東京、西伊豆、奥多摩を舞台にした壮大（？）な物語が展開し、あざやかに（？）収斂するのだが、担当編集者はどうなることかと、ハラハラしながら原稿の進みを見守っていた。彼は僕が取材に行ってもメモを取らず、ストーリーの構想について語ることもしないといった、創作過程の一部始終を見ている。だから作品がまとまった時には、信じられない思いだったそうだ。

じつは、プロットを作らない作家を何人か知っている。ただし、作家の道を志したころの僕は、小説家は構成などは考えなしに創作しているのがふつうだと思っていた。ところが実際には（真面目な）作家のほとんどは、きちんとプロットを用意して執筆にかかるものだということを、間もなく知った。とくにミステリーの場合には整合性が最も重んじられるから、予め周到の上にも周到を期すのが真っ当だという。十数年ほど前、ある著名な評論家にプロットなしの話をしたところ、真顔で「そういうことは言わないほうがいい」と忠告された。その時は立ち話のようなことだったので、どういう意味か汲み取れなかったのだが、どうやら前述のディレクター氏と同じ気持ちだったようだ。プロットを用意しない理由はいくつかあるけれど、その最も大きなものは「面白くないから」である。デビュー作の『死者の木霊』を書く時は、小説の書き方そのものを知らない素人だったから、それなりに構成などをいろいろ試みてみた。しかしどうもうまくいかない。何よりも、その作業が少しも面白くないのである。

登場人物や事件、人間関係、舞台構成などさまざまな道具立てを用意しておいて、それを継ぎ接ぎするような作業が楽しいはずがない。そもそも犯人が最初から分かっていて、どういうトリックを使ったかも知っているくせに、何も知らないふりを装いながら、探偵が謎を解き犯人を追い詰めてゆく話を書くこと自体がおかしい——と、自分の勉強嫌いを棚に上げて、妙な理屈を考えもした。そうしてとどのつまり、プロットを作る作業を放擲してしまった。

それ以来、いまに至るも創作手法は変わっていない。ごく稀なケース以外、露悪的にいえば行き当たりばったりに文章を紡いでいって、作品を完成させている。いつもそうとまでは言わないけれど、犯人も分からずに書き進めていることがある。刑事や浅見が手さぐり状態で謎解きに励むのと同じ視点で、作者である僕自身も、謎を解き、犯人探しに努力しているのである。それはほとんど読者の視点と言ってもいい。だから、読者が「そうだったのか」と思うほんの少し前辺りで、僕もたぶん「そうだったのか」と、事件の真相に気づいているはずだ。そう思っていただいて間違いない。『贄門島』もまた、そういう筆法で書かれた。最初に決めていたことは、「房総を舞台にしよう」だけで、何を書くあてもなく房総半島に取材に出かけた。そうして出会ったのが「仁右衛門島」である。房総半島に土地鑑のある方は外房にそういう名の島があることをご存じだろう。家が一軒しかない、ほとんど地続きのような小さな島で、房総観光の目玉の一つになっている。

当初はその島を舞台にしようかという気持ちに傾いていた。しかし、そこでどういう事件を起こすにしても、現に住んでおいでの方にとっては迷惑なことだ。いくら「フィクションです。実在の人物とは関係ありません」と断っても、ほかに住んでいる人がいない以上、もろに被害を被ることになる。そう思って諦めながら、未練たらしく「ニエモン」という響きのいい名称を反芻(はんすう)しているうちに、とつぜん「贄門」の文字を連想した。

その瞬間、「贄門島」の風景が脳裏のスクリーンに広がった。これは前述の『「萩原朔太郎」の亡霊』のケースとよく似ているが、『「萩原朔太郎」の亡霊』のようにストーリー全体が見えたわけではなく、島の情景だけが見えた。まず、そそり立つ柱のような岩である。北海道余市のローソク岩を連想していただけばいいかもしれない。それが二本、あたかも門柱のように立つ。そのあいだを抜けて島を出てゆくのは死体だけである。そこまでが執筆前に「見えていた」風景だ。

それだけで十分——と思ってしまうのが、僕の楽天的なところで、実際「週刊文春」の連載はその時点でスタートした。先がどうなるのか見えていたわけではないが、とにかく浅見が平子(ひらこ)と一緒に「美瀬島」を訪れる。その名のとおりの美しい島だ。一島一村で、ほとんど自給自足で暮らしていける。しかも豊かな海産物に恵まれ、政治的にも経済的にも独立国のような雰囲気さえ漂う。

これがしかし、ひそかに「贄門島」と囁(ささや)かれるような、不気味な風評に包まれた島であった——という着想で書き進める。そのうちに奇妙な出来事が浅見と平子を襲う。はたして彼らの運命はどうなるのか。いかにも平和そうでいながら、何かしら怪しげな気配を見せる島の人々。島の秘密を知ると思われる人物の謎の死。

いったいこの先、何が起こるのか——と、わくわくする思いでワープロのキーを叩いた日々を思い出す。想定外のことがどんどん起きて、浅見が右往左往するのと同じ程度、僕も物語の不思議さに引きずり回された。週刊誌の連載は待ったなしでストーリーが走ってゆく。いったん書いてしまった以上、その事実を消すことも、後戻りもできない。

その怖さはあるけれど、それもまた楽しさであると思い、難関をねじ伏せ、乗り越えて書いた。いつの場合でも、どの作品でも、僕はそんなふうに「苦難」を楽しむことにしている。

そうして事件は思いがけない方向へ向かって行った。読者の中にはまず「解説」からお読みになる方もおいでなので、ここでは詳細は書かないが、真相の裏に隠れていた巨悪の正体を知って、浅見はもちろん僕自身も「ああ、そうだったのか」と驚き感動した。読者もびっくりされたことと思う。

ある時期から——というより、かなり初期の段階から、僕の作品の傾向は変化してきている。最初の頃は、ごく個人的な怨恨や欲望が犯行動機を形成していたのだが、そうではなく、背景にある大きな社会的なものの存在が、事件に影を投げている作品が好きになってきた。トリックの面白さや、不気味さだけのミステリーに飽き足らなくなったと言ってもいいかもしれない。推理を伴った物語全体の面白さこそが「推理」＋「小説」の本旨だと思えるのである。

「社会派」というジャンルがあるが、僕は意識して社会派であろうとは思わない。ふつうに推理小説を書いていて、その結果、社会派風に読まれることはあるかもしれないが、それが喜ぶべきことなのか、不本意なことなのかも、よく分かっていない。近年の作品について見ても、『風の盆幻想』のように、きわめて世俗的、あるいは通俗的なもののある。それと『贄門島』は対極にあるように見え、中には同じ作家なのか？　と疑う人もいるかもしれないが、すべからくエンターテーメントでありたいという根っこの部分では共通している。

とはいえ『贄門島』は、僕のいわゆる社会派的傾向の作品のひとつの到達点として、僕なりに記念碑的な想いを抱いている。『棄霊島』と併せてお読みいただくと、その意図するところも読み取っていただけると思う。

二〇〇六年夏

内田康夫

初出　『週刊文春』平成十三年九月十三日号〜平成十四年十一月二十四日号

単行本　二〇〇三年三月　文藝春秋刊

ノベルス版　二〇〇五年一月　実業之日本社刊

本書は二〇〇六年八月刊文春文庫の新装版です

文春文庫

贄門島（にえもんじま） 下

定価はカバーに表示してあります

2020年8月10日　新装版第1刷

著者　内田康夫（うちだやすお）
発行者　花田朋子
発行所　株式会社 文藝春秋

東京都千代田区紀尾井町 3-23　〒102-8008
TEL 03・3265・1211㈹
文藝春秋ホームページ　http://www.bunshun.co.jp

落丁、乱丁本は、お手数ですが小社製作部宛お送り下さい。送料小社負担でお取替致します。

印刷製本・凸版印刷

Printed in Japan
ISBN978-4-16-791549-0

内田康夫
しまなみ幻想
しまなみ海道の橋から飛び降りたという母の死に疑問を持つ少女と、偶然知り合った光彦。真相を探るべく二人は、小さな探偵団を結成して母の死因の調査を始めるが……。（自作解説）
う-14-14

内田康夫
神苦楽島（かぐらじま）（上下）
秋葉原からの帰路、若い女性が浅見光彦の腕の中に倒れ込み、絶命してしまう。そして彼女の故郷・淡路島へ赴いた光彦は、事件の背後に巨大な闇が存在することに気づく。（自作解説）
う-14-15

内田康夫
平城山（ならやま）を越えた女
奈良坂に消えた女、ホトケ谷の変死体、50年前に盗まれた香薬師仏。奈良街道を舞台に起きた三つの事件が繋がるとき、浅見光彦は、ある夜の悲劇の真相を知る。（山前　譲）
う-14-17

内田康夫
還らざる道
「帰らない」と決めたはずの故郷への旅路に出た老人が他殺体となって見つかった。その死の謎を追う浅見光彦は、事件の背景に木曾の山中で封印された歴史の闇を見る。（自作解説）
う-14-18

内田康夫
壺霊（上下）
グルメ取材で秋の京都を訪れた浅見光彦は、〝妖壺〟紫式部〟と共に消えた老舗骨董店夫人の捜索を依頼される。行く手をはばむのは京女の怨念か。小林由枝による京都案内収録。（自作解説）
う-14-19

内田康夫
風の盆幻想
おわら風の盆本番前に、老舗旅館の若旦那が死体で発見された。周りは自殺とみる中、浅見光彦と軽井沢のセンセがタッグを組む！　幽玄な祭に隠された悲恋を描く傑作ミステリー。

う-14-21

内田康夫
汚れちまった道（上下）
「ポロリ、ポロリと死んでゆく」——謎の言葉を遺し、萩で行方不明になった新聞記者。中原中也の詩、だんだん見えてくる大きな闇と格闘しながら浅見は山口を駆け巡る！（山前　譲）
う-14-22

（　）内は解説者。品切の節はご容赦下さい。

アナザーフェイス
堂場瞬一

家庭の事情で、捜査一課から閑職へ移り二年が経過した大友だが、誘拐事件が発生。元上司の福原は強引に捜査本部に彼を投入する……。最も刑事らしくない男の活躍を描く警察小説。

と-24-1

敗者の嘘
堂場瞬一
アナザーフェイス2

神保町で強盗放火殺人の容疑者が、任意同行後に自殺、その後真犯人と名乗る容疑者と幼馴染の女性弁護士が現れ、捜査は大混乱。合コン中の大友は、福原の命令でやむなく捜査に加わる。

と-24-2

第四の壁
堂場瞬一
アナザーフェイス3

大友がかつて所属していた劇団「アノニマス」の記念公演で、ワンマンな主宰の笹倉が、上演中に舞台の上で絶命する。その手口は、上演予定のシナリオそのものだった。　　（仲村トオル）

と-24-3

消失者
堂場瞬一
アナザーフェイス4

町田の駅前、大友鉄は想定外の自殺騒ぎで現行犯の老スリを取り逃がしてしまう。その晩、死体が発見され……警察小説の面白さがすべて詰まった大人気シリーズ第四弾！

と-24-5

凍る炎
堂場瞬一
アナザーフェイス5

「燃える氷」メタンハイドレートをめぐる連続殺人事件。刑事総務課のイクメン大友鉄最大の危機を受けて、「追跡捜査係」シリーズの名コンビが共闘する特別コラボ小説！

と-24-6

高速の罠
堂場瞬一
アナザーフェイス6

父・大友鉄を訪ねて高速バスに乗った優斗は移動中に忽然と姿を消す——誘拐か事故か!?　張り巡らされた罠はあまりに大胆不敵だった。シリーズ最高傑作のノンストップサスペンス。

と-24-8

愚者の連鎖
堂場瞬一
アナザーフェイス7

刑事部参事官・後山の指令で、長く完全黙秘を続ける連続窃盗犯を取り調べることになった大友。めったに現場に顔を出さない後山や担当検事も所轄に現れる。沈黙の背後には何が？

と-24-10

堂場瞬一
潜る女
アナザーフェイス8

結婚詐欺グループの一員とおぼしき元シンクロ選手のインストラクター・荒川美智留。大友は得意の演技力で彼女の懐に飛び込んでいくのだが——。シリーズもいよいよ佳境に！

と-24-11

堂場瞬一
闇の叫び
アナザーフェイス9

同じ中学に子供が通う保護者を狙った連続殺傷事件が発生。刑事総務課のイクメン刑事、大友鉄も捜査に加わるが、容疑者は二転三転。犯人の動機とは？　シリーズ完結。（小橋めぐみ）

と-24-12

堂場瞬一
親子の肖像
アナザーフェイス0

初めて明かされる「アナザーフェイス」シリーズの原点。人質立てこもり事件に巻き込まれる表題作ほか、若き日の大友鉄の活躍を描く、珠玉の6篇！（対談・池田克彦）

と-24-7

夏樹静子
ゴールデン12（ダズン）

作家デビュー25周年を記念して、全短篇の中から選んだベスト12篇。「死ぬより辛い」「特急夕月」「一億円は安すぎる」「逃亡者」「足の裏」「凍え」「二つの真実」「懸賞」「カビ」などを収録。

な-1-34

中山七里
静おばあちゃんにおまかせ

警視庁の新米刑事・葛城は女子大生・円に難事件解決のヒントをもらう。円のブレーンは元裁判官の静おばあちゃん。イッキ読み必至の暮らし系社会派ミステリー。（佳多山大地）

な-71-1

中山七里
テミスの剣（つるぎ）

自分がこの手で逮捕し、のちに死刑判決を受けて自殺した男は無実だった？　渡瀬刑事は若手時代の事件の再捜査を始める。冤罪に切り込む重厚なるドンデン返しミステリ。（谷原章介）

な-71-2

西村京太郎
十津川警部　謎と裏切りの東海道
徳川家康を殺した男

徳川家康を敬愛する警備保障会社社長が犯してしまった殺人は、果たして正当防衛だったのか？　捜査のなかで見えてきた、社長の「過去の貌」とは？

に-3-42

（　）内は解説者。品切の節はご容赦下さい。

モモンガの件はおまかせを
似鳥　鶏
体重50キロ以上の謎の大型生物が山の集落に出現。その「怪物」を閉じ込めたはずの廃屋はもぬけのから!?　おなじみの楓ヶ丘動物園の飼育員達が謎を解き明かす大人気動物園ミステリー。
に-19-4

追憶のかけら
貫井徳郎
失意の只中にある松嶋は、物故作家の未発表手記を入手するが、彼の行く手には得体の知れない悪意が横たわっていた。二転三転する物語の結末は？　著者渾身の傑作巨篇。（池上冬樹）
ぬ-1-2

空白の叫び（全三冊）
貫井徳郎
外界へ違和感を抱く少年達の心の叫びは、どこへ向かうのか。殺人を犯した中学生たちの姿を描き、少年犯罪に正面から取り組んだ、驚愕と衝撃のミステリー巨篇。（羽住典子・友清　哲）
ぬ-1-4

紫蘭の花嫁
乃南アサ
謎の男から逃亡を続けるヒロイン、三田村夏季。同じ頃、神奈川県下で連続婦女暴行殺人事件が……。追う者と追われる者の心理が複雑に絡み合う、傑作長篇ミステリー。（谷崎　光）
の-7-1

水の中のふたつの月
乃南アサ
偶然再会したかつての仲良し三人組。過去の記憶がよみがえるとき、あの夏の日に封印された暗い秘密と、心の奥の醜さが姿をあらわす。人間の弱さと脆さを描く心理サスペンス・ホラー。
の-7-5

自白　刑事・土門功太朗
乃南アサ
事件解決の鍵は、刑事の情熱と勘、そして経験だ——。昭和の懐かしい風俗を背景に、地道な捜査で犯人ににじり寄っていく刑事・土門功太朗の渋い仕事っぷりを描いた連作短篇集。
の-7-9

秘密
東野圭吾
妻と娘を乗せたバスが崖から転落。妻の葬儀の夜、意識を取り戻した娘の体に宿っていたのは、死んだ筈の妻だった。日本推理作家協会賞受賞。（広末涼子・皆川博子）
ひ-13-1

東野圭吾
予知夢
十六歳の少女の部屋に男が侵入し、母親が猟銃を発砲。逮捕された男は、少女と結ばれる夢を十七年前に見たという。天才物理学者が事件を解明する、人気連作ミステリー第二弾。（三橋　暁）

ひ-13-3

東野圭吾
ガリレオの苦悩
〝悪魔の手〟と名乗る人物から、警視庁に送りつけられた怪文書。そこには、連続殺人の犯行予告と、湯川学を名指しで挑発する文面が記されていた。ガリレオを標的とする犯人の狙いは？

ひ-13-8

東野圭吾
真夏の方程式
夏休みに海辺の町にやってきた少年と、偶然同じ旅館に泊まることになった湯川。翌日、もう一人の宿泊客の死体が見つかった。これは事故か殺人か。湯川が気づいてしまった真実とは？

ひ-13-10

東野圭吾
虚像の道化師
ビル五階の新興宗教の道場から、信者の男が転落死した。教祖は自分が念を送って落としたと自首してきたが…。天才物理学者・湯川と草薙刑事のコンビが活躍する王道の短編全七作。

ひ-13-11

東野圭吾
禁断の魔術
姉を見殺しにされ天涯孤独となった青年。ある殺人事件の被害者と彼の接点を知った湯川は、高校の後輩にして愛弟子だった彼のある〝企み〟に気づくが…。ガリレオシリーズ最高傑作！

ひ-13-12

広川　純
一応の推定
滋賀の膳所駅で新快速に轢かれた老人は、事故死なのか、それとも、孫娘のための覚悟の自殺か？　ベテラン保険調査員が辿り着いた真実とは？　第十三回松本清張賞受賞作。（佳多山大地）

ひ-22-1

東川篤哉
もう誘拐なんてしない
たこ焼き屋でバイトをしていた翔太郎は、偶然セーラー服の美少女、絵里香をヤクザ二人組から助け出す。関門海峡を舞台に繰り広げられる笑いあり、殺人ありのミステリー。（大矢博子）

ひ-23-1

（　）内は解説者。品切の節はご容赦下さい。

東川篤哉
魔法使いは完全犯罪の夢を見るか？
殺人現場に現れる謎の少女は、実は魔法使いだった⁉　婚活中の女警部、ドMな若手刑事といった愉快な面々と魔法の力で事件を解決する人気ミステリーシリーズ第一弾。（中江有里）
ひ-23-2

東川篤哉
魔法使いと刑事たちの夏
切れ者だがドMの刑事、小山田聡介の家に住み込む家政婦マリィは、実は魔法使い。魔法で犯人が分かっちゃったけど、どうやって逮捕する？　キャラ萌え必至のシリーズ第二弾。
ひ-23-3

藤原伊織
テロリストのパラソル
爆弾テロ事件の容疑者となったバーテンダーが、過去と対峙しながら事件の真相に迫る。乱歩賞&直木賞をダブル受賞した不朽の名作。逢坂剛・黒川博行両氏による追悼対談を特別収録。
ふ-16-7

福澤徹三
死に金
金になることなら何にでも手を出し、数億円を貯めた男。彼が死病に倒れたとき、それを狙う者が次々と病室を訪れる。ラストまで眼が離せない、衝撃のピカレスク・ロマン！（若林　踏）
ふ-35-10

藤井太洋
ビッグデータ・コネクト
官民複合施設のシステムを開発するエンジニアが誘拐された。サイバー捜査官とはぐれ者ハッカーのコンビが個人情報の闇に挑む。今そこにある個人情報の危機を描く21世紀の警察小説。
ふ-40-1

誉田哲也
妖（あやかし）の華
ヤクザに襲われたヒモのヨシキが、妖艶な女性・紅鈴に助けられたのと同じ頃、池袋で、完全に失血した謎の死体が発見された——。人気警察小説の原点となるデビュー作。（杉江松恋）
ほ-15-2

松本清張
風の視線（上下）
津軽の砂の村、十三潟の荒涼たる風景は都会にうごめく人間の心を映していた。愛のない結婚から愛のある結びつきへ。〝美しき囚人〟亜矢子をめぐる男女の憂愁のロマン。（権田萬治）
ま-1-17

松本清張
事故
別冊黒い画集(1)
村の断崖で発見された血まみれの死体。五日前の東京のトラック事故。事件と事故をつなぐものは？　併録の「熱い空気」はTVドラマ「家政婦は見た！」第一回の原作。（酒井順子）
ま-1-109

松本清張
強き蟻
三十歳年上の夫の遺産を狙う沢田伊佐子のまわりには、欲望にとりつかれ蟻のようにうごめきまわる人物たちがいる。男女入り乱れ欲望が犯罪を生み出すスリラー長篇。（似鳥　鶏）
ま-1-132

松本清張
疑惑
海中に転落した車から妻は脱出し、夫は死んだ。妻・鬼塚球磨子が殺ったと事件を扇情的に書き立てる記者と、国選弁護人の闘いをスリリングに描く。「不運な名前」収録。（白井佳夫）
ま-1-133

松本清張
証明
作品が認められない小説家志望の夫は、雑誌記者の妻の行動を執拗に追及する。妻のささいな嘘が、二人の運命を変えていく。狂気の行く末は？　男と女の愛憎劇全四篇。（阿刀田　高）
ま-1-134

松本清張
遠い接近
赤紙一枚で家族と自分の人生を狂わされた山尾信治。その裏に隠されたカラクリを知った彼は、復員後、召集令状を作成した兵事係を見つけ出し、ある計画に着手した。（藤井康榮）
ま-1-135

麻耶雄嵩
隻眼の少女
隻眼の少女探偵・御陵みかげは連続殺人事件を解決するが、18年後に再び悪夢が襲う。日本推理作家協会賞と本格ミステリ大賞をダブル受賞した、超絶ミステリの決定版！（巽　昌章）
ま-32-1

麻耶雄嵩
さよなら神様
「犯人は○○だよ」。鈴木の情報は絶対に正しい。やつは神様なのだから。冒頭で真犯人の名を明かす衝撃的な展開と後味の悪さが話題の超問題作。本格ミステリ大賞受賞！（福井健太）
ま-32-2